Karl Olsberg

Girl in a Strange Land

Bisher von Karl Olsberg im Loewe Verlag erschienen:

Boy in a White Room

Girl in a Strange Land

Karl Olsberg

GIRL IN A STRANGE LAND

Loewe

Infos zu Papego am
Ende des Buches

Papier aus verantwortungsvollen Quellen

FSC® C014496

ISBN 978-3-7855-8928-1
1. Auflage 2018

Umschlagfotos: © Aleshyn_Andrei/Shutterstock.com,
© Andrew Mayovskyy/Shutterstock.com
Umschlaggestaltung: Michael Dietrich
Redaktion: Sarah Braun
Printed in Germany

www.loewe-verlag.de

Für Leopold

Je weniger wir die Trugbilder bewundern,
desto mehr vermögen wir die Wahrheit aufzunehmen.

Erasmus von Rotterdam

TEIL 1

DAS TAL

1. KAPITEL

»Wo ist Paul?«, frage ich.

Mutter, die gerade dabei ist, in der Badewanne die Bettwäsche einzuweichen, sieht mich überrascht an.

»Wer ist Paul?«

»Na, du weißt schon, das Lamm. Es ist nicht auf der Weide.«

Mutter antwortet nicht, sondern wendet sich wieder ihrer Wäsche zu. Was hat sie bloß?

»Was ist?«, hake ich nach.

Sie sieht mich mit ernstem Blick an.

»Sophia, Tiere sind keine Menschen. Gott hat sie gemacht, damit sie uns nutzen.«

Ich starre sie verständnislos an. Dann begreife ich plötzlich.

»Nein!«, schreie ich. »Nein! Nicht Paul! Nicht Paul!«

Mutter schweigt.

Ich stürme aus dem Haus. Auf dem Weg zum Gemeindezentrum schreie ich die ganze Zeit: »Das dürft ihr nicht! Das dürft ihr nicht!«

Erst das große Holzkreuz vor dem dreistöckigen Gebäude bringt mich zur Vernunft. Mahnend scheint der Heiland auf mich herabzublicken. Keuchend bleibe ich stehen, schlucke, richte mein langes schwarzes Haar, das sich von der Schleife, mit der ich es zusammengebunden habe, kaum bändigen lässt. Dann betrete ich das Zentrum.

Die Schwester am Empfang lächelt freundlich. »Sophia! Warum bist du denn so aufgebracht?«

»Paul!«, bringe ich heraus. »Er … er soll …« Ich bringe es nicht übers Herz, es auszusprechen. »Darf ich bitte den Herrn Vikar sprechen?«

»Ich weiß nicht, ob er jetzt Zeit für dich hat«, sagt die Schwester. »Schließlich ist morgen das Erweckungsfest. Aber er hat für die Sorgen und Nöte der Gemeinde immer ein offenes Ohr. Ich frage ihn mal.«

Sie verschwindet. Ich warte mit klopfendem Herzen. Nach ein paar Minuten kehrt die Schwester zurück.

»Der Herr Vikar empfängt dich jetzt. Komm mit!«

Ich folge ihr über einen langen Flur, vorbei am großen Gemeinderaum, in dem unsere Versammlungen stattfinden, bis zu einem Zimmer, an dessen Tür ein großes Holzkreuz hängt. Die Schwester klopft, dann öffnet sie die Tür für mich.

Der Vikar sitzt hinter einem großen hölzernen Schreibtisch, auf dem sich mehrere Papierstapel türmen, den Blick in ein Blatt vertieft. Er ist etwa fünfzig Jahre alt, hat schütteres braunes Haar und eine Hakennase mit einer silbernen Brille darauf. Hinter ihm hängt eine große Pinnwand, an die zahllose Tabellen, Pläne und Listen geheftet sind. Er wirkt sehr beschäftigt. Meine Probleme kommen mir auf einmal klein und unwichtig vor.

Es dauert ein paar Sekunden, in denen ich stumm und eingeschüchtert dastehe, bevor er von dem Zettel aufsieht und mich anblickt.

»Sophia!«, grüßt er mich und lächelt freundlich. »Schwester Christa sagte, du seist sehr aufgebracht. Was ist denn los?«

»Paul!«, bringe ich heraus. »Bitte, Sie dürfen ihn nicht opfern! Nicht Paul!«

»Paul?«, fragt der Vikar mit hochgezogener Augenbraue.

»Ein Lamm. Ich habe es Paul getauft.«

Die Augenbraue schiebt sich noch ein bisschen höher. »Du hast es *getauft?*«

Ich erschrecke. »Nein. Ich meine, nicht richtig natürlich. Er ist ja bloß ein Lamm. Aber …«

Der Vikar nickt. »Du hast recht, es ist ein Lamm. Es wurde von Gott geschaffen, um uns Menschen zu dienen. Und das tut es auch. Es gibt uns sein Fleisch, damit wir davon essen und dem Heiland für unsere Errettung danken können, und sein Blut, um die Türen zu zeichnen und die bösen Blicke der Verlorenen abzuhalten. Denn es steht geschrieben: *Über alle Götter Ägyptens halte ich Gericht, ich, der Herr. Das Blut an den Häusern, in denen ihr wohnt, soll ein Zeichen zu eurem Schutz sein. Wenn ich das Blut sehe, werde ich an euch vorübergehen und das vernichtende Unheil wird euch nicht treffen, wenn ich in Ägypten dreinschlage.*«

»Aber … aber wir sind doch nicht in Ägypten!«, rufe ich verzweifelt.

»Ägypten ist verloren, so wie die ganze Welt außerhalb unseres Tals. Doch es heißt in der Heiligen Schrift: *Diesen Tag sollt ihr als Gedenktag begehen. Feiert ihn als Fest zur Ehre des Herrn! Für die kommenden Generationen macht euch diese Feier zur festen Regel!* Die Menschen haben die Gebote des Herrn vergessen und deshalb sind sie zu Verlorenen geworden, zu Dienern des Antichristen. Du willst doch nicht auch eine Verlorene werden, Sophia?«

Was für eine grauenhafte Vorstellung, ohne Seele mit leerem Blick durch die Welt zu wanken. Es ist ein schlimmes Schicksal, das die Menschen außerhalb des Tals der Erweckten ereilt hat. Ich zweifle nicht daran, dass die Verlorenen es verdient haben – schließlich ist das Urteil Gottes unfehlbar. Doch der Gedanke, dass auch ich eines Tages zu so einem seelenlosen Wesen werden könnte, dass ich, statt das Werk Gottes zu tun, Satan verfallen könnte, ängstigt mich zutiefst.

Dennoch versuche ich es noch ein letztes Mal, auch wenn ich weiß, dass ich die Geduld des Vikars damit stark strapaziere. »Aber warum ausgerechnet Paul? Können wir nicht ein anderes Lamm opfern?«

Der Vikar seufzt. »Wie alt bist du jetzt, Sophia?«

»15, Herr Vikar.«

Er nickt. »Ich sehe eine junge Frau in dir. Bald wirst du heiraten und Kinder bekommen. Dann werden wir sie taufen, und wenn es ein Junge wird, kannst du ihn Paul nennen.« Seine Augen verengen sich und in scharfem Tonfall sagt er: »Aber ein Lamm verdient keinen Namen, schon gar nicht den eines Apostels!« Sein Ton wird wieder milder, als er fortfährt: »Du bist jetzt in einem Alter, in dem sich vieles für dich ändert, Sophia. Du musst dich mit den Realitäten des Lebens auseinandersetzen. Bis zur Wiederkunft Christi und unserer Erlösung müssen wir lernen, all die Prüfungen, die Gott uns auferlegt, zu bewältigen. Lass mich dich etwas fragen, Sophia. Hattest du eine glückliche Kindheit?«

»Ja, Herr Vikar. Bis auf … « Tränen treten mir in die Augen. »Bis auf die Nacht, als mein Vater verschwand. Er … er wurde von den Verlorenen geholt.«

Der Vikar nickt. »Ja, ich erinnere mich daran. Du warst noch klein. Es war sicher eine harte Prüfung für dich. Doch die gute Nachricht ist, dass der Herr diejenigen, die er am härtesten prüft, am meisten liebt. Denn mit ihnen hat er Großes vor. Dass das Lamm, dem du törichterweise einen Namen gegeben hast, nun als Opfer ausgewählt wurde, ist eine große Gnade. Es gibt dir die Gelegenheit, zur Besinnung zu kommen und deine Frömmigkeit zu beweisen. Dies ist nur eine kleine Prüfung, verglichen mit dem, was andere erdulden müssen. Sei tapfer und demütig! Und nun geh und bereite dich auf das Fest vor.«

Ich nicke. »Danke, Herr Vikar.«

Mit gebeugtem Kopf verlasse ich das Gemeindehaus, doch meine Fäuste sind geballt. Paul mag bloß ein Lamm sein, aber er ist jung und unschuldig und voller Lebensfreude. Ist er nicht auch ein Geschöpf Gottes? Hat er nicht auch ein Recht zu leben?

Draußen sehe ich mich um. Der Platz vor dem Gemeindezentrum ist leer – heute ist kein Markttag und alle sind damit beschäftigt, sich auf das große Fest vorzubereiten, das heute Abend mit dem Opfer und einer nächtlichen Prozession beginnt. Über dem Eingang des Zentrums steht in verblassten Buchstaben das Wort »Hotel«. Mutter hat mir erzählt, dass früher Leute in unser Tal gekommen sind, um »Urlaub« zu machen, wie sie es nannten. Das war vor langer Zeit, noch vor der Erweckung, bevor alle Menschen außerhalb unseres Tals zu Verlorenen wurden.

Seitdem ist unser Tal die letzte Zuflucht der aufrechten, gottesfürchtigen Menschen geworden. Früher, bevor ich geboren wurde, kamen viele aus allen Teilen der Welt hierher, weshalb die Bewohner unserer Gemeinde unterschiedliche Hautfarben haben und manche fremde Sprachen sprechen. Doch irgendwann erschienen keine Erweckten mehr. Der Letzte Bischof sagt, es gab niemanden mehr, der Gott gefallen hätte, sodass er ihn hätte zu uns führen wollen.

Etwa fünftausend Seelen leben jetzt hier im Stillachtal, aufgeteilt in die vier Gemeinden Schwand, Faistenoy, Birgsau und Einödsbach sowie das Heiligtum des Letzten Bischofs am Ende des Rappenalptals, das ans Stillachtal anschließt. Birgsau ist die größte und, wie ich finde, schönste Gemeinde, obwohl ich solche eitlen Gedanken nicht laut aussprechen darf, denn vor dem Herrn sind wir alle gleich. Gemeinsam warten wir auf die Wiederkunft Christi, darauf, dass der Heiland uns von dieser Welt erlöst und ins Paradies führt. Der Letzte Bischof sagt in seinen Predigten immer, dass es nun jeden Moment passieren kann und wir deshalb jeden Tag so leben müssen, als wäre es unser letzter. Doch wir bestellen im Frühjahr die Felder, ernten und legen Vorräte an, sind sparsam mit allem, was wir haben, und nehmen nie mehr, als Gott uns gibt. Denn wir wissen, dass er unsere Geduld und unseren Glauben prüft und uns erst dann erlösen wird, wenn er genug gesehen hat, um über uns zu richten.

Früher, als kleines Kind, ganz besonders in der Zeit, nachdem mein Vater verloren ging, habe ich Mutter oft gefragt: »Wann kommt denn der Heiland, Mama? Kommt er bald und erlöst uns?«

Dann hat sie nur mit den Schultern gezuckt und gesagt: »Ich hoffe es, mein Kind. Ich hoffe es wirklich.«

Inzwischen glaube ich, dass es noch ganz schön lange dauern kann, bis Jesus in unserem Tal auftaucht. Vielleicht bin ich dann schon so alt wie Mutter.

Mir kommt der Gedanke, dass ich mit meiner Widerspenstigkeit die Wiederkunft Christi verzögert haben könnte. Ich weiß natürlich, dass Gott jede meiner Handlungen und jeden Gedanken sieht, so wie die aller anderen Erweckten. Vielleicht wartet er, bis wir alle reinen Herzens sind, bevor er uns seinen Sohn schickt, um uns in sein Reich zu führen.

Dass ich vielleicht die Einzige sein könnte, die noch nicht so weit ist und alles aufhält, ist ein schlimmer Gedanke. Doch ich kann einfach nicht aufhören, an den kleinen Paul zu denken: Wie er zum ersten Mal in meinen Armen lag, zitternd, und ich ihm die Milchflasche hinhielt, wie er auf mich zugerannt kam, sobald er mich sah, seine herrlichen Bocksprünge, wenn er übermütig auf der Wiese herumtollte. Alle unsere Tiere gehören der Gemeinde und es war sicher vermessen von mir, mit einem von ihnen Freundschaft zu schließen, ihm gar einen Namen zu geben. Aber die Vorstellung, dass er heute Abend geopfert und in dieser Vollmondnacht sein Blut an die Haustüren unserer Gemeinde gemalt wird, verursacht mir Übelkeit.

Neben dem Zentrum steht eine kleine Scheune, in der der Gemeindetraktor, ein benzinbetriebener Stromgenerator sowie allerlei Gerätschaften untergebracht sind. Die Tür ist nicht verschlossen. Wozu auch? Niemand würde sich hier hineinwagen und etwas nehmen, ohne dass es ihm der Vikar erlaubt hat, denn Gott sieht alles.

Niemand außer mir.

Schon als ich die Tür mit einem Knarzen aufschiebe, höre ich das Blöken des kleinen Schafs. Es ist in einen Holzpferch gesperrt, der grob aus Latten gezimmert ist. Die Tür ist mit einem Riegel gesichert.

»Paul!«, rufe ich erfreut.

Das Lamm springt an der Innenseite der Kiste empor und mäht. Ich strecke meine Hand durch einen Schlitz zwischen den Brettern und es leckt mit seiner rauen Zunge daran.

Doch was soll ich jetzt tun? Dass ich hier bin, ist sicher schon eine Regelverletzung, wenn auch keine sehr schlimme. Wenn man mich erwischt, kann ich sagen, ich wollte mich nur von ihm verabschieden. Ich komme vermutlich mit einer Ermahnung davon, muss vielleicht ein paar Rosenkränze beten, schlimmstenfalls morgen nach dem Festmahl beim Abwasch helfen.

Wenn ich aber Paul aus dem Verschlag befreie, wäre das etwas ganz anderes. Es wäre ein direkter Verstoß gegen die Anweisung des Vikars. Schlimmer noch, ich würde damit die Vorbereitungen für das Erweckungsfest sabotieren. Bestimmt würde ich zur Strafe in die Bußzelle gesperrt werden, vielleicht wochenlang. Womöglich könnte ich dadurch sogar mein Recht verwirken, im Tal der Erweckten zu bleiben. Dann würde ich fortgeschickt und die Verlorenen würden mich holen, wie sie meinen Vater geholt haben.

Der Gedanke ist so schrecklich, dass mir kalter Schweiß ausbricht und ich fröstele, obwohl es in der Scheune ziemlich warm ist. Doch dann leckt Paul wieder meine Hand und auf einmal weiß ich, dass ich bereit bin, sogar meine Seele für sein unschuldiges Leben zu geben.

Ich muss ihn zurück zur Herde bringen. Mit etwas Glück wissen der Vikar und die Schwestern nicht genau, wie er aussieht, und erkennen ihn nicht wieder, wenn er zwischen den anderen Lämmern herumtollt. Dann werden sie höchstwahrscheinlich ein anderes Lamm auswählen und Paul ist gerettet.

Aber wie? Wie schmuggele ich ihn ungesehen hier hinaus?

Mein Blick fällt auf eine Schubkarre, die an der Wand lehnt. Wenn ich das Lamm dort hineinlege und eine Decke über es ausbreite, merkt es vielleicht niemand. Bis zu dem Weg, der zur Weide führt, ist es nicht weit. Paul muss nur ein paar Minuten lang still sein.

»Meinst du, du kriegst das hin?«, frage ich das Lamm.

Es macht »Bääh«.

Ich nehme das als Bestätigung, vielleicht sogar als Zeichen Gottes. Bestimmt ist es sein Wille, dass ich das tue, rede ich mir ein. Vielleicht hat er ein anderes Lamm ausgewählt, doch die Schwestern haben seine Zeichen falsch verstanden. Ja, so muss es sein!

Rasch ziehe ich den Riegel zurück. Paul stürmt aus seinem Gefängnis. Ich kann ihn gerade noch bei seinem weichen Fell greifen und auf den Arm nehmen, um ihn auf die Schubkarre zu legen.

»Still!«, sage ich und streichle ihn. »Ganz ruhig, mein Kleiner!«

Als ich die Decke über ihn ausbreite, zappelt und strampelt er, beruhigt sich aber, nachdem ich ein Gebet an die Jungfrau Maria richte und sie um Hilfe bitte. Ich nehme das als weitere Bestätigung, dass ich Gottes Wille tue.

Langsam schiebe ich die Karre zur Tür. Doch als ich sie aufmache, erstarre ich vor Schreck. Draußen steht der Vikar zusammen mit zwei Gotteswächtern. Sie blicken mich alle drei grimmig an.

»Dachte ich's mir doch«, sagt der Vikar.

Als wollte er es nur noch schlimmer machen, strampelt sich Paul in diesem Moment unter der Decke frei und springt von der

Schubkarre. Sofort packt ihn einer der Gotteswächter im Genick und sperrt ihn wieder in den Verschlag.

Ich breche in Tränen aus, sinke auf die Knie, flehe den Vikar um Gnade an.

Doch er sieht mich nur streng an. »Geh nach Hause, Sophia, und sag deiner Mutter, was du getan hast. Ich werde es dich wissen lassen, wenn ich über deine Strafe entschieden habe.«

Verzweifelt werfe ich dem Lamm in dem Verschlag einen letzten tränenverschleierten Blick zu, dann gehe ich mit hängendem Kopf nach Hause.

2. KAPITEL

Als ich nach Hause komme, weiß Mutter sofort, was geschehen ist.

»Sie haben dich erwischt, als du das Lamm befreien wolltest«, stellt sie fest.

Ich sehe sie verblüfft an. »Woher … woher weißt du das?«

Überraschenderweise blickt sie mich nicht zornig, sondern milde an, obwohl ich eine schwere Sünde begangen habe.

»Ich kenne dich eben gut genug, meine Kleine«, sagt sie.

Ich breche in Tränen aus. Sie nimmt mich in den Arm und streicht mir durchs Haar, so wie sie es früher immer gemacht hat.

»Sie … sie werden ihn töten«, schluchze ich.

»Ja, das werden sie«, bestätigt meine Mutter. »Es ist nun mal so, dass am Vorabend des Erweckungsfestes ein Lamm geschlachtet werden muss.«

»Aber warum gerade Paul?«, will ich wissen. »Warum können sie nicht ein anderes Lamm nehmen?«

»Denkst du denn wirklich, Paul hätte mehr Recht darauf weiterzuleben als die anderen Lämmer?«

Das bringt mich zum Nachdenken. Plötzlich wird mir klar, dass ich sehr selbstsüchtig gehandelt habe. Ich habe nicht einfach versucht, Paul zu befreien – ich habe dabei in Kauf genommen, dass statt seiner ein anderes Lamm geschlachtet wird. Ich war bereit, ein anderes Leben zu opfern, um seins zu retten, und das nur, weil ich dieses Lamm besser kannte und ihm einen Namen gegeben habe. Damit habe ich mich zum Richter über Leben und Tod aufgeschwungen und mich der Superbia – des Hochmuts – schuldig gemacht, der ersten und, wie der Vikar uns immer wieder eingeschärft hat, gefährlichsten aller Todsünden.

Erneut breche ich in Tränen aus, als mir die Schwere meiner Schuld vollends bewusst wird.

Mutter versteht meine Tränen falsch. »Keine Angst, er wird kaum etwas davon merken«, tröstet sie mich. »Und wenn es vorbei ist, wird er auf den immergrünen Weiden des Himmels herumtollen.«

Zorn wallt in mir auf. »Ich … ich bin kein Kleinkind mehr, Mutter. Ich weiß, dass Tiere keine Seele haben und nicht in den Himmel kommen.«

Sie lässt mich los und lächelt traurig. »Entschuldige, Sophia. Manchmal … manchmal vergesse ich, wie erwachsen du inzwischen schon bist.«

Mein Zorn verfliegt so schnell, wie er gekommen ist, und wird durch Angst ersetzt, als ich an meine zu erwartende Strafe denke. »Was … was glaubst du, werden sie mit mir machen?«

»So schlimm wird es schon nicht werden«, beruhigt mich meine Mutter. »Du bist immer ein frommes Mädchen gewesen und hast dich bis jetzt vorbildlich verhalten. Ich denke, der Vikar wird Milde walten lassen.«

Doch da täuscht sie sich, das spüre ich. In den Augen des Vikars war jedenfalls keine Milde, als er mich ansah.

Meine düstere Ahnung bestätigt sich kurz darauf. Ein Gotteswächter steht vor der Tür und holt mich ab, um mich zum Vikar zu bringen, wo ich mein Urteil empfangen werde. Da ich noch nicht erwachsen bin, darf meine Mutter mich immerhin begleiten.

Als wir im Büro des Vikars stehen, blickt dieser mich mit ernster Miene an.

»Sophia, möchtest du die Beichte ablegen?«, fragt er.

Ich nicke, obwohl ich in diesem Moment denke, dass es nichts zu beichten gibt, da der Vikar doch schon weiß, was ich getan habe.

»Möchtest du, dass deine Mutter dabei anwesend ist?«

Wieder nicke ich, zu sehr damit beschäftigt, meine Tränen niederzuringen, als dass ich sprechen könnte.

»Dann erleichtere deine Seele, meine Tochter.«

»Ich … ich habe mich der Superbia schuldig gemacht, indem ich … mich zur Richterin über Leben und Tod ernannt habe«, bringe ich schluchzend hervor. »Ich habe das Leben von P… das Leben eines Lammes über das aller anderen Lämmer gestellt.«

Ich senke den Kopf.

»Superbia, meinst du«, sagt der Vikar. »Ich denke, eine Todsünde ist ein sehr hartes Urteil. Ich hätte dich eher des Ungehorsams für schuldig befunden. Aber es ehrt dich, dass du so einsichtig und selbstkritisch bist. Außerdem hast du aus Barmherzigkeit gehandelt, nicht aus niederen Motiven. Daher werde ich noch einmal Gnade vor Recht ergehen lassen und dich nicht bestrafen, Sophia.«

Überrascht blicke ich auf. Doch der Hoffnungsfunke erstirbt, als ich in seine ernsten Augen blicke.

»Im Gegenteil, ich habe mit Gottes Hilfe beschlossen, dir eine große Ehre zuteilwerden zu lassen: Du wirst heute Nacht die Jungfrau des Zeichens sein.«

Ungläubig starre ich ihn an. Die Jungfrau des Zeichens führt die Prozession in der Nacht der Erweckung an. Dafür wird stets das frommste Mädchen der Gemeinde ausgewählt und es ist eine große Ehre. Doch dann begreife ich, was das bedeutet, und erbleiche.

»Ist das wirklich nötig?«, fragt Mutter.

Der Vikar blickt sie streng an. »Zweifelst du die Weisheit des Gottesurteils an, Marna?«

»Nein. Nein, natürlich nicht. Ich dachte nur …«

»Deine Tochter ist 15 Jahre alt. Es ist höchste Zeit für sie zu lernen, dass alle Taten Konsequenzen haben, und dass eine große Ehre manchmal auch eine Bürde und Last sein kann.«

Meine Mutter erwidert nichts, fasst nur meine Hand. Auch ich bringe kein Wort heraus.

Deutlich sehe ich die Bilder der Messe im vorigen Jahr vor mir: Auf ein Wort des Vikars tritt die Jungfrau des Zeichens zum Altar vor. Er drückt ihr den riesigen goldenen Kelch in die Hand. Dann kommt ein Gotteswächter mit dem Lamm herein. Das Tier ist ganz ruhig. Mit seinen großen runden, neugierigen Augen sieht es sich um. Der Gotteswächter stellt es auf die Opferschale, die auf dem Altar steht, und hält es fest, während der Vikar das Opfermesser in die Hand nimmt. Das Lamm scheint nun zu begreifen, dass dies kein Spiel ist, und versucht, sich loszureißen, doch es ist im eisernen Griff des Gotteswächters gefangen. Die Jungfrau hält den Kelch unter die Kehle.

In diesem Moment habe ich die Augen geschlossen, wie in

jedem Jahr. Als ich sie wieder öffnete, lag das Lamm leblos auf der Opferschale, seine Augen starrten leer an die Decke, während die Jungfrau des Zeichens stolz den Pokal hochhebt. Niemals könnte ich es ertragen, mit anzusehen, wie das Blut aus Pauls Hals in den Kelch quillt, geschweige denn, dass ich das Gefäß selbst halten könnte. Allein der Gedanke daran lässt mich so schwach werden, dass mir schwindelig wird und ich womöglich auf dem Boden zusammensacken würde, stützte meine Mutter mich nicht am Arm.

Ich weiche dem Blick des Vikars aus, als ich den Kopf schüttele.

»Soll das heißen, du lehnst die Ehre ab, in diesem Jahr die Jungfrau des Zeichens zu sein? Du weigerst dich, unserer Gemeinschaft und unserem Herrn Jesus Christus auf diese Weise zu dienen?«

Tränen laufen über meine Wangen. »Ich … es tut mir leid … ich kann das nicht«, bringe ich heraus.

Sein Gesicht verfinstert sich. »Unser Herr Jesus Christus hat dir eine Aufgabe gestellt, Sophia. Du darfst vor ihm keine Schwäche zeigen! Denk daran, was er für dich auf sich genommen hat: Er hat sein eigenes Kreuz getragen, hat gelitten, sein Blut für uns gegeben. Und du willst für ihn nicht einmal einen Kelch halten?«

»Ich … ich kann das einfach nicht«, schluchze ich.

Er nickt. »Nun gut, dann geh. Ich werde für deine arme Seele beten.«

Ein zweites Mal kehre ich mit gesenktem Kopf nach Hause zurück. An diesem Abend nehme ich nicht an der heiligen Messe teil, sondern gehe früh zu Bett. Als ich draußen die Gesänge der Prozession höre, halte ich mir die Ohren zu.

Am nächsten Morgen fühle ich mich in meinem Inneren leer. Neben dem Osterfest, dem Erntedankfest und Weihnachten ist das Fest der Erweckung einer der Höhepunkte des Jahres und einer der vier Anlässe, bei denen sich alle Erweckten – abgesehen von einer kleinen Mannschaft der Gotteswächter, die weiterhin das Tor und den Grenzzaun bewacht – im Heiligtum einfinden und der Letzte Bischof persönlich eine Predigt hält. Normalerweise freue ich mich auf das Erweckungsfest. Nach dem Gottesdienst in der Kathedrale gibt es ein großes Fest, bei dem Kuchen und Süßigkeiten gereicht werden und sportliche Wettkämpfe stattfinden. Es ist ein klarer Junitag, sodass wir heute, nachdem wir in unsere Gemeinden zurückgekehrt sind, den Erweckungstag mit einem Festmahl, Musik und Tanz unterm Sternenhimmel feiern können.

Doch Festtagsstimmung und Freude wollen bei mir nicht aufkommen. Es ist nicht nur der Gedanke an das, was gestern geschehen ist. In mir regt sich etwas, was mir Angst macht: ein Gefühl des Trotzes, des inneren Widerstands, ja des Widerwillens gegen den Vikar und die heiligen Regeln unserer Gemeinschaft. Es ist, als ob die Superbia sich in mir festgesetzt hat wie ein Schimmelfleck auf meiner Seele. Eine innere Stimme scheint mir unablässig zuzuflüstern, dass ich ungerecht behandelt wurde, dass es falsch war, Paul zu opfern, dass es nicht Gott war, der mir die Aufgabe gab, die Jungfrau des Zeichens zu sein, sondern der Vikar, und dass es richtig von mir war, mich zu weigern. Es muss die Stimme Satans sein, die mir dies zuflüstert, doch sosehr ich auch versuche, sie zu ignorieren, sie verstummt nicht.

Auch meine Mutter scheint nicht so gut gelaunt zu sein wie sonst bei einem solchen Anlass. Ich fürchte, dass meine gedrückte Stimmung auf sie abfärbt, und versuche, mir nichts anmerken zu lassen. Doch ich weiß, dass sie mich viel zu gut dafür kennt.

Als wir aus dem Haus treten, Körbe mit getrockneten Früchten, frisch gebackenem Kuchen und zwei Krügen Most unter dem Arm, vermeide ich es, die Tür anzublicken. Ich will das dunkle Blutkreuz nicht sehen, an dem sich jetzt wahrscheinlich schon die Fliegen laben.

Ein langer Festzug zieht bereits den Talweg entlang Richtung Süden. Es ist keine geordnete Prozession, sondern ein lockerer Marsch aus zahllosen kleinen Gruppen von Wanderern, die fröhlich plaudern, dazwischen hin und wieder blumengeschmückte Pferdewagen, auf denen die Alten und Mütter mit ihren kleinen Kindern sitzen. Wir reihen uns schweigend ein. Manchmal winkt uns jemand zu, eine Schulfreundin, eine Nachbarin oder jemand aus dem Nachbardorf Faistenoy, den wir von der Feldarbeit kennen. Wir grüßen zurück, vermeiden jedoch Gespräche.

Nach zwanzig Minuten erreichen wir Einödsbach. Hier stoßen weitere Erweckte zu uns. Die Leute in unserer Nähe stimmen heilige Lieder an. Ich bewege meinen Mund zu den Worten, doch ich bringe keinen Ton heraus.

Der Fußmarsch bis zum Heiligtum dauert von hier aus mehr als zwei Stunden. Das Wetter ist herrlich. Ein kühler Wind weht von den Bergen herab und bringt das Läuten der Kuhglocken mit sich, hin und wieder den Schrei eines Bussards oder das Bellen eines Hundes. Wenn ich dazwischen das Mähen eines Schafs höre, zucke ich unwillkürlich zusammen.

Wir folgen dem Lauf des Rappenalpbachs, der vom Schmelzwasser weiß ist, während allmählich die Glocken des Heiligtums das Rauschen des Bachs übertönen. Das Heiligtum besteht aus einer Gruppe von schlichten Holzbauwerken, die sich um die Kathedrale gruppieren; ein gewaltiger achteckiger Holzbau mit einem spitzen Turm in der Mitte. Auf einer Bergwiese daneben stehen lange Reihen von Tischen und Bänken, die bereits reich gedeckt sind. Wir platzieren unsere Gaben auf einem davon, bevor wir uns in die Schlange vor dem Eingang der Kathedrale einreihen und endlich das Innere betreten.

Das Licht, das durch die hohen Fenster aus buntem Glas hineinfällt, beleuchtet zahllose Bankreihen, die sich treppenartig um eine quadratische Fläche in der Mitte gruppieren. Das Dach wird durch vier gewaltige Holzsäulen getragen, die aufwendig mit Schnitzereien verziert sind. In der Mitte hängt vom Glockenturm ein riesiges Kruzifix über einem Podest herab, auf dem der Altar steht.

Die Bänke sind bereits gut gefüllt. Die begehrte Tribüne gegenüber dem Altar ist vollständig besetzt und wir müssen uns mit einem der weniger attraktiven Seitenplätze ziemlich weit oben begnügen. Früher hätte ich mich darüber geärgert, dass wir nicht eher aufgebrochen sind, um bessere Plätze zu ergattern, doch heute ist es mir ganz recht so.

Es dauert noch eine Weile, bis endlich auch die Letzten einen Platz gefunden haben. Die Glocken verstummen und auch das Geräusch Hunderter Gespräche verebbt allmählich und gibt einer erwartungsvollen Stille Raum.

Eine Bläsergruppe, die unterhalb der purpurn gekleideten Geistlichen auf der Tribüne hinter dem Altar sitzt, stimmt den Choral *Also hat Gott die Welt geliebt* an und die Gemeinde singt mit:

Also hat Gott die Welt geliebt,
Dass er uns seinen Sohn hergibt,
Dass, wer ihm traut und glaubt allein,
Kann und soll ewig selig sein …

Nachdem das Lied verklungen ist, tritt durch eine Tür unterhalb der Ehrentribüne eine kleine Prozession heraus – zwölf Jungen in weißen Gewändern und Kerzen in den Händen, gefolgt von einem weihrauchschwingenden Messdiener, dann die vier Vikare, der Inquisitor in seiner schwarzen Robe, die Kapuze wie immer über das Gesicht gezogen, und schließlich seine Heiligkeit, der Letzte Bischof. Obwohl er schon weit über 70 ist, ist sein Schritt immer noch fest und kraftvoll. Den langen Bischofsstab nutzt er nicht als Stütze, sondern trägt ihn vor sich wie eine Standarte. Seine gewaltige Statur überragt die Vikare selbst ohne die große Mitra auf seinem Kopf um fast eine Haupteslänge. Er ist wirklich eine eindrucksvolle Erscheinung.

Während sich die Messdiener und Geistlichen hinter ihm aufreihen, tritt er an den Altar, breitet die Hände aus und betet mit seiner kräftigen Bassstimme das Vaterunser, das Avemaria und das Erweckungsbekenntnis. Wir alle sprechen ihm unisono nach. Dann beginnt er seine Predigt.

Wie immer anlässlich des Erweckungsfestes erzählt er in rituellen und dennoch lebendigen Sätzen, wie ihm während einer Bergwanderung vor langer Zeit genau an dieser Stelle ein Engel des Herrn erschien und ihm Gottes Willen verkündete: »Und der Engel sprach zu mir: Siehe, dieses liebliche Tal hat Gott dir gezeigt, denn es soll die letzte Zuflucht der wahren Christen sein. Die Flanken der Berge sind die Mauern, die er zu eurem Schutz errichtet hat, auf dass Satans Heerscharen euch nicht erreichen können. Hier sollst du der letzte Hirte sein und deine Herde soll aus allen Teilen der Welt hierherkommen. Doch nur die, die reinen Glaubens sind, dürfen dieses Tal betreten, denn nur sie werden gerettet. Wer jedoch nicht den wahren Glauben hat, wird nicht hierherfinden und wird verloren sein. Errichte hier einen neuen Tempel und verkünde diese Worte bis zu jenem Tag, an dem der Sohn Gottes in all seiner Herrlichkeit wiederkehrt und euch vom Leid der Welt befreit.«

Wir alle kennen diese Worte natürlich auswendig. Dennoch erfüllt mich jedes Mal eine tiefe Ehrfurcht, wenn ich sie aus seinem Mund höre. Denn es sind nicht Worte aus einem Buch, die Ereignisse beschreiben, die zweitausend Jahre zurückliegen, geschrieben von Evangelisten, die fast ebenso lange tot sind. Der Prophet, der sie verkündet, ist derselbe, dem sie übermittelt wurden – am Tag der Erweckung, dem zehnten Juni 2023, heute vor 34 Jahren. Er hat mit einem wahrhaftigen Engel gesprochen! Eine tiefe Freude ergreift mich und für einen Moment vergesse ich meinen Kummer von gestern. Sogar Satans Stimme ist verstummt, mein Hochmut verflogen. Ergriffen lausche ich der weiteren Schilderung: wie der Letzte Bischof die Erweckungsbewegung gründete, wie er immer mehr Anhänger um sich versammelte, die reinen Glaubens waren, während außerhalb des Tals die Menschen von Satans Armeen versklavt und zu Verlorenen wurden.

All dies ist lange vor meiner Geburt geschehen. Doch es ist lebendige Geschichte – die Geschichte der letzten freien Menschen, die dank der Weisheit, Güte und Frömmigkeit des Letzten Bischofs und unter dem Schutz des Herrn hier in Frieden leben können, bis der Heiland zurückkehrt und die Pforte zum Paradies sich endlich für uns öffnet.

Nachdem er seine Predigt beendet hat, stimmen wir das Lied *Erwecker, wir danken dir* an. Dann feiern wir das Heilige Abendmahl. Zum Schluss treten die vier Vikare vor, um nacheinander die Fürbitten für Verstorbene und verlorene Seelen sowie Danksagungen für die Heilung Schwerkranker vorzutragen. Als unser Vikar an der Reihe ist, warte ich bereits ungeduldig darauf, dass die Litanei endlich ein Ende hat und wir aus der von der Sommersonne aufgeheizten Kathedrale hinaus ins Freie können.

»Herr, rette die Seelen unseres Bruders Josef Leithauser und unserer Schwester Karina Trautmann, die sich des Ehebruchs schuldig gemacht haben«, sagt er in seiner sonoren Stimme. »Gib ihnen die Einsicht, ihre Verfehlungen aufrichtig zu bereuen, und ihren betrogenen Ehepartnern die Kraft, ihnen zu vergeben, so wie du ihnen vergibst. Wir bitten dich, erhöre uns!«

»Wir bitten dich, erhöre uns«, murmeln fünftausend Stimmen ungefähr zum hundertsten Mal im Chor. Josef Leithauser war Schankwirt in unserer Gemeinde und für sein fröhliches Gemüt bekannt. Dass er eine so schwere Sünde begehen könnte, hätte ich niemals für möglich gehalten, bis er vor etwa vier Monaten von den Gotteswächtern verhaftet wurde. Seitdem habe ich ihn nicht mehr gesehen. Ob er in der Bußzelle sitzt oder gar aus dem Tal vertrieben wurde, weiß ich nicht.

»Herr, rette die Seele unserer jungen Schwester Sophia Mahler«, fährt der Vikar fort und mein Inneres gefriert zu Eis, während sich meine Mutter neben mir aufrichtet und erstarrt. »Sie hat sich der Superbia schuldig gemacht und versucht, die Vorbereitungen zur Nacht des Zeichens zu stören. Statt wahrer Reue und Einsicht hat sie vor unserem Herrn Jesus Christus Schwäche gezeigt und es hochmütig abgelehnt, die Jungfrau des Zeichens zu sein. Daher bitte ich dich, Herr: Gib ihr die Kraft, die sie angesichts der Versuchungen Satans braucht, und bestärke sie in ihrem Glauben!«

»Wir bitten dich, erhöre uns«, murmelt die Menge.

Ich sitze da wie versteinert, während mich fünftausend Augenpaare voller Abscheu anzustarren scheinen. Schlimmer noch: Als der Vikar für meine Seele betete, sah der Letzte Bischof zu mir herauf und in seinen Augen schienen Mitleid und Trauer zu liegen, so als sei meine Seele rettungslos Satan verfallen. Als sei ich bereits eine Verlorene. Noch nie in meinem Leben habe ich mich so schrecklich gefühlt.

Meine Mutter legt ihren Arm um mich.

»Nimm es nicht so schwer«, flüstert sie mir ins Ohr. »Er meint es nur gut mit dir.«

Doch ihre Worte beruhigen mich nicht. Nie wieder werde ich diesen Makel loswerden. Nie mehr wird die Gemeinschaft der Geretteten vergessen, dass mein Name beim Fest der Erweckung genannt wurde. Ich werde bis zur Wiederkunft Christi mit dieser Schande leben müssen.

3. KAPITEL

Nach dem Gottesdienst würde ich am liebsten gleich wieder nach Hause gehen und mich im Bett verkriechen. Doch das, behauptet meine Mutter, würde die Demütigung nur noch verschlimmern. Ich müsse nun einmal für meine Sünde büßen, und zwar in der Form, die Gott mir auferlegt habe.

»Flucht vor der Sühne führt nur zu Schlimmerem«, sagt sie.

Ich weiß, dass sie recht hat, aber es ist trotzdem schwer. Wir setzen uns ans Ende eines Tisches am Rand der Festwiese, doch natürlich gesellen sich bald andere zu uns. Sie sind so taktvoll, meine Verfehlung nicht anzusprechen. Ich habe keinen Appetit, esse aber doch von dem trockenen Kuchen, der auf unserem Tisch steht (Mutters schmeckt wesentlich besser), und beiße lustlos in einen wurmstichigen Apfel.

»Da ist ja unsere verhinderte Jungfrau des Zeichens«, ruft eine helle Stimme.

Sie gehört Agatha, einem Mädchen in meinem Alter, der Tochter des Schusters in Birgsau. Zusammen mit zwei weiteren Mädchen kommt sie zu unserem Tisch.

»Danke übrigens dafür, dass du verzichtet hast«, sagt sie ohne jede Spur von Freundlichkeit. »Dadurch ist mir gestern die Ehre zuteilgeworden, Jungfrau des Zeichens zu sein.«

Agatha und ich sind nie besonders gut miteinander ausgekommen, ohne dass ich genau weiß, warum. Anscheinend ist sie nun beleidigt, dass mir zuerst das Amt der Jungfrau angeboten worden ist und sie nur die Ersatzlösung war. Dabei wünschte ich wirklich, sie wäre mir von Anfang an vorgezogen worden.

Ich weiche ihrem Blick aus und schweige.

»Willst du Agatha nicht dafür danken, dass sie dir diese ach so schwere Bürde abgenommen hat?«, fragt ihre Freundin Gisa spöttisch. »Immerhin musste sie immer wieder einen Pinsel in Blut tauchen und damit Türen beschmieren. Das ist ja ganz schön eklig.«

Meine Hände ballen sich zu Fäusten, doch ich sage nichts.

Dafür springt mir meine Mutter zur Seite: »Mir scheint, euch dreien mangelt es an unserem heutigen Freudentag an der gottgebotenen Demut.«

Agatha läuft vor Zorn rot an. »Das lasse ich mir nicht sagen! Schon gar nicht von der Mutter einer …«

Nun ist es meine Mutter, die vor Zorn rot wird. »Von der Mutter einer *was*?«

»Einer Verlorenen!«, zischt Agatha.

Es wird totenstill am Tisch.

»Das solltest du augenblicklich zurücknehmen und dich für diese Frechheit entschuldigen!«, sagt Mutter mit frostiger Stimme.

Doch Agatha hebt trotzig das Kinn. »Aber es ist wahr. Der Vikar selbst hat es gesagt: dadurch, dass Sophia Schwäche vor dem Herrn gezeigt hat, hat sie ihre Seele für Satan geöffnet. Und wenn dieser einmal Zugang zu einer Seele erhalten hat, wird er sie früher oder später an sich reißen, das weiß jeder!«

»Noch ein Wort und der Vikar wird davon erfahren, wie du hier über meine Tochter falsches Zeugnis ablegst, noch dazu am Tag der Erweckung!«, ruft meine Mutter. »Jesus Christus, unser Herr, und alle hier am Tisch mögen meine Zeugen sein!«

Agatha erbleicht. Ihre Unterlippe zittert. Sie setzt zu einer Erwiderung an, doch Gisa nimmt sie am Arm.

»Komm, wir gehen. Mit denen wollen wir nichts zu tun haben.«

Die drei Mädchen drehen sich um und verschwinden erhobenen Hauptes. Ich sitze da und wünsche mir von ganzem Herzen, ein Blitz möge vom Himmel fahren und mich hier und jetzt niederstrecken, damit ich diese Scham nicht länger erdulden muss.

»Wenn man solche Freundinnen hat, dann braucht man keine Feinde mehr, hab ich recht?«, erklingt eine Stimme hinter mir.

Überrascht drehe ich mich um und blicke in die hellblauen Augen eines Jungen, der sich vom Nebentisch zu mir umgedreht hat und mich angrinst. Er hat kurz geschnittenes blondes Haar, das in alle Richtungen absteht, so als sei noch nie ein Kamm auch nur in seine Nähe gekommen.

»Ich bin Mirko«, sagt er. »Aus Einödsbach. Ich glaube, wir haben uns letztes Jahr bei der Ernte getroffen.«

Es stimmt, sein Gesicht kommt mir vage bekannt vor.

»Ich bin Sophia aus Birgsau«, sage ich, bevor mir klar wird, dass er das natürlich längst weiß – so wie jeder andere im Tal.

Statt betreten zu schweigen, geht er auch noch auf meine Schmach ein: »Ja, deinen Namen kennt wohl jetzt jeder hier. Fühlt sich bestimmt nicht gut an, so in aller Öffentlichkeit bloßgestellt zu werden.«

Seltsamerweise empfinde ich Erleichterung dabei, dass er es so offen ausspricht. Ich schüttele den Kopf. »Nein, tut es nicht.«

»Darf ich fragen, warum du nicht Jungfrau des Zeichens sein wolltest?«

Verlegen senke ich den Blick. Es fällt mir schwer, darüber zu sprechen. »Du hast es doch gehört: Superbia«, erwidere ich etwas schnippisch.

»Superbia, soso. Aber einen besonders hochmütigen Eindruck machst du mir nicht gerade.«

Er lächelt und irgendwie habe ich plötzlich ein merkwürdiges Flattern im Bauch.

»Es … es ist wegen Paul. Das Lamm, das gestern geschlachtet wurde … Ich habe es mit der Flasche großgezogen, weil seine Mutter es verstoßen hat. Es war mein Freund …«

Rasch wende ich mich ab, damit er meine Tränen nicht sieht.

»Und da wolltest du nicht zusehen, wie euer Vikar deinem Freund die Kehle durchschneidet? Wenn das eine so schwere Sünde ist, dass du dafür vor allen angeprangert werden musstest, dann ist es wohl keiner von uns wert, gerettet zu werden.«

Ich zucke innerlich zusammen. Seine Worte grenzen an Ketzerei! Doch gleichzeitig höre ich wieder die innere Stimme in mir, die ihm aus vollem Herzen zustimmt: *Der Vikar hat dich ungerecht behandelt, Sophia. Es war nicht richtig, dass er dich so bloßgestellt hat.*

»Ich muss jetzt los«, sagt Mirko. »Die Wettkämpfe fangen gleich an. War nett, mit dir zu plaudern, Sophia.«

Verwirrt sehe ich ihm nach, wie er zu der Arena neben der Festwiese geht. Ich bin hin- und hergerissen zwischen Scham, Traurigkeit, Erleichterung und einer seltsamen inneren Unruhe.

»Lass uns die Wettkämpfe ansehen«, schlägt meine Mutter vor.

Ich habe keine Lust dazu, würde mich stattdessen am liebsten in irgendeine Ecke verdrücken, wo mich niemand sieht. Doch sie nimmt mich einfach bei der Hand und zieht mich zu der Wiese, auf der bereits zahllose Menschen um die längliche Arena in der Mitte versammelt sind. Zu meiner Erleichterung beachtet mich niemand. Alle schauen nur auf die Wettkämpfer, die sich in verschiedenen Disziplinen miteinander messen werden: Hundertmeterlauf, Steinwurf, Ringkampf, Hochsprung, Weitsprung, Gewichtheben und Akrobatik. In jeder dieser Disziplinen wird ein Einzelsieger gekürt, der einen Pokal gewinnt, außerdem gibt es einen Preis für den besten Siebenkämpfer, der die meisten Punkte in allen Disziplinen erringt. Selbstverständlich dürfen nur Männer an den Wettkämpfen teilnehmen; für Frauen und Mädchen wäre es unangemessen, ihre Körper derart zur Schau zu stellen.

Es herrscht ein Höllenlärm, während sich die Wettkämpfer vorbereiten. Jedes Dorf feuert seine eigenen Vertreter an, sodass man kaum etwas versteht. Zwischen den Sportlern entdecke ich Mirko. Wie alle anderen hat er einen freien Oberkörper und trägt nur eine kurze Hose. Schuhe sind bei den Wettkämpfen nicht erlaubt. Das robuste, aber klobige Schuhwerk, das Agathas Vater herstellt, wäre beim Sport auch eher hinderlich.

Ich spüre ein warmes Kribbeln in meinem Bauch und mein Herz schlägt schneller, als ich das Spiel seiner Muskeln beobachte, während er sich für den ersten Wettkampf – den Steinwurf – aufwärmt, seinen schlanken Körper streckt, ein paar Kniebeugen und Liegestütze ausführt. Als er aus dem Stand einen Salto rückwärts macht, brechen die in seiner Nähe stehenden Mädchen aus Einödsbach in begeistertes Kreischen aus. Ein Stich der Eifersucht geht durch meinen Körper. Im selben Moment wird mir klar, dass Agatha recht hatte: Satan hat Zugang zu meiner Seele gefunden und sein Einfluss auf mich scheint von Sekunde zu Sekunde zu wachsen. Am besten sollte ich diesen Ort sofort verlassen oder wenigstens woanders hinsehen. Doch meine Blicke kleben an Mirkos athletischem Körper wie eine Fliege im Spinnennetz.

Der Letzte Bischof hebt die Hände und augenblicklich kehrt Ruhe ein. Er segnet die Spiele und wünscht allen Teilnehmern Glück, auf dass der Beste gewinnen möge. Dann beginnen die Wettkämpfe. Beim Steinwurf schneidet Mirko nur im Mittelfeld ab. Ein muskulöser Wettkämpfer aus Birgsau wirft den schweren Felsbrocken fast doppelt so weit wie er. Ich sollte mich darüber freuen, schließlich geht der erste Pokal an mein Heimatdorf. Doch ich drücke Mirko die Daumen.

Wie ich vermutet und insgeheim gehofft hatte, ist er ein Siebenkämpfer, der an allen Wettkämpfen teilnimmt. Als Nächstes tritt er beim Hundertmeterlauf an. Alle zwölf Läufer starten gleichzeitig und auf der engen Bahn gibt es ein ziemliches Gedrängel. Mirko beendet den Lauf als Dritter. Er hätte gewonnen, wenn ihn nicht einer der Läufer aus Faistenoy abgedrängt hätte, offenbar, um dem anderen Läufer aus seinem Dorf einen Vorteil zu verschaffen, der als Erster die Ziellinie überschreitet. Ich finde das ungerecht, aber der Kampfrichter des Laufs – zufällig der Vikar aus Faistenoy – entscheidet, dass der Lauf gültig ist, und überreicht dem Sieger aus seinem Dorf den Pokal.

Auch beim Hochsprung und Weitsprung macht Mirko eine

gute Figur und beendet diese Wettkämpfe als Zweiter und Vierter. Da ich nicht genau weiß, wer außer ihm noch alle sieben Wettkämpfe bestreitet, kann ich nicht sagen, wie seine Platzierung im Siebenkampf ist, doch ich rechne ihm gute Chancen für den Gewinn des größten und bedeutendsten der acht Pokale aus.

Dann allerdings muss er beim Ringen antreten, das in mehreren Runden stattfindet. Die ersten beiden Runden entscheidet Mirko für sich, doch in der dritten trifft er auf einen stämmigen Kerl mit einer schiefen Nase aus seinem Heimatdorf, der ihn um fast eine Haupteslänge überragt und dessen gewaltige Muskelpakete vom Schweiß glänzen. Die beiden scheinen sich nicht besonders zu mögen, jedenfalls blickt Mirkos Gegner ziemlich grimmig drein.

Als der Kampf beginnt, stürzt sich der Riese auf ihn, doch Mirko weicht geschickt aus. Es gelingt ihm, seinen Gegner zu Fall zu bringen und in den Schwitzkasten zu nehmen, sodass ich schon glaube, der Kampf sei entschieden, als der Riese ihm mit der Faust in die Seite schlägt. Mirko schreit auf und lässt los, während ich vor Schreck die Hand vor den Mund halte. Der Kampfrichter, der Vikar aus Schwand, bricht den Kampf ab und disqualifiziert Mirkos Gegner wegen des unerlaubten Faustschlags. Doch Mirko fasst sich mit schmerzverzerrtem Gesicht an die Seite. Es ist deutlich erkennbar, dass er nicht weiterkämpfen kann. Tatsächlich tritt er zu den beiden letzten Wettkämpfen, Gewichtheben und Akrobatik, gar nicht erst an.

Er wird von seinen Anhängerinnen aus Einödsbach trotzdem begeistert empfangen. Neidvoll blicke ich auf die hübschen Mädchen, die sich um ihn drängen. Eine von ihnen schenkt ihm eine weiße Blume, die er sich schief grinsend hinters Ohr stecken lässt.

Den Rest der Wettkämpfe verfolge ich ohne großes Interesse. Den Gesamtsieg erringt ein Junge namens Erik aus meinem Heimatdorf, der in dieselbe Schulklasse geht wie ich. Ich gratuliere ihm wie die anderen, doch ich weiß, dass eigentlich Mirko den Pokal verdient hätte. Als ich Erik gerade die Hand gebe, kommt Agatha hinzu. Demonstrativ drängt sie sich zwischen uns, legt ihre Arme um seinen Hals und küsst ihn auf die Wange.

Über die Aufregung der Wettkämpfe hatte ich meine Schande für zwei selige Stunden völlig vergessen. Bis jetzt. Ich wende mich ab und mache mich mit meiner Mutter auf den Heimweg.

»Willst du denn wirklich nicht zum Fest gehen?«, fragt Mutter mich.

Ich schüttele nur den Kopf. Seit wir wieder in unserer Hütte sind, liege ich auf dem Bett. Meine Gedanken springen zwischen Verzweiflung, Scham und einer heimlichen Sehnsucht, die ganz eindeutig das Werk Satans ist, hin und her. Das Letzte, was ich will, ist, mich auf dem Fest von Agatha und ihren Freundinnen verspotten zu lassen.

»Sophia, ein öffentlicher Tadel ist noch kein Weltuntergang«, versucht Mutter, mich zu beruhigen. »Ich weiß, das schmerzt. Aber sagte nicht Jesus: ›Wer unter euch ohne Sünde ist, der werfe den ersten Stein‹? Du hast einen Fehler gemacht und du bereust ihn aufrichtig. Gott hat dir vergeben. Nun vergib dir selbst dafür und akzeptiere, dass du eine Sünderin bist, so wie wir alle. Du wirst sehen, heute Abend haben die Leute Besseres zu tun, als mit dem Finger auf dich zu zeigen.«

Sie hat gut reden! Ich kenne Agatha, sie wird mich meine Schmach noch wochenlang spüren lassen, aber ganz besonders heute Abend, wo sie die Jungfrau des Zeichens ist und ich eine öffentlich gebrandmarkte Sünderin.

»Je mehr du dich vor dieser Agatha versteckst, umso größer wird ihre Macht über dich«, sagt Mutter, als hätte sie meine Gedanken gelesen. »Ich kenne diese Sorte. Sie stürzen sich auf die Schwachen wie Wölfe auf ein Lamm.« Ich zucke bei dieser Metapher zusammen, doch sie bemerkt es nicht. »Stelle dich ihr! Lass ihre Worte an dir abperlen wie Regentropfen. Dann wird sie schnell das Interesse an dir verlieren.«

»Aber sie hat recht!«, rufe ich verzweifelt.

»Wie meinst du das?«

»Satan hat wirklich Zugang zu meiner Seele! Er flößt mir die ganze Zeit sündige Gedanken ein! Ich … ich weiß nicht, was ich dagegen tun soll!«

»Was denn für Gedanken?«, fragt Mutter.

Ich schweige.

Ihr Mund verzieht sich zu einem breiten Lächeln. »Es ist dieser Junge, nicht wahr? Der Sportler aus Einödsbach. Wie hieß er noch gleich? Martin?«

»Mirko«, korrigiere ich und merke erst im Nachhinein, dass ich damit ihre Vermutung bestätigt habe.

Das Lächeln in ihrem Gesicht wird zu einem breiten Grinsen. »Sophia, du bist jetzt fünfzehn. Es ist völlig normal, dass du in deinem Alter Gefühle für Jungs entwickelst. Das, was du sündige Gedanken nennst, sind ganz normale Sehnsüchte einer jungen Frau. Satan hat damit nicht das Geringste zu tun.«

Verunsichert blicke ich sie an. Ist es wirklich normal, beim

Anblick eines männlichen Körpers so eine Sehnsucht – nein, Begierde ist das bessere Wort – zu empfinden? Haben uns nicht unsere Lehrer immer wieder eingebläut, dass unzüchtige Gedanken das Werk Satans sind? Und nun behauptet meine Mutter, das sei keine Sünde! Ich möchte ihr gern glauben, doch ich habe den Verdacht, dass sie mich nur trösten und der heutigen Schmach nicht noch weitere Schuldgefühle hinzufügen will.

»Du solltest wirklich auf das Fest gehen«, sagt sie. »Da kommst du auf andere Gedanken.«

Doch ich schüttele nur traurig den Kopf. Ich bin nicht in der Verfassung, mich Agathas Sticheleien zu stellen. Nicht heute.

Sie zuckt mit den Schultern. »Na schön, wie du meinst. Dann bleiben wir eben zu Hause.«

»Du kannst doch gehen. Ich gehe einfach früh schlafen.«

»Nein, ich bleibe bei dir. Wir beide machen es uns hier gemütlich.«

Erleichtert lächele ich und umarme sie. »Danke!«

Doch der Abend verläuft anders, als ich es mir vorgestellt habe. Gerade, als wir uns an den mit Kerzen beleuchteten Tisch setzen wollen, um die Kohlsuppe zu essen, die Mutter gekocht hat, klopft es an die Tür.

Vor Schreck zucke ich zusammen. Womöglich ist es Agatha, die hergekommen ist, um mich zu verhöhnen, oder gar die Gotteswächter, die mich abholen, um mich in die Bußzelle zu sperren. Mutter öffnet die Tür, während ich erstarrt dasitze und es nicht wage, mich in Richtung des Eingangs umzudrehen.

»Oh, komm doch herein!«, ruft sie erfreut aus. »Sophia, hier ist Besuch für dich.«

Langsam drehe ich mich um und blicke in Mirkos blaue

Augen. Der Mund klappt mir auf und ich bringe kein Wort heraus.

»Hallo, Sophia«, sagt er fröhlich. »Ich habe dich auf dem Fest nicht gesehen. Daher dachte ich, ich komme einfach mal vorbei und erkundige mich, wie es dir geht.«

Sprachlos starre ich ihn an. Er trägt einen eleganten grauen Festanzug mit großen Hirschhornknöpfen und einer hellblauen Weste. Was macht er hier? Wieso ist er nicht auf dem Erweckungsfest in Einödsbach? Es ist nicht unüblich, das Fest zusammen mit Freunden oder Verwandten in einem Nachbardorf zu feiern. Hat er hier in Birgsau Familie? Oder ist er etwa extra meinetwegen hergekommen? Ich spüre, wie mir die Röte ins Gesicht schießt.

»Äh, na ja, ich … äh, ich fühle mich nicht so gut …«, stammele ich.

Er lächelt. »Hättest du trotzdem Lust, mich zum Fest zu begleiten?«

Ich werfe einen kurzen Blick zu meiner Mutter, die hinter ihm steht und energisch nickt.

»Na gut«, sage ich, als hätte er mir gerade einen großen Gefallen abverlangt. Dabei hüpft mein Herz vor Aufregung wie wild in meiner Brust herum.

Auf wackeligen Beinen stehe ich auf und gehe zu ihm. Er mustert mich kritisch. »Vielleicht solltest du dir was anderes anziehen.«

Verdutzt blicke ich an mir herab. Ich trage immer noch meine schwarze Kirchenkleidung! Wieder schießt mir das Blut in den Kopf, während ich mich rasch abwende und ins Schlafzimmer flüchte. Dort stehe ich mit klopfendem Herzen vor unserem schmalen Kleiderschrank. Nicht, dass ich viel Auswahl hätte: Neben meinen grauen und braunen Feldkleidern gibt es nur ein einziges Kleid, das für diesen Anlass geeignet ist. Meine Mutter hat es mir vor zwei Jahren zum Namenstag geschenkt. Es ist hellblau und an den Säumen mit bunten Blumen bestickt. Rasch ziehe ich es über und stelle dabei fest, dass es an der Brust etwas eng ist. Zum Glück sind meine Haare noch zu Zöpfen geflochten.

Als ich wieder in unseren Wohnraum trete, der uns gleichzeitig als Küche und Esszimmer dient, blickt Mirko mich an und nickt.

»Du siehst wunderschön aus!«, sagt er.

Wieder erröte ich, doch ich lasse es zu, dass er meine Hand nimmt und mich aus dem Haus führt. Draußen wartet keine Menge vor Begeisterung kreischender Mädchen auf ihn, wie ich insgeheim befürchtet hatte. Er ist wirklich ganz allein hergekommen.

»Solltest du nicht auf dem Dorffest in Einödsbach sein?«, entfährt es mir, ehe ich realisiere, dass die Frage ziemlich unhöflich ist.

Er blickt mich mit seinen Augen an, die das Licht des Himmels zu spiegeln scheinen, doch er wirkt eher amüsiert als beleidigt. »Wäre es dir denn lieber, wenn ich dortgeblieben wäre?«

»Nein«, sage ich schnell und zum ersten Mal heute lächele ich.

Er grinst und führt mich am Arm zum Dorfplatz. Die dort bereits versammelten Birgsauer werfen uns neugierige und manchmal verwunderte Blicke zu. An einem der Tische, die im Kreis um das große Feuer in der Mitte aufgebaut sind, entdecke ich Agatha. Der Mund klappt ihr auf, als sie uns sieht. Dann macht sie eine finstere Miene und tuschelt mit ihren Freundinnen. Ich beachte sie gar nicht.

Wir setzen uns gegenüber an einen der langen Tische, die sich unter der Last köstlicher Speisen biegen. Doch ich bekomme kaum mit, was ich esse. Mirko bringt mich immer wieder zum Lachen, indem er mir von Streichen erzählt, die er verübt hat und für die er eine Menge Ärger bekam, oder von Missgeschicken, die ihm passiert sind. Offenbar nimmt er sich selbst ebenso wenig ernst wie die strengen Regeln unserer Gemeinde, und obwohl er manchmal der Ketzerei gefährlich nahekommt, schafft er es mit seiner unbekümmerten Art, dass auch ich die Schmach des Vormittags als nicht mehr so schmerzhaft empfinde.

Zwischendurch sieht er mich manchmal mit seinen blauen Augen an und sagt mir, wie hübsch ich bin und wie glücklich er sich schätzt, den Abend mit mir verbringen zu dürfen. Dann werde ich rot und mir wird ganz flau im Bauch. Wenn er mich anlächelt, kann ich nicht anders, als zurückzulächeln, und es scheint in diesen Momenten, als gebe es auf der Welt nur Mirko und mich.

»Ich hätte nicht gedacht, dass du dich heute Abend her traust«, unterbricht Agatha unser Gespräch. Sie steht hinter mir und hat Erik, den Sieger des Siebenkampfs, und zwei ihrer Freundinnen im Schlepptau. »Dass du einen Jungen aus Einödsbach eingeladen hast, ist jedenfalls klug gewesen, wo doch keiner aus Birgsau mehr etwas mit dir zu tun haben will.«

Ich tue, was Mutter mir geraten hat, indem ich Agathas hässliche Worte gar nicht beachte und sie stattdessen anlächele. Das fällt mir dank meiner guten Laune überhaupt nicht schwer. Im Gegenteil, sie tut mir sogar ein bisschen leid. Ich kann spüren, dass sie irgendwie unglücklich ist und das durch ihr arrogantes Gehabe zu überspielen versucht.

Mirko ignoriert Agatha einfach. »Hallo, Erik«, sagt er. »Großartiger Wettkampf heute! Meinen Glückwunsch!«

Erik wirkt, als sei ihm die ganze Situation ziemlich unangenehm.

»Eigentlich hättest du den Pokal verdient, Mirko«, sagt er. »Wenn Hauke dich nicht verletzt hätte, hättest du bestimmt gewonnen.«

»Es ist so gekommen, wie Gott es wollte«, erwidert Mirko. »Er wollte mir wahrscheinlich bloß die Blamage ersparen, die ich im Akrobatik-Wettkampf erlebt hätte.«

Ich muss daran denken, wie er aus dem Stand einen Salto rückwärts gemacht hat, und bewundere ihn dafür, wie er die Situation handhabt.

»Kommt, wir gehen!«, bestimmt Agatha, die erkannt hat, dass sie ihr Ziel, uns den Abend zu verderben, nicht erreichen kann.

Ihre beiden Freundinnen werfen Mirko bewundernde und mir neidvolle Blicke zu, oder jedenfalls kommt es mir so vor, bevor sie sich umdrehen und Agatha folgen.

Nach dem Festmahl wird getanzt. Die Sonne ist längst untergegangen und der Sternenhimmel wölbt sich über dem Tal. Bunte Laternen tauchen den Dorfplatz in ein wunderschönes Licht. Zu den Klängen eines Akkordeons und einer Tuba tanzen wir die traditionellen Tänze: Ländler, Dreher, Polka. Mirko ist ein ebenso guter Tänzer wie Akrobat und wirbelt mich herum, dass mir schwindelig wird. Wenn er noch Schmerzen von dem Faustschlag hat, merke ich davon jedenfalls nichts.

Schließlich stimmen die Musiker einen langsamen Walzer an.

Während er mich mit sanften, wiegenden Schritten führt, blickt er mich an und die Zeit scheint stillzustehen. Ich begreife plötzlich, dass mein Begehren, das ich für eine Sünde hielt, in Wahrheit ein Geschenk Gottes ist.

Er lächelt und ich lächele zurück.

»Dies ist das schönste Erweckungsfest, das ich jemals hatte«, flüstert er.

»Finde ich auch«, erwidere ich, vollkommen glücklich.

Doch dann drückt er mich an sich, beugt sein Gesicht herab und küsst mich auf die Lippen und ich begreife, dass es selbst zu vollkommenem Glück noch eine Steigerungsmöglichkeit gibt.

4. KAPITEL

Als ich am nächsten Morgen aufwache, bin ich mir nicht sicher, ob ich den gestrigen Tag nur geträumt habe. Und wenn: War es ein schöner Traum oder ein Albtraum? Wie kann ein einziger Tag gleichzeitig so viel Leid und so viel Freude beinhalten?

Ich denke daran zurück, wie ich mit Mirko getanzt habe, wie er mich küsste, mich all die Schmach vergessen ließ, die ich nur Stunden zuvor erdulden musste, wie wir uns schließlich verabschiedeten, uns widerstrebend voneinander lösten, als wirke eine unsichtbare Anziehungskraft jedem unserer Schritte entgegen.

Mein Herz pocht wild, während ich so daliege. Wie wird es sein, wenn wir uns wiedersehen? Wird er sich freuen? Oder war alles für ihn nur ein Spiel? Womöglich bloß der Versuch, mich nach meiner Demütigung zu trösten? Das wäre das Schlimmste: wenn er bloß aus Mitleid mit mir zum Fest gegangen wäre. Doch er hätte mich nicht aus Mitleid geküsst, oder?

In der Schule bin ich unaufmerksam und werde mehrmals von unserem Lehrer getadelt. Agathas Sticheleien ignoriere ich. Meine Gedanken sind nur bei Mirko. Doch je länger der Tag sich hinzieht, umso unsicherer werde ich.

Nach dem Unterricht habe ich Sozialdienst. Ich helfe in der

Gemeinschaftsküche beim Kochen, wasche anschließend die alte bettlägerige Frau Zengeler und wechsele ihre Bettwäsche, während sie zusammenhanglose Sätze von sich gibt, mich mal für ihre Tochter hält, dann wieder für eine Fremde. Währenddessen denke ich darüber nach, wann und wie ich Mirko wiedersehen werde. Am liebsten würde ich gleich nach dem Dienst zu ihm nach Einödsbach gehen. Aber was, wenn er mich gar nicht wiedersehen will?

Doch als ich nach dem Dienst nach Hause komme, sitzt er auf der Bank vor dem Haus, einen großen Blumenstrauß in der Hand und grinst mich an. Mein Verstand ist plötzlich wie leer gefegt, ich habe ein flaues Gefühl im Magen und meine Beine fühlen sich wackelig an, als ich auf ihn zugehe.

Er steht auf und hält mir die Blumen hin.

»Für mich?«, frage ich und werde rot, als mir klar wird, wie dumm diese Frage ist.

»Eigentlich habe ich sie für Agatha gepflückt, aber die war nicht zu Hause.«

Ich sehe ihn erschrocken an. Dann grinst er und ich begreife, dass er nur einen Scherz gemacht hat.

»Ich wollte dich fragen, ob du Lust hast, einen kleinen Spaziergang mit mir zu machen«, sagt er.

»Ja, gern.«

Ich nehme ihm die Blumen aus der Hand, stelle sie in eine Vase und schreibe eine kurze Nachricht an meine Mutter, während er draußen wartet.

Hand in Hand gehen wir den Feldweg hinter dem Haus entlang. Es ist ein herrlicher warmer Junitag, die Luft erfüllt vom Duft der Blumen und dem Surren zahlloser Insekten. Als wir an der Schafweide vorbeikommen, auf der ich noch vor Kurzem Paul streichelte, geht ein Stich durch mein Herz. Ich stelle mir vor, dass er jetzt auf den immergrünen Wiesen des Paradieses herumtollt. Vielleicht haben Tiere ja doch eine Seele, manche jedenfalls – schließlich wird sogar Jesus im Johannesevangelium »das Lamm Gottes« genannt.

»Ehrlich gesagt war ich heute Morgen ein bisschen nervös«, sagt Mirko unvermittelt. »Ich … war mir unsicher, ob du mich überhaupt wiedersehen willst.«

Verblüfft sehe ich ihn an. »Unsicher? Du?«

»Ist das so schwer vorstellbar?«

»Ja. Wenn jemand unsicher ist, dann ich.«

Er bleibt stehen und sieht mich an und wieder habe ich das Gefühl, als stehe die Zeit still. Einen Moment lang blicken wir uns nur in die Augen. Dann umfasst er sanft meine Wangen und küsst mich und es ist, als durchliefe ein elektrischer Strom meinen ganzen Körper.

Als wir uns wieder voneinander lösen, scheint die Sonne heller, die Bienen summen fröhlicher und die Farben der Blumen und Schmetterlinge sind bunter als je zuvor.

»Ich möchte nie wieder von dir hören, dass du dir meiner unsicher bist«, flüstert er und küsst mich erneut.

Die nächsten Wochen vergehen wie im Flug. Wann immer es unsere Pflichten zulassen und wir ein paar Stunden für uns haben, sehen wir uns. Wir haben einen Treffpunkt auf halbem Weg zwischen Birgsau und Einödsbach ausgemacht, an dem eine kleine selten genutzte Brücke die Stillach überspannt. Von dort aus wandern wir durch die Wälder und Bergwiesen an den

Hängen des Alpgundkopfs und Fellhorns oder das Rappenalptal hinauf in Richtung des Heiligtums. Ich fühle mich, als ginge ich auf Wolken spazieren. Im Himmel kann es kaum schöner sein!

An einem besonders heißen Tag Anfang August führt mich Mirko hoch hinauf bis zu einem kleinen Bergsee, der geschützt in einer Senke liegt. Ein paar Kühe grasen in der Nähe, doch weit und breit ist keine Menschenseele zu sehen.

Ich werfe einen scheuen Blick hinauf zum Bergkamm, der nur ein paar Hundert Schritte entfernt ist. Auf der anderen Seite liegt das Land der Verlorenen. Trotz der Hitze läuft ein Schauer über meinen Rücken.

Mirko bemerkt meinen Blick. »Wollen wir hinaufgehen und mal rübergucken?«, fragt er.

Erschrocken sehe ich ihn an. »Du weißt doch, dass das streng verboten ist!«

Er senkt den Blick. »Ja, ich weiß. Tut mir leid.«

Plötzlich streift er Hemd und Hose ab, bis er, nur noch mit einer Unterhose bekleidet, vor mir steht. Sein muskulöser, braun gebrannter Körper glänzt vor Schweiß.

»Was … was tust du da?«, frage ich.

»Ich gehe schwimmen, was sonst?«

Er springt in das kristallklare Wasser des Sees, taucht unter und bricht einen Augenblick später prustend an die Oberfläche.

»Komm doch auch rein! Das Wasser ist herrlich!«

Ich schüttele den Kopf. Wie stellt er sich das vor? Soll ich mich etwa vor ihm entblößen? Was, wenn uns eine Patrouille der Gotteswächter sieht? Andererseits ist es wirklich sehr warm und der raue Stoff meines Kleids klebt mir auf der Haut. Also ziehe ich die Schuhe aus, ziehe den Saum des Kleides hoch und wate ein Stück weit ins Wasser. Es ist eiskalt. Ich frage mich, wie Mirko es darin aushält.

Er schwimmt zu mir. »Ist dir denn gar nicht heiß?«

»Doch, ein bisschen schon«, antworte ich.

»Na, dann brauchst du wohl etwas Abkühlung«, ruft er und spritzt mich nass.

Erschrocken kreische ich auf und ergreife die Flucht. Er klettert aus dem Wasser, rennt mir nach, holt mich mühelos ein und packt mich an der Schulter. Ehe ich weiß, wie mir geschieht, liege ich auf dem Rücken und Mirkos feuchter, warmer Körper drückt mich ins weiche Gras. Er küsst mich, während er mit einer Hand meine Brust durch das Kleid streichelt. Etwas Hartes zwischen seinen Beinen presst gegen meinen Unterleib.

Ein Teil von mir möchte, dass er weitermacht. Ein warmes Verlangen breitet sich in mir aus, das meinen Verstand und meine Sinne zu überwältigen droht. Nur mit äußerster Mühe gelingt es mir, die Beherrschung zu wahren. Mit aller Kraft stoße ich ihn von mir, rolle zur Seite und rappele mich auf.

»Was soll das?«, rufe ich. »Was ist nur in dich gefahren?«

Er blickt mich erschrocken an, dann senkt er den Blick und läuft vor Scham rot an. Seine Hände bedecken seine nasse Unterhose. »Ent…entschuldige bitte«, sagt er. »Ich … du … du bist so schön und …«

Schweigend schaut er mich an und in seinen Augen scheint Schmerz zu liegen. Wieder befällt mich dieses Verlangen, der Drang, alle Regeln und Vorschriften zu ignorieren, ihm in die Arme zu fallen und mich ihm hinzugeben, hier und jetzt. Doch das wäre eine schwere Sünde, solange wir den Heiligen Bund noch nicht eingegangen sind. Nächstes Jahr bin ich alt genug dafür. Ich kann es kaum abwarten!

Noch einmal werfe ich einen Blick hinauf zum Bergkamm. Womöglich sind Satans Verlockungen hier oben, so dicht an der Grenze zu seinem Reich, besonders stark. Vielleicht erklärt das dieses warme, drängende Ziehen in meinem Bauch.

»Lass uns nach Hause gehen«, sage ich.

Er nickt und zieht sich rasch an. Schweigend marschieren wir hinab ins Tal.

Als wir uns am nächsten Tag treffen, begrüßt er mich mit einem schiefen Grinsen. »Ich … ich hoffe, du bist mir nicht mehr böse wegen gestern?«

Ich lächele zurück. »Nein. Ich … Es war schön.«

Er wirkt erleichtert. »Dann sind meine Gebete erhört worden. Komm mit, ich möchte dir etwas zeigen!«

Als ich ihn argwöhnisch anblicke, ergänzt er schnell: »Keine Angst, es ist nichts Verbotenes. Und es ist auch nicht weit.«

Neugierig folge ich ihm zu einem kahlen, mit Geröll übersäten Hang. Vor langer Zeit muss hier eine Lawine abgegangen sein. Ich kann nichts Besonderes an diesem Ort erkennen, doch Mirko hockt sich hin und beginnt, die herumliegenden Steine genauer zu untersuchen. Verwirrt beobachte ich ihn dabei. Was sucht er hier? Doch nicht etwa Gold? Die Gier nach Gold ist eine Sünde, das haben wir schon in der ersten Klasse gelernt.

Doch als er schließlich einen Stein aufsammelt und damit zu mir kommt, erkenne ich keinerlei Glanz. Er sieht aus wie ein ganz gewöhnlicher Stein, doch Mirko grinst aufgeregt, als sei er stolz auf seinen Fund.

»Sieh mal hier!« Er zeigt auf merkwürdige, regelmäßige Einkerbungen in dem Stein, die sich in einer Spirale winden wie das Haus einer Weinbergschnecke.

»Wirklich hübsch«, sage ich, um ihm eine Freude zu machen.

»Na ja, das vielleicht nicht gerade, aber es ist interessant, findest du nicht? Weißt du, was das ist?«

»Ein Stein.«

»Ja, schon. Aber es ist mehr als das. Man nennt es ein Fossil.«

»Ein was?«

»Ein versteinertes Lebewesen. Es hat vor vielen Millionen Jahren gelebt, auf dem Grund des Meeres. Der Ozeanboden ist im Laufe der Zeit zu Stein geworden und hat seine Schale über all die Zeit konserviert.«

Verblüfft sehe ich ihn an. Ich habe noch nie solchen Unsinn gehört! Ist das einer seiner Scherze? Doch in seinen Augen funkelt nicht der Schalk, den ich an ihm so liebe, sondern etwas anderes, eine Art Eifer, der mir Angst macht.

»Aber Gott hat die Erde vor sechstausend Jahren geschaffen«, erwidere ich. »Und außerdem sind wir hier in den Bergen. Wie sollte ein Lebewesen vom Grund des Meeres hierherkommen?«

Er blickt mich ernst an. »Was, wenn ich dir sage, die Erde sei viel älter als sechstausend Jahre? Mehr als sechshunderttausend Mal so alt, um genau zu sein?«

»Ich würde sagen, du spinnst!«, antworte ich und es klingt unfreundlicher, als ich es beabsichtigt habe.

Er zuckt zurück, als hätte ich ihn geschlagen. »Aber wie erklärst du dir dann, dass dieses Tier hier in diesem Stein ist?«

»Gott hat den Stein gemacht, weil er ihm so gefällt.«

Er schweigt, wirft den Stein achtlos beiseite. Ich spüre, dass ich ihn verletzt habe, und das tut mir leid.

»Wie kommst du überhaupt darauf, dass dieser Stein einmal am Meeresgrund gewesen sein soll?«, frage ich.

Er zögert, bevor er antwortet. »Es gibt Bücher, in denen das steht.«

Ich starre ihn erschrocken an. »Was für Bücher?«

Mirko weicht meinem Blick aus.

»Etwa … *verbotene Bücher*?«

Er antwortet nicht und kaltes Entsetzen packt mich.

»Mirko, du weißt doch, dass die verbotenen Bücher das Werk Satans sind!«

»Vielleicht sind sie das«, antwortet er trotzig. »Vielleicht auch nicht.«

»Wie kannst du so etwas sagen? Willst du etwa behaupten, dass Seine Heiligkeit, der Letzte Bischof, lügt?«

Wieder sieht er in eine andere Richtung.

Nach einem Moment des Schweigens sagt er: »Der Letzte Bischof ist ein Mensch wie du und ich. Auch er kann sich irren. Oder … absichtlich die Unwahrheit sagen.«

Fassungslos schüttele ich den Kopf. Niemals hätte ich es auch nur für möglich gehalten, dass Mirko ein Ketzer sein könnte! Plötzlich kommt mir ein schrecklicher Verdacht: Was, wenn er in Wahrheit ein Diener Satans ist? Was, wenn das gestern ein Versuch war, mich zu verführen und vom rechten Weg abzubringen?

Tränen schießen mir in die Augen. Ich drehe mich um und renne ins Tal.

»Sophia!«, ruft er mir nach. »Sophia! So warte doch!«

Doch ich fliehe vor ihm. Als ich endlich zu Hause bin, fühle ich mich, als ob ein Dolch in meinem Herzen stecke.

Mutter sieht sofort, dass etwas nicht stimmt. Aber ich beantworte ihre Fragen nicht. Wie könnte ich ihr gegenüber wiederholen, was Mirko zu mir gesagt hat? Ich würde sie nur in eine schreckliche Situation bringen. Denn Ketzerei muss sofort gemeldet werden und wer es nicht tut, begeht eine Todsünde. Doch auch, wenn er mich tief enttäuscht hat, werde ich ihn nicht an die Gotteswächter verraten. Der Inquisitor tut nur Gottes Werk, aber jeder hat Angst vor ihm, und ich will nicht, dass Mirko womöglich als Verlorener aus dem Tal gejagt wird. Ich kann nur hoffen, dass Gott ihm hilft, von selbst wieder auf den rechten Weg zu finden, bevor es zu spät ist.

In dieser Nacht schlafe ich kaum. Als ich doch einmal wegdämmere, habe ich einen Albtraum, in dem Mirko mit schattenhaften Gestalten, die Hörner und Hufe haben, um ein Feuer tanzt.

Am nächsten Morgen fühle ich mich innerlich leer. Ich habe keinen Hunger und esse nichts zum Frühstück. Nachmittags gehe ich nicht wie sonst zu unserem Treffpunkt, sondern bleibe zu Hause. Abends weine ich mich in den Schlaf.

»Sag mir bitte, was mit dir los ist«, fordert mich Mutter morgens beim Frühstück auf. »Du hast Liebeskummer, hab ich recht? Hast du dich mit Mirko gestritten?«

Schweigend esse ich mein Schwarzbrot mit Schmalz. Ich schaffe es nicht, ihren Blick zu erwidern.

Am Samstag klopft es an unsere Tür. Draußen steht Mirko, einen Strauß Blumen in der Hand. Er sieht so elend aus, dass ich sofort Mitleid mit ihm habe.

»Ich … ich wollte mich entschuldigen«, sagt er. »Ich … hätte dich nicht mit meinen Gedanken belasten dürfen.«

Mein Herz pocht wild vor Hoffnung. Wenn er seine Sünde aufrichtig bereut … wir könnten wieder glücklich sein!

»Wollen wir ein bisschen spazieren gehen?«, fragt er.

»Ja, gerne.«

Ich ziehe mir eine Leinenjacke über, denn es fällt ein leichter Regen. Er spannt einen klapprigen Regenschirm auf, der noch aus der Zeit vor der Erweckung stammen muss, und hält ihn über mich. Ich hake mich bei ihm unter.

Schweigend gehen wir eine Weile.

Als wir außerhalb der Hörweite der Häuser sind, sagt er: »Die letzten Tage waren die schlimmsten meines Lebens.«

»Ich fand sie auch nicht so toll.«

»Kannst du mir verzeihen?«

Ich bleibe stehen und sehe ihm in die Augen. »Bereust du denn aufrichtig, was du gesagt hast?«

»Ich bereue, dass ich deine Gefühle verletzt habe«, antwortet er. »Ich hätte dich niemals mit meinen ketzerischen Gedanken belasten dürfen. Es tut mir leid.«

»Aber was ist mit dem, was du zu mir gesagt hast? Dass die Erde Milliarden Jahre alt ist, wie es in den verbotenen Büchern steht – bereust du das auch?«

Er schweigt und meine Hoffnung zerrinnt. Tränen schießen mir in die Augen, während ich mich von ihm löse.

»Mirko, wenn du nicht bereust … Ich … ich kann nicht mit einem Ketzer befreundet sein.« Es fühlt sich an, als würde ich mir selbst das Herz aus der Brust reißen.

»Wenn du es von mir verlangst, dann schwöre ich all meinen

Gedanken ab, die du als Ketzerei bezeichnest«, sagt er ernst. »Ich werde nie wieder ein verbotenes Buch lesen oder auch nur einen verbotenen Gedanken denken.«

»Es reicht nicht, dass du es mir zuliebe tust«, erwidere ich. »Du musst ernsthaft bereuen. Du musst mit Gott im Reinen sein!«

Seine Schultern sinken herab und ich sehe, dass er dazu nicht in der Lage ist. Seine Seele scheint verloren.

Plötzlich kommt mir ein Gedanke: Vielleicht ist er nicht von Satan geschickt worden, um mich zu verderben, sondern umgekehrt – vielleicht bin ich es, die den Auftrag hat, seine Seele zu retten! Die Idee erscheint mir einerseits überheblich, doch andererseits erfüllt sie mich mit neuer Hoffnung. Sagte nicht Jesus: *Es wird auch Freude im Himmel sein über einen Sünder, der Buße tut, mehr als über neunundneunzig Gerechte, die der Buße nicht bedürfen?*

Als hätte er meine Gedanken erraten, sagt Mirko: »Ich mache dir einen Vorschlag. Ich zeige dir die verbotenen Bücher, die ich in einer alten Kiste in unserem Keller gefunden habe. Dann entscheidest du, was damit passieren soll. Wenn du willst, verbrenne ich sie. Wenn du es verlangst, bekenne ich meine Sünde gegenüber dem Inquisitor. Ich tue alles, was du willst, Sophia. Nur, bitte, verlass mich nicht!«

»Also gut«, stimme ich mit einem flauen Gefühl im Magen zu. Verbotene Bücher! Was, wenn Satans unheilige Macht auch mich korrumpiert? Was, wenn Mirkos sündige Gedanken auf mich übergehen? Doch wenn ich nicht einmal genug Glauben habe, um den Anblick verbotener Bücher zu ertragen, ohne meine Seele Satan in den Rachen zu werfen, dann bin ich es wahrscheinlich nicht wert, gerettet zu werden. Nein, für Mirkos

Seele werde ich das Risiko eingehen. Ich werde dafür sorgen, dass er die Bücher verbrennt, und werde ihn auf den rechten Weg zurückführen! Dies ist die Aufgabe, die Gott mir gestellt hat, das spüre ich. Wenn ich auch bei der Prüfung mit Paul versagt haben mag, diesmal werde ich stark sein!

Mirko führt mich nicht nach Einödsbach, wo er zusammen mit seinen Eltern und Großeltern sowie fünf weiteren Familien in einem großen Gemeinschaftshaus lebt, sondern einen Berghang hinauf zu einem verfallenen Heuschober, der schon seit Jahrzehnten nicht mehr benutzt zu werden scheint. Unter Gestrüpp, das im Inneren in einer Ecke wächst, hat er ein Loch in die Erde gegraben und es mit ein paar Latten abgedeckt. Daraus holt er ein Bündel hervor, das in Plastikfolie eingeschlagen ist, und wickelt es sorgfältig aus. Fünf Bücher befinden sich darin. Auf einem davon ist ein Stein abgebildet, der dem, den er mir neulich gezeigt hat, verblüffend ähnelt. Es heißt *Historische Geologie: Eine Einführung*. Die Seiten sind vergilbt und fleckig. Ein anderes, ebenso altes und verblichenes Buch trägt den Titel *Evolution – Eine kurze Geschichte von Mensch und Natur*. Das dritte: *Eine kurze Geschichte der Zeit* von einem gewissen Stephen Hawking. Das vierte: *Weltreligionen*. Doch es ist das fünfte Buch, dessen Titel mich am meisten erschreckt: *Die Schöpfungslüge* von Richard Dawkins.

Ich starre Mirko entsetzt an.

»Wie … wie kannst du so etwas hier verstecken? Weißt du denn nicht, was sie mit dir machen, wenn der Inquisitor davon erfährt? Du … du wirst aus dem Tal verstoßen!«

»Ich weiß«, sagt er trotzig. »Und manchmal frage ich mich, ob das wirklich so schlimm wäre.«

»*Was?*« Ich kann nicht glauben, was ich da höre.

»Was, wenn das Alter der Erde nicht das Einzige ist, das sie uns in der Schule falsch beigebracht haben? Was, wenn die Letzte Schlacht, die angeblich seit Jahren da draußen tobt und die ganze Welt bis auf dieses kleine Tal ins Verderben gerissen hat, gar nicht stattfindet?« Und als wäre das alles noch nicht schlimm genug, fügt er hinzu: »Was, wenn in Wahrheit *wir* die Verlorenen sind?«

Mit aufgerissenen Augen und zitternder Unterlippe stehe ich da, unfähig, zu sprechen oder mich zu rühren. Noch nie habe ich jemanden etwas so Schreckliches sagen hören.

In seinem Gesicht spiegelt sich die Erkenntnis, dass er zu weit gegangen ist. Viel zu weit. Er versucht, es mit einem Grinsen zu überspielen. »Hey, das sind nur Überlegungen! Ich sage ja nicht, dass es so ist, ich stelle bloß Fragen. Gott hat uns doch einen Kopf zum Denken gegeben, oder nicht?«

Ich schließe die Augen und kämpfe mit den Tränen, als mir klar wird, dass ich auch dieser Aufgabe, die Gott mir gestellt hat, offensichtlich nicht gewachsen bin. Mirko ist schon viel zu weit vom rechten Weg abgekommen. Diese schrecklichen Bücher haben seinen Verstand vergiftet.

Er nimmt mich in den Arm. »Tut mir leid«, flüstert er. »Ich hab … ich hab wirklich gedacht …«

Ich öffne die Augen. »Verbrenne sie!«, unternehme ich einen letzten Versuch. »Hier und jetzt!«

Er macht einen Schritt zurück. »Was? Wieso?«

»Du hast gesagt, du würdest das für mich tun, wenn ich es verlange«, sage ich mit fester Stimme. »Also, ich verlange es jetzt. Wenn du mich wirklich liebst, dann verbrenne diese Bücher!«

»Okay.« Er hebt beschwichtigend die Hände. »Okay, ich verbrenne sie. Aber erst, wenn du sie gelesen hast.«

»Du willst, dass ich diese verbotenen Bücher *lese*? Du verlangst ernsthaft von mir, dass ich ein Buch mit dem Titel *Die Schöpfungslüge* nicht nur in die Hand nehme, sondern Satans Worte tatsächlich in meine Gedanken lasse?«

»Woher willst du wissen, dass es Satans Worte sind, wenn du nicht einmal weißt, was drinsteht?«, fragt er und sein Gesicht färbt sich rot vor Zorn.

»Ich weiß es, weil diese Bücher *verboten* sind«, zische ich. »Und das offensichtlich aus gutem Grund.« Ich atme tief durch, um mich zu beruhigen. »Merkst du denn nicht, wie weit du dich schon von Gott entfernt hast, Mirko? Kehre um! Kehre zurück auf den rechten Weg und bereue, ehe es zu spät ist!«

»Und du? Merkst *du* nicht, dass du bloß eine Marionette der Priester bist? Dass sie dich mit ihren Lügenmärchen so eingeschüchtert haben, dass du Angst davor hast, ein Buch zu lesen, geschweige denn, einen eigenständigen Gedanken zu fassen?«

Wir sehen uns an und in diesem Moment wissen wir beide, dass der Graben zwischen uns zu tief ist, um noch überbrückt zu werden. Mirko ist schon viel zu weit unter den Einfluss Satans geraten. Er ist ein Verlorener, der nicht mehr gerettet werden kann. Und wenn ich nicht ebenfalls verloren gehen will, gibt es nur eine Möglichkeit.

Traurig schüttele ich den Kopf. »Ich gehe jetzt besser nach Hause.«

In seinen Augen glitzern Tränen. »Schade«, sagt er nur.

»Ich werde für dich beten.« Mit diesen Worten drehe ich mich um und lasse ihn stehen.

5. KAPITEL

Am nächsten Morgen klopft es an unsere Tür. Hoffnung durchzuckt mich. Ich habe fast die ganze Nacht wach gelegen, geweint und gebetet, obwohl ich wusste, dass Mirkos Seele bereits verloren ist. Wenn er nun aber draußen steht, wenn er vielleicht doch noch aufrichtig bereut …

Bitte, Herr, bete ich im Stillen, *schenke ihm die Einsicht und Demut wahrer Reue! Ich flehe dich an, Gott, rette seine Seele!*

Doch als meine Mutter öffnet, ist es nicht Mirko, der vor der Tür steht, sondern zwei grimmig dreinblickende Gotteswächter.

»Gelobt sei Jesus Christus«, sagt einer der beiden.

»In Ewigkeit, Amen«, antworten wir automatisch.

Mein Herz pocht fast schmerzhaft vor Sorge. Am liebsten würde ich sie fragen, ob etwas mit Mirko passiert ist, ob er erwischt und aus dem Tal geschickt wurde. Doch das wäre gleichbedeutend mit einer Anklage.

»Sophia Mahler, wir haben den Auftrag, dich zum Vikar zu bringen«, sagt der Gotteswächter.

Mein Inneres scheint zu Eis zu gefrieren. Meine Mutter zieht erschrocken die Luft ein.

»Was ist denn los?«, will sie wissen.

»Das wird der Vikar ihr mitteilen.«

»Darf ich sie begleiten?«

»Nein.«

»Gott sei mit dir, meine Tochter!« Sie gibt mir einen Kuss auf die Stirn. »Hab Vertrauen in den Herrn!«

»Ja, Mutter.«

Ich folge den beiden zum Gemeindezentrum. Der Vikar sitzt hinter seinem Schreibtisch und blickt mich mit ernster Miene an. Doch der Mann, der neben ihm steht, erschreckt mich noch viel mehr. Es ist der Inquisitor selbst, der oberste Wächter des Glaubens, zuständig für die Verfolgung von Gotteslästerung und Ketzerei. Seine schwarze Kapuze taucht sein Gesicht in Schatten, doch ich kann seine Augen erkennen, die mich zu durchdringen scheinen.

Sie wissen es, durchzuckt es mich. *Sie wissen, dass Mirko verbotene Bücher hat und dass ich sie nicht gemeldet habe!*

»Möchtest du die Beichte ablegen, Sophia?«, fragt der Vikar. »Wenn du willst, bitte ich seine Eminenz, den Heiligen Inquisitor, uns einen Augenblick allein zu lassen.«

Mein Gewissen drängt mich, ihnen alles zu erzählen, was ich gestern gesehen und gehört habe. Doch etwas hält mich davon ab. Sie haben mir noch nicht gesagt, warum ich hier bin. Was, wenn es gar nichts mit Mirko zu tun hat? Dann würde meine Beichte ihn grundlos in große Schwierigkeiten bringen – und mich wahrscheinlich auch.

»Ich … ich weiß ehrlich gesagt nicht, was ich beichten soll, Herr Vikar«, stammele ich. Die Lüge fühlt sich wie ein Kloß in meinem Hals an.

»Nur Gott und du wissen das, Sophia«, sagt der Vikar. »Aber

vergiss nicht, dass nur du selbst die Entscheidung treffen kannst, dein Gewissen zu erleichtern und wahre Reue zu zeigen.«

Ich schweige.

»Kennst du einen Mirko Kaminsky aus Einödsbach?«, meldet sich der Inquisitor zu Wort.

Also ist es wahr – sie wissen alles! Doch jetzt ist es zu spät, um noch zu beichten.

Ich nicke. »Was … was ist mit ihm?«

»Bitte beantworte nur meine Fragen«, ermahnt mich der Inquisitor ruhig, aber eindringlich. »Wann hast du ihn zuletzt gesehen?«

»Gestern«, sage ich. »Er hat mich zu Hause abgeholt und wir sind spazieren gegangen.«

»Hat er dir irgendetwas gesagt?«

»Wie meinen Sie das, Herr Inquisitor?«

»Ich meine irgendetwas Ungewöhnliches. Etwas, was darauf schließen lässt, dass er vom rechten Weg abgekommen sein könnte.«

Ich weiche seinem Blick aus. »Warum … warum fragen Sie das?«

»Sophia, Mirko ist heute Nacht aus dem Tal geflohen«, mischt sich der Vikar ein, was ihm einen zornigen Blick des Inquisitors einbringt. »Eine Patrouille der Gotteswächter hat ihn erwischt, als er über den Grenzzaun kletterte. Sie haben noch versucht, ihn abzuhalten und zur Umkehr zu bewegen, doch er hat nicht auf sie gehört. Es tut mir leid, aber ich fürchte, er … er ist jetzt ein Verlorener.«

Erschrocken starre ich ihn an, dann breche ich in Tränen aus. Nein! Nein, das kann nicht wahr sein! Nicht Mirko!

»Kannst du uns irgendetwas dazu sagen, warum er geflohen sein könnte?«, fragt der Inquisitor. »Habt ihr euch gestritten? Über Glaubensfragen vielleicht? Hat er womöglich versucht, dich zu verführen und vom rechten Weg abzubringen?«

Ich bin unfähig zu antworten. Nur schwere Schluchzer entringen sich meiner Brust.

»Lassen Sie sie doch bitte in Ruhe, Inquisitor«, sagt der Vikar. »Ich kenne Sophia, seit sie klein war. Wenn jemand in meiner Gemeinde eine reine Seele hat, dann sie. Sehen Sie nicht, wie sie leidet? Die beiden waren offensichtlich ein Liebespaar. Ich weiß nicht, was im Kopf des jungen Mannes nicht in Ordnung war, aber Sophia hat damit bestimmt nichts zu tun, und zurückholen können wir ihn ohnehin nicht.«

»Sie wissen genau, Vikar, dass es mein Recht ist, jedem Mitglied unserer Gemeinschaft jede beliebige Frage zu stellen, jederzeit«, entgegnet der Inquisitor scharf. »Und ich verbitte mir jegliche Einmischung in meine Arbeit!«

»Ich kann Ihnen nicht verbieten, meine Gemeindemitglieder zu bedrängen«, erwidert der Vikar ruhig. »Aber ich kann an Ihre christliche Nächstenliebe appellieren. Wenn Sophia etwas zu beichten hätte, dann hätte sie es getan. Als sie das letzte Mal eine Verfehlung begangen hat, hat sie sich selbst der Superbia bezichtigt, obwohl es nur eine kleine Sünde war, noch dazu begangen aus Barmherzigkeit.«

»Wenn ich mich recht erinnere, dann haben Sie sie dafür vor der gesamten Gemeinschaft gedemütigt, Vikar.«

»Ja, ich war harsch. Ich wollte, dass sie nicht noch einmal einen Fehler macht, gerade weil ihre Seele so unbefleckt ist. Deshalb habe ich dafür gesorgt, dass sie es niemals vergisst. Aber ich habe das in vollem Vertrauen auf die Stärke ihres Glaubens getan.«

»Und was, wenn der Verlorene sie nun doch befleckt hat, diese reine Seele? Was, wenn die Stimme Satans Zugang zu ihr gefunden hat und sie nun nach und nach korrumpiert, so wie sie ihn korrumpiert hat? Was, wenn die Lügen und ketzerischen Gedanken sich in unserer Gemeinschaft ausbreiten wie eine ansteckende Krankheit? Wollen Sie vielleicht verantwortlich sein, dass noch mehr Jugendliche verloren gehen?«

Der Vikar sieht mich an. »Sophia, wenn da etwas wäre, was du über Mirko wüsstest, dann würdest du es uns doch sagen, oder?«

Ich bin immer noch unfähig zu sprechen, also nicke ich nur. Eine Lüge ist es trotzdem.

Die Augen des Inquisitors scheinen mich zu durchbohren, als wüsste er genau, dass ich nicht alles gesagt habe. Ich habe mich schuldig gemacht. Vielleicht ist es noch nicht zu spät, die Wahrheit zu sagen.

»Ich … ich …«, beginne ich, doch eine unsichtbare Hand scheint meine Kehle zuzudrücken.

»Ja, Sophia?«, fragt der Vikar.

»Ich würde jetzt gern nach Hause gehen«, bringe ich heraus.

»Geh nur, meine Tochter. Geh und bete für die Seele deines Freundes.«

Der Inquisitor sagt nichts.

Schluchzend drehe ich mich um und verlasse mit bleischweren Schritten den Raum. Es war schlimm genug, zu erfahren, dass ich Mirko nie wiedersehen werde, selbst wenn wir einen großen Streit hatten. Aber noch viel schwerer lastet auf mir das Wissen, dass ich daran schuld bin! Gott hat mir eine Aufgabe gestellt, doch ich habe versagt. Auch wenn ich nicht weiß, was ich falsch gemacht habe und wie ich ihn auf den rechten Weg hätte führen können. Hätte ich ihm nachgeben sollen? Hätte ich die verbotenen Bücher wirklich lesen sollen? Dann hätte ich gewusst, welche Lügen drinstehen, und sie vielleicht mit Gottes Hilfe eine nach der anderen entlarven können. Doch ich hatte zu viel Angst davor, zu wenig Vertrauen in Gott und in meinen eigenen Glauben.

Meiner Mutter erzähle ich nur, dass Mirko aus dem Tal geflohen ist. Sie nimmt mich in den Arm, um mich zu trösten. Doch es hilft nicht.

Die folgenden Wochen sind die schwersten meines Lebens. Ich schlafe schlecht, habe Albträume, in denen Mirko als Verlorener durch eine zerstörte Welt irrt, oder in denen ich selbst für meine Sünden im Höllenfeuer brenne. Am schlimmsten ist ein Traum, in dem ich Jesus Christus begegne. Er hat Paul, das Lamm, auf dem Arm, das sehr glücklich aussieht. Jesus sieht mich an, sagt kein Wort und wendet sich traurig von mir ab.

Jeden Tag habe ich Mühe aufzustehen. Ich arbeite hart auf den Feldern und in der Nähstube und konzentriere mich in der Schule auf den Unterricht, wie ich es noch nie zuvor getan habe. Alles ist mir recht, um meinen Liebeskummer und die Last meiner Schuld zumindest für ein paar Stunden zu vergessen.

Eines Abends fasst mich meine Mutter am Arm.

»Sophia, du quälst dich zu sehr«, sagt sie. »Ich weiß, du denkst, du bist schuld daran, dass Mirko verloren gegangen ist. Aber das bist du nicht. Was immer zwischen euch vorgefallen ist, es war allein seine Entscheidung, das Tal zu verlassen. Er hat einen freien Willen, so wie du auch. Und er muss schon lange, bevor ihr euch kennengelernt habt, gezweifelt haben. Ich verlange nicht von dir, dass du ihn vergisst – ich weiß, dass das unmöglich ist. Aber das Leben geht weiter, auch ohne ihn, und es kann wieder schön sein, wenn du es zulässt. Du musst dir nur selber verzeihen, so wie Gott dir verzeiht.«

Sie nimmt mich in den Arm und bricht plötzlich in Tränen aus. Da wird mir klar, dass sie dasselbe erlebt haben muss wie ich. Sie hat mir nie davon erzählt, was mit meinem Vater geschah.

»Wie … wie war es, damals, als … Vater verloren ging?«

»Er hat gezweifelt«, erzählt sie. »Genau wie dein Mirko. ›Was, wenn das alles gar nicht stimmt?‹, hat er gesagt. ›Was, wenn die Letzte Schlacht gar nicht stattfindet? Wie können wir wissen, wie die Welt außerhalb dieses Tals aussieht, wenn wir nicht hingehen und nachschauen dürfen?‹ Ich habe versucht, ihn davon abzubringen, ihm klarzumachen, dass diese Zweifel von Satan kommen. Aber er wollte nicht auf mich hören.«

Sie macht eine Pause, wischt sich die Tränen ab und schnäuzt sich die Nase.

»Eines Tages während des Gottesdienstes predigte der Pfarrer – das war noch der alte Pfarrer Könen, er ist gestorben, als du sechs Jahre alt warst – über die Endzeit und die Letzte Schlacht, die außerhalb des Tales tobt. Da stand dein Vater auf, mitten während der Predigt, und rief: ›Wenn da draußen eine Schlacht tobt, wieso hören wir dann keinen Kanonendonner?‹ Ich weiß nicht mehr, was die Antwort des Pfarrers war, aber direkt nach dem Gottesdienst wurde er von zwei Gotteswächtern zum Inquisitor gebracht. Drei Tage später kam er zurück. Er war blass und schweigsam. Kurz darauf hat er das Tal verlassen. Er … er hat sich nicht einmal von mir verabschiedet.«

Sie weint und nun bin ich es, die versucht, sie zu trösten. Es ist das erste Mal, dass der Eisblock in meinem Inneren zu tauen beginnt.

In den folgenden Wochen bin ich ein paarmal kurz davor, meiner Mutter die ganze Wahrheit zu erzählen. Es wäre so eine Erleichterung! Doch immer noch ist etwas in mir, was mich davon abhält. Da ist die Angst davor, als Lügnerin und Sünderin entlarvt zu werden, und natürlich die Furcht vor der Strafe des Inquisitors, weil ich ihn angelogen und die verbotenen Bücher nicht gemeldet habe. Aber es ist noch mehr als das. Ganz tief in mir gibt es eine Sophia, die sich fragt, was wäre, wenn Mirko und mein Vater recht hätten, wenn die Welt da draußen außerhalb des Tals ganz anders ist, als wir es im Unterricht und im Gottesdienst lernen. Ich kann Mirkos Worte nicht vergessen: *Was, wenn in Wahrheit* wir *die Verlorenen sind?*

Die Zeit heilt alle Wunden, sagt man, doch meine Schmerzen sitzen zu tief. Ich vermisse Mirko so sehr, die glücklichen, unbeschwerten Tage, die ich mit ihm erlebt habe. Doch wenn auch die Trauer nicht vergeht, lerne ich immerhin, sie zu ertragen. Ich bin ein anderer Mensch geworden, als ich es früher war – schweigsamer, ernster, aber auch nicht mehr so naiv. Ich halte mich von den anderen Jugendlichen fern und sie unternehmen keine Versuche, sich mir zu nähern. Es ist, als laste ein Fluch auf mir, den die anderen spüren. Selbst Agatha verspottet mich nicht mehr.

Das Erntedankfest kommt und wir pilgern wieder in einem langen Zug durch das Tal zum Heiligtum. Ich denke daran zurück, wie erbärmlich ich mich gefühlt habe, als der Vikar vor allen meinen Namen nannte und meine Sünde anprangerte. Damals dachte ich, schlimmer könne man sich nicht fühlen. Was für ein Irrtum!

Ein paar Tage später bin ich beim Schafescheren auf der Weide. Es ist ein wunderschöner, milder Herbstnachmittag. Die Laubbäume haben sich golden gefärbt und die Luft ist klar. Als ich die Jungschafe sehe, die inzwischen fast ausgewachsen sind, wird mir klamm ums Herz. Ich hatte mir gewünscht, mir von Pauls erster Wolle, die besonders weich und zart ist, einen Pullover stricken zu können.

Ich blinzele die Tränen weg. Warum kann ich an einem so herrlichen Tag nicht einfach die Schönheit der Welt genießen, die Gott gemacht hat? Wahrscheinlich bin ich undankbar. Ich sollte noch öfter …

Ein brummendes und surrendes Geräusch reißt mich aus meinen Gedanken. Es klingt, als ob sich ein ganzer Schwarm wütender Wespen nähere. Als ich aufblicke, sehe ich ein seltsames Gebilde, das sich dunkel vor dem klaren Himmel abzeichnet. Es sieht aus wie ein fliegendes Kreuz. Das Ding kommt rasch näher und sinkt herab, bis es dicht vor mir schwebt. Es ist flach und ungefähr so lang wie mein Unterarm. An jedem Ende des Kreuzes ist ein Kreis angebracht, in dem etwas so schnell herumsurrt, dass man es kaum erkennen kann. Am unteren Ende des Gebildes ist eine Ausbuchtung mit einem schwarzen runden Ding, das aussieht wie ein Auge.

Das Auge dreht sich und scheint mich anzublicken und dann geschieht etwas sehr Seltsames. Das fliegende Gebilde verschwindet und stattdessen steht plötzlich Mirko vor mir!

Mir entfährt ein entsetzter Aufschrei und ich bekreuzige mich rasch.

»Hab keine Angst!«, sagt Mirko oder sein Geist oder was immer diese Erscheinung ist. »Was du vor dir siehst, nennt man eine Holoprojektion. Die Drohne – das fliegende Ding – sendet Lichtstrahlen in deine beiden Augen und gibt gerichtete Schallwellen ab, sodass du mich sehen und hören kannst. In Wirklichkeit ist das nur eine Aufzeichnung. Die Drohne ist so programmiert, dass sie dich erkennt und nur du diese Botschaft erhältst.«

»Wie ist das möglich?«, frage ich.

Doch die Erscheinung kann mich wohl nicht hören. Sie fährt einfach fort: »Ich hatte recht: Die Welt außerhalb des Tals ist ganz anders, als sie es uns in der Schule erzählt haben. Es ist einfach unglaublich! Diese Drohne ist kein Werk Satans, falls du das glauben solltest. Sie wurde von Menschen entwickelt, die …«

»Sophia!«, ruft jemand in meiner Nähe.

Ich drehe mich um und das Bild von Mirko verschwindet. Dafür sehe ich Schwester Christa, die Schäferin. Während sie herbeirennt, stellt sich das Ding schräg und fliegt um mich herum, bis es wieder vor meinem Gesicht schwebt. Dann erscheint Mirko erneut und redet weiter auf mich ein.

»… noch ganz andere Wunder geschaffen haben. Du musst zu mir kommen und dir das ansehen! Ich bin in einer Stadt namens München, in der Schellingstraße 44. Komm zu mir, Sophia, ich flehe dich an! Ich bin nicht verloren und die anderen Menschen sind es auch nicht. Es ist alles eine Lüge! Bitte glaub mir …«

Jemand reißt an meinem Arm.

»Sieh nicht hin, Sophia!«, ruft Schwester Christa. »Schließ die Augen und halt dir die Ohren zu!«

Verwirrt blicke ich sie an. Das fliegende Ding surrt um meinen Kopf herum. Schwester Christa schlägt nach ihm, doch es weicht ihr geschickt aus. Jetzt kommen noch mehr Menschen angerannt, darunter auch ein Gotteswächter.

»Schließ die Augen!«, schreit mich Schwester Christa an. »Das ist das Werk Satans!«

Erschrocken sinke ich auf die Knie, kneife die Augen fest zusammen und halte beide Hände über die Ohren. So bekomme ich nur nebenbei mit, dass eine Art Kampf stattfindet.

Nach ein paar endlos erscheinenden Minuten berührt mich jemand an der Schulter.

»Du kannst die Augen jetzt wieder öffnen!«

Es ist Schwester Christa, die sich über mich beugt. »Geht es dir gut?«

Ich nicke, immer noch geschockt. »Was … was war das?«

»Das, liebe Sophia, war ein Bote Satans. Hast du … etwas Sonderbares gesehen oder gehört?«

Ich nicke erneut.

»Das sollte sie besser dem Inquisitor berichten«, sagt der Gotteswächter. Er fasst mich unsanft am Arm. »Komm mit!«

Kurz darauf sitze ich im Büro des Vikars. Schwester Christa und der Gotteswächter sind bei mir. Am liebsten würde ich gleich alles erzählen, was ich erlebt habe, doch der Vikar besteht darauf, dass wir auf das Eintreffen des Inquisitors warten, der bereits mit dem Motorrad unterwegs ist. Wir haben nicht viele Motorfahrzeuge im Tal – zwei alte Traktoren, einen Bus und einen Lastwagen für Transporte sowie zwei Autos und drei Motorräder, die ausschließlich den Gotteswächtern vorbehalten sind. Da wir Benzin und Ersatzteile nicht mehr herstellen können, werden sie nur selten benutzt. Dass der Inquisitor mit dem Motorrad kommt, macht diesen Vorfall umso bedeutender.

Während wir warten, beten wir gemeinsam und das hilft mir, mich zu beruhigen.

Endlich ist von draußen das Knattern eines Motors zu hören. Kurz darauf eilt der Inquisitor ins Büro.

»Was ist passiert?«, fragt er.

»Ein Bote Satans«, erklärt Schwester Christa. »Er ist zu Sophia gekommen.«

Ich fühle mich, als sei es meine Schuld. Was es natürlich auch ist, das weiß ich insgeheim.

»Was hast du gesehen?«, fragt der Inquisitor.

Ich berichte wahrheitsgemäß, was sich ereignet hat.

»Wo ist die Drohne jetzt?«, fragt er einen der Gotteswächter.

»Wir haben sie unschädlich gemacht und in den abgeschirmten Keller gebracht«, antwortet dieser.

»Gut.« Der Inquisitor wendet sich wieder mir zu. »Dir ist doch klar, dass die Erscheinung, die du gesehen hast, nicht wirklich dein früherer Freund war?«

Ich nicke.

»Dieses Ding war ein Bote Satans, wie Schwester Christa gesagt hat. Es ist nicht das erste Mal, dass der Antichrist solche Höllenmaschinen in unser Tal schickt. Sie sollen uns verwirren und verführen, damit er uns ebenfalls zu Verlorenen machen kann. Verstehst du das, Sophia?«

Ich nicke erneut.

»Und dir ist auch klar, dass alles, was Satan sagt, Lügen sind, so wahr und vernünftig sie auch erscheinen mögen?«

»Ja«, bringe ich krächzend heraus.

»Gut. Ich danke euch allen, dass ihr mich sofort informiert habt. Und besonders dir, Schwester Christa, dass du so schnell und entschlossen gehandelt hast. Ich denke, wir haben das Schlimmste verhindert. Sophia, du bist jetzt gewarnt. Sollte noch einmal ein solcher Bote Satans auftauchen, schließt du Augen und Ohren und schreist laut um Hilfe, bis jemand kommt, der ihn unschädlich macht. Hast du das verstanden?«

»Ja, Inquisitor.«

»Noch etwas: Du sprichst mit niemandem darüber, was Satan dir vorgegaukelt hat. Ist das klar?«

»Ja, Inquisitor.«

»Gut. Du kannst jetzt nach Hause gehen.«

Ich kann kaum glauben, dass er mich nicht bestraft. Mit weichen Knien kehre ich nach Hause zurück, bis ins Mark erschüttert. Satan hat seinen Boten zu mir geschickt. Er kennt meine Sünden, genau wie Gott. Er weiß, dass ich Flecken auf meiner Seele habe, von denen niemand sonst etwas ahnt.

6. KAPITEL

Als ich am nächsten Tag in die Schule gehe, hat sich das Ereignis bereits herumgesprochen. Doch anstatt wie bisher einen Bogen um mich zu machen, kommen die anderen Schüler auf mich zu und fragen mich danach.

»Wie war das, als der Bote Satans mit dir gesprochen hat?«, will Boris wissen, ein dicker Junge, der wie ich eher zu den Außenseitern gehört.

»Schrecklich«, sage ich nur.

Doch schon umringen mich die anderen. Selbst Agatha und ihre Freundinnen wollen alles ganz genau wissen – was der Bote Satans gesagt hat, wie er ausgesehen hat, wie ich es geschafft habe, ihm zu widerstehen. Es ist, als sei ich auf einmal eine Heldin, weil Satan selbst sich für mich interessiert hat und ich mich ihm widersetzt habe. Dabei habe ich gar nichts Heldenhaftes getan.

Ich darf und will nicht darüber reden. Also geben sie schließlich auf.

Doch im Bibelkundeunterricht meldet sich Boris und fragt unseren Lehrer, einen strengen Mann, der lange vor der Erweckung geboren wurde: »Herr Körner, können Sie uns sagen, woher der Bote Satans kommt, der Sophia aufgesucht hat?«

Mir ist das schrecklich unangenehm und ich würde mich am liebsten aus dem Klassenraum schleichen. Aber ich bleibe sitzen und starre auf das Matthäusevangelium, das vor mir auf dem Tisch aufgeschlagen ist.

»Aus der Hölle natürlich«, erwidert der Lehrer.

»Wurden solche fliegenden Dinger nicht früher von den Menschen gebaut?«, fragt Merinda, ein dunkelhäutiges Mädchen, dessen Vater Stellmacher ist und Pferdekutschen baut und repariert.

»Wenn Menschen sie gebaut haben, dann, weil Satan es ihnen befohlen hat«, erklärt Herr Körner. »Ihr kennt doch wohl alle die Geschichte vom Fall der Menschheit und wie die Menschen außerhalb des Tals zu Verlorenen wurden, oder?«

Natürlich kennen wir sie alle, doch die Klasse bittet den Lehrer, sie noch einmal zu erzählen, denn diese Geschichte ist allemal spannender als das vergleichende Studium der vier Evangelien. Herr Körner lässt sich breitschlagen.

»Also schön. Zu Zeiten Jesu lebten die Menschen, wie ihr wisst, noch in Bescheidenheit und waren mit dem zufrieden, was Gott ihnen schenkte – den Früchten der Felder und den Erzeugnissen der Tiere, die sie sich untertan gemacht hatten. Jedenfalls die meisten. Natürlich gab es auch damals schon jene, wie die Römer, die in Reichtum schwelgten und sich über Gottes Wort erhaben wähnten. Doch wie ihr wisst, strafte Gott sie, indem er das römische Imperium zu Fall brachte. Es folgte eine Zeit der Besinnung und Gottesfürchtigkeit, die mehr als tausend Jahre währte.

Aber Satan blieb in dieser Zeit nicht untätig. Er flüsterte den Menschen ketzerische Gedanken ein und immer mehr verfielen ihm. Schreckliche Kriege brachen aus, in denen die Gottesfürchtigen gegen die Ketzer und Heiden kämpften. Da Gott auf der Seite der Christen war, konnten Satans Armeen nicht gewinnen. Also versuchten sie, mit immer schlimmeren Waffen einen Vorteil zu erlangen. Sie bauten nach der Anleitung des Verderbers gewaltige Kanonen, fliegende Maschinen und Bomben, die das Höllenfeuer auf der Erde entzünden konnten. Die Kriege wurden immer verheerender und die Welt stand am Rand der totalen Zerstörung. Doch egal, welche Waffen Satan auch seinen Anhängern schenkte, gegen die Macht der Engel, die aufseiten Gottes kämpften, konnte er nicht bestehen.

So besann er sich schließlich auf einen anderen Weg, die Menschheit zu Fall zu bringen. Statt noch gewaltigere Kampfmaschinen zu bauen, um die Gottesfürchtigen zu unterwerfen, redete er den Menschen nun ein, dass die Welt, die Gott für uns geschaffen hat, nicht gut genug sei. Er erzählte ihnen haarsträubende Lügen wie die, der Himmel, die Sterne und die Erde seien schon vor vielen Milliarden Jahren bei einer gewaltigen Explosion entstanden, das Weltall sei unendlich, sodass für Himmel und Hölle gar kein Platz vorhanden sei, und die Pflanzen und Tiere seien keine Geschöpfe Gottes, sondern hätten sich zufällig von selbst aus nichts als Schlamm entwickelt. Er behauptete sogar, dass der Mensch vom Affen abstamme.«

»Wieso Lügen, Herr Körner? Bei Boris stimmt das doch!«, ruft ein vorlauter Schüler namens Lukas dazwischen. Die anderen kichern.

Körner wirft ihm einen finsteren Blick zu. »Du findest es also lustig, dass Satan mit solchen Lügen die Menschen ins Verderben riss, ja? Du wirst mir bis morgen die ersten fünf Kapitel des

Matthäusevangeliums abschreiben. Und wehe, du machst einen Schreibfehler!«

Lukas senkt den Kopf. Betretene Stille tritt ein.

Ungerührt fährt der Lehrer fort: »Obwohl diese Lügen so offensichtlich sind, glaubten die Menschen sie – jedenfalls die meisten. Sie vergriffen sich an der Schöpfung selbst und versuchten, sie zu verbessern. Sie veränderten die Gestalt von Pflanzen und Tieren und schufen in ihren Laboren schreckliche Monstren. Da sie mit ihrem gottgegebenen Aussehen unzufrieden waren und nicht mehr altern wollten, spritzten sie sich Gift ins Gesicht und schnitten mit spitzen Messern in ihr Fleisch. Und weil sie nicht mehr arbeiten und nicht sterben wollten, bauten sie Maschinen, die ihnen alle Last abnahmen und sogar den Tod besiegen sollten. Satan ließ sie schließlich künstliche Welten schaffen, die so prächtig aussahen wie das Paradies, und lockte die Menschen hinein, obwohl es in Wahrheit nur Illusionen waren, Gaukeleien, die ihre Sinne verwirrten, Gefängnisse für ihre Seelen.

Die Menschen wähnten sich Gott ebenbürtig, doch in Wahrheit hatten sie sich bereitwillig Satan ausgeliefert. Ihre Maschinen waren seine Werkzeuge, gemacht, um diejenigen, die sich für ihre Herren hielten, zu versklaven. Indem die Menschen auf den Verderber hörten und sich den künstlichen Verlockungen hingaben, wurden sie zu Verlorenen.

Gott aber befahl dem Letzten Bischof in der Erweckung, diejenigen, die dieser Verführung widerstanden hatten, hierher in unser Gelobtes Tal zu führen. Außerhalb des Tals jedoch schickte er die himmlischen Heerscharen in die Letzte Schlacht, um Satan und seine Anhänger endgültig zu vernichten und in die

Hölle zu verbannen. Erst, wenn diese Schlacht beendet ist, wird der Heiland kommen und uns Erweckte zu sich ins wahre Paradies führen.«

Nichts an dem, was Körner uns erzählt, ist mir neu. Wir haben diese Geschichte schon hundertmal gehört, in vielen Varianten. Und doch hallen seine Worte noch lange in mir nach.

Maschinen. Sie sind die Werkzeuge Satans, entworfen, um die Menschen zu verderben und sie zu Verlorenen zu machen. Aber nutzen nicht auch wir Erweckten Maschinen? Sind eine Mühle oder ein Spinnrad nicht auch einfache Maschinen, gemacht, um uns die Arbeit zu erleichtern? Ist nicht das uralte Telefon im Büro des Vikars eine Maschine aus der Zeit vor der Erweckung? Ist nicht sogar der Inquisitor selbst auf einer Maschine zum Gemeindehaus gefahren? Das kann nur bedeuten, dass nicht alle Maschinen Satans Zwecken dienen.

Diese Drohne ist kein Werk Satans, falls du das glauben solltest, hat die Erscheinung gesagt. *Sie wurde von Menschen entwickelt, die noch ganz andere Wunder geschaffen haben.*

Natürlich würde Satan genau solch eine Lüge benutzen, um mich zu täuschen. Der Lügner wird niemals zugeben, dass er lügt. Aber das beweist nicht automatisch, dass die Behauptung, nicht zu lügen, eine Lüge ist, oder?

Der Herbst schreitet voran, der erste Schnee fällt, und bald ist das Tal weiß verhüllt wie eine Braut bei der Hochzeit. Früher habe ich den Winter geliebt, den Schnee, der alles frisch und neu aussehen lässt, die frühen, sternklaren Abende und natürlich die Vorfreude auf das Weihnachtsfest. Doch in diesem Jahr kann ich all das nicht genießen. Immer wieder kehren meine Gedanken zu der Erscheinung zurück. Immer wieder muss ich darüber nachdenken, was sie mir gesagt hat. Mirko sah so echt aus!

Um mich abzulenken, beschäftige ich mich auch außerhalb der Schulzeit mit dem Bibelstudium. Doch seltsam: Was mir früher völlig klar und einleuchtend erschien, wirkt auf einmal verwirrend und unplausibel. Ich entdecke immer mehr Widersprüche in den alten Geschichten. Wie kann es sein, dass Jesus Christus, der Sohn Gottes, Vergebung und Nächstenliebe predigt, während sein Vater ganze Völker aus Zorn über deren Frevel vernichtet? Wieso werden unschuldige Neugeborene getötet, wenn an den Türen der Häuser nicht das Blut eines Lammes klebt?

Zweifel befallen meine Seele wie ein Schimmelpilz und ich kann spüren, wie mein Glaube schwächer und schwächer wird. Immer wieder überlege ich, ob ich dem Inquisitor nicht doch noch beichten sollte, was Mirko mir gesagt und gezeigt hat. Bestimmt kann er mir helfen, auf den rechten Pfad zurückzukehren. Doch ich schrecke jedes Mal davor zurück, denn ich habe Angst vor dem, was dann mit mir geschehen könnte. Auch meiner Mutter gegenüber offenbare ich mich nicht. Ich glaube, sie denkt, dass mein Liebeskummer an meinem veränderten Verhalten schuld ist, und lässt mich in Ruhe. Wenn ich gehofft habe, dass ich Mirko irgendwann vergessen würde, dann habe ich mich getäuscht.

Das Weihnachtsfest kommt und geht. Zum ersten Mal empfinde ich keine Begeisterung beim Anblick der Tausenden von Kerzen, mit denen die Kathedrale geschmückt ist, und die Gesänge erfüllen mich nicht mit Ehrfurcht. Selbst der Pullover, den meine Mutter für mich gestrickt hat, macht mir keine Freude, denn er erinnert mich bloß an Paul.

Als der Schnee schmilzt, geht es mir immer noch nicht besser. Im Gegenteil: Immer wieder ertappe ich mich dabei, dass ich mich umsehe und auf jenes zornige Surren lausche, das den Boten Satans ankündigte. Ich wünsche mir tatsächlich, dass Satan mich noch einmal derart versucht, weil ein Teil von mir einfach nicht wahrhaben will, dass Mirkos Botschaft eine Lüge war. Wenn er doch nur noch einmal einen solch geisterhaften Boten schicken und mir etwas sagen würde, das mir wirklich beweist, dass er es ist!

Und noch etwas drängt sich immer häufiger in meine Gedanken: die verbotenen Bücher. Wenn Mirko sie nicht auf seiner Flucht mitgenommen hat, dann liegen sie immer noch in dem Versteck in dem alten Heuschober. Ich habe mich bisher nicht einmal in die Nähe gewagt, aus Furcht, ich könnte der Versuchung erliegen, sie aufzuschlagen und darin zu lesen. Doch immer öfter frage ich mich, ob ich es nicht einfach tun sollte, und sei es nur, um Gewissheit zu haben, um endlich frei von meinen Zweifeln zu sein.

Eines Tages halte ich es nicht mehr aus. Ich beschließe, die Bücher aus dem alten Schober herauszuholen und sie dem Inquisitor zu übergeben, damit sie mich nicht länger verlocken können. Ich werde ihm erzählen, dass ich sie zufällig gefunden habe. Dann muss ich nicht zugeben, dass ich das Wissen um sie schon mehr als ein halbes Jahr mit mir herumtrage. Es ist immer noch eine Lüge, aber sie wird sicher dadurch aufgewogen, dass ich das Richtige tue und Satans Bücher ausliefere, oder nicht?

Als ich wieder einmal nach Einödsbach geschickt werde, um Kleider abzuliefern, mache ich auf dem Rückweg einen kleinen

Umweg. Es ist ein regnerischer Tag im März und niemand geht bei diesem Wetter freiwillig spazieren. Außerdem könnte ich so behaupten, ich hätte mich in dem alten Heuschober untergestellt, um einen starken Regenschauer abzuwarten. Er liegt nicht allzu weit entfernt von meinem Weg, sodass diese Lüge vielleicht unentdeckt bleiben wird.

Tatsächlich schüttet es wie aus Kübeln, als ich den Schober erreiche. Mit klopfendem Herzen entferne ich die Bretter in der Ecke. Das in Plastik eingewickelte Bündel ist noch da. Ich rolle es auf, betrachte die bunten Einbände der Bücher. Sie wirken so unschuldig!

Draußen regnet es immer noch. Ich nehme das Buch mit dem Titel *Historische Geologie: Eine Einführung* in die Hand. Die Abbildung auf dem Umschlag ähnelt tatsächlich verblüffend dem Stein, den Mirko mir damals zeigte. Er war so sicher, dass der Stein Millionen Jahre alt war!

Ohne mich bewusst dafür zu entscheiden, schlage ich das Buch auf und beginne zu lesen.

Nach einer Zeit, die ich nicht bemessen kann, zucke ich zusammen und klappe das Buch erschrocken zu. Es hat längst aufgehört zu regnen. Gott vergib mir, ich habe es getan! Ich habe in einem verbotenen Buch gelesen! Schlimmer noch: Ich will weiterlesen.

Viele Wörter in dem Buch sind mir fremd und ich kann nicht behaupten, viel von dem verstanden zu haben, was drinsteht. Doch was mich beeindruckt, ist die Sprache: Sie ist ganz anders als die der Bibel und der theologischen Bücher, die wir im Unterricht lesen. Viel nüchterner, sachlicher, unaufgeregter. Dinge werden beschrieben. Es werden nicht einfach Behauptungen aufgestellt – dies ist geschehen, jenes ist zu tun –, sondern Zusammenhänge erklärt. Tief in mir regt sich etwas, ein Gefühl ähnlich dem, wenn man ein beschlagenes Fenster öffnet und plötzlich die Welt außerhalb in all ihrer Klarheit sieht.

Dir ist auch klar, dass alles, was Satan sagt, Lügen sind, so wahr und vernünftig sie auch erscheinen mögen? Ich habe die Frage des Inquisitors damals aus vollem Herzen mit Ja beantwortet und ich würde sie auch jetzt bejahen. Natürlich wird der Prinz der Lügen niemals die Wahrheit sagen, und wenn doch, dann nur, um seinen Lügen noch mehr Glaubwürdigkeit zu verleihen.

Aber was, wenn dieses Buch gar nicht von Satan oder einem seiner Jünger geschrieben wurde? Auf jeden Fall klingt es nicht so, als wollte der Autor mich, die Leserin, von irgendetwas überzeugen. Er setzt voraus, dass ich bereits weiß, dass die Erde Jahrmilliarden alt ist, als sei dies das Selbstverständlichste der Welt. Ausführlich erklärt er, was in dieser Zeit passiert ist, und vor allem, woran man erkennen kann, dass es so sein muss. Alles hört sich logisch an. Nirgendwo erwähnt er die Bibel. Er war sicher kein Christ. Aber war er deshalb ein Anhänger Satans? Ist die Wahrheit nicht unabhängig davon, woran man glaubt?

Ich wickele die Bücher wieder in die Plastikfolie ein und lege sie zurück in das Versteck, wohl wissend, dass ich mich damit noch tiefer in das Netz von Lügen und Sünden verstricke. Doch ich bringe es einfach nicht übers Herz, sie dem Inquisitor zu geben. Das kann ich immer noch tun, sobald ich mir selbst bewiesen habe, dass die Bücher von Satanisten geschrieben wurden. Ich rede mir ein, dass das, was ich gerade gelesen habe, zwar logisch klingen mag, ich aber früher oder später auf Widersprüche stoßen werde, anhand derer ich die Lügen als solche entlarven kann. Was macht es für einen Unterschied, ob ich die Bücher heute abliefere oder in ein paar Wochen?

Doch ein Teil von mir weiß, dass all das Ausflüchte sind und ich in Wahrheit bloß *alles* lesen möchte – sogar das Buch mit dem schrecklichen Titel *Die Schöpfungslüge*. Ich will verstehen, was Mirko angetrieben hat, das Tal zu verlassen, von der Enttäuschung über meine Zurückweisung mal abgesehen. Und vor allem will ich wissen, ob die seltsame Erscheinung vielleicht doch von Mirko stammt und er irgendwo da draußen ist, in einer Welt, die ganz anders ist, als sie uns in der Schule geschildert wird, und er mir von dort diese Maschine gesandt hat, um mir das mitzuteilen.

Am nächsten Tag gibt es keine Möglichkeit für mich, ungesehen zu dem Heuschober zurückzukehren, und auch in den folgenden Tagen nicht. Mir wird klar, dass ich Jahre brauchen würde, um allein das erste Buch zu beenden, wenn ich jedes Mal nur ein paar Seiten lese, sobald mich mein Weg zufällig in die Nähe des Heuschobers führt. Früher oder später würde mich wahrscheinlich jemand sehen und mich fragen, was ich immer bei dem alten kaputten Schober zu suchen habe. Also beschließe ich, ein weiteres Risiko einzugehen.

Als ich wieder nach Einödsbach geschickt werde, nehme ich ein Tuch mit, das ich mir um die Schultern lege. Auf dem Rückweg hole ich rasch das Plastikbündel aus dem Versteck und wickele es in das Tuch. Mein Herz rast, als ich auf dem Heimweg durch unser Dorf gehe. Unwillkürlich sehe ich mich um, erwarte, dass die Menschen mich anstarren und mit dem Finger auf mich zeigen. Jeden Moment wird ein Gotteswächter kommen und mich fragen, was ich da bei mir trage. Er wird mir nicht glauben, wenn ich versuche, zu beteuern, dass ich die Bücher zufällig gefunden habe und sie gerade zum Vikar bringen wollte, denn mein Weg führt nicht am Gemeindezentrum vorbei.

Als ich endlich unsere Hütte erreiche, atme ich erleichtert aus. Mutter ist noch bei ihrem Betkreis. Rasch verstecke ich die Bücher ganz unten in meiner Kleidertruhe. Dann falle ich erschöpft aufs Bett.

Ich habe verbotene Bücher in unserer Hütte versteckt! Wenn das jemals herauskommt, werde ich als Ketzerin aus dem Tal gejagt!

Manchmal frage ich mich, ob das wirklich so schlimm wäre, klingen Mirkos Worte in mir nach. Doch ich bin noch lange nicht so weit, zu glauben, dass die Welt da draußen nicht verloren ist. Außerdem weiß ich, dass meine Mutter ebenfalls großen Ärger bekommt, wenn die Bücher bei uns gefunden werden. Ich würde nicht nur mich ins Verderben reißen, sondern auch sie. Trotzdem bin ich froh, dass die Bücher jetzt hier sind und ich jederzeit darin lesen kann.

Das tue ich natürlich nur, wenn ich allein bin. Mutter arbeitet nicht mehr auf dem Feld, sondern kümmert sich um Kranke und Alte. Außerdem singt und betet sie in ihrem Betkreis und kocht in der Gemeinschaftsküche. Es gibt also genügend Gelegenheiten. Sicherheitshalber liegt immer eine aufgeschlagene Bibel unter dem Buch, das ich gerade lese, sodass ich es notfalls rasch in meiner Robe verschwinden lassen kann und es so aussieht, als machte ich Schulaufgaben. Ein Teil von mir registriert die düstere Symbolik der Tatsache, dass ich die verbotenen Bücher über die Worte Gottes lege. Doch ich bin längst zu tief gesunken, um mir über solche Dinge Gedanken zu machen.

Die Bücher fesseln mich, obwohl sie in gewisser Weise viel weniger spannend sind als die Bibel. Das Buch über Geologie ist sogar ein bisschen langweilig. Nur der Teil über die Fossilien liest sich wirklich interessant – wie diese Wesen aussahen, die vor langer Zeit auf dem Meeresgrund lebten, wie sie in einem Millionen Jahre dauernden Prozess versteinert wurden und schließlich aufgrund der Bewegung der Erdplatten zu einem Teil dieses Gebirges wurden. Als ich an diese Stelle komme, glaube ich im ersten Moment, nun endlich etwas gefunden zu haben, was beweist, dass das Buch voller Lügen ist. Soll ich ernsthaft glauben, dass die gewaltigen Berge, die unser Tal vor dem Rest der Welt beschützen, durch natürliche Bewegung des Bodens entstanden sind, die sich noch dazu so langsam vollzieht, wie ein Fingernagel wächst? Das erscheint mir absurd. Doch als ich in diesem Moment das Buch von mir stoße, schiebt sich die Tischdecke, auf der es liegt, zusammen, und eine Falte entsteht – ein winziges Gebirge aus Stoff …

Eine kurze Geschichte der Zeit wirkt so fremdartig auf mich, dass ich es zunächst zur Seite lege. Das Buch *Weltreligionen* ist ganz klar von einem Ketzer geschrieben. Zwar behauptet er nicht direkt, dass die Lehre der Bibel falsch sei, doch er beschreibt das Christentum als eine von sieben großen Religionen, die alle als gleichwertig nebeneinandergestellt werden, wobei der Autor nicht die Unterschiede, sondern die Gemeinsamkeiten betont. Das Schlimme daran ist, dass dadurch die Bibel wie eine Sammlung von Märchen wirkt – genauso wahr oder unwahr wie die Geschichten des Korans oder die absurden Vorstellungen der Hindus mit ihren Heerscharen von Gottheiten. Im Religionsunterricht haben wir natürlich die anderen Religionen durchgenommen und gelernt, zu erkennen, warum sie falsch sind. Doch diesem Buch zufolge müsste der christliche Glaube ebenso falsch sein! Ich höre auf zu lesen und lege es angewidert zur Seite. Um *Die Schöpfungslüge* mache ich zunächst einen Bogen. Schon der Titel allein bereitet mir Angst.

Am besten gefällt mir *Evolution – Eine kurze Geschichte von Mensch und Natur*. Es behandelt die Geschichte der Welt in ähnlicher Weise wie das Buch über Geologie, doch es ist wesentlich anschaulicher geschrieben und enthält viele bunte Bilder von Tieren, die angeblich früher gelebt haben: Mammuts, Dinosaurier und eben auch die Ammoniten mit ihren schneckenhausartigen Schalen, von denen in dem Buch über Geologie die Rede war und die – davon bin ich inzwischen überzeugt – tatsächlich existiert haben und vor langer Zeit versteinert wurden.

Mirko hat die Wahrheit gesagt. Ich habe ihm unrecht getan.

Ein Teil von mir begreift, dass ich vom rechten Weg abgekommen und eine Verlorene geworden bin, genau wie er. Doch ein anderer Teil empfindet genau das Gegenteil: Ich habe das Gefühl, erwacht zu sein. Nicht Satan ist es, der Lügen verbreitet, sondern die Priester, die Lehrer in der Schule, sogar Seine Heiligkeit, der Letzte Bischof. Sie alle behaupten Dinge, die nicht wahr sind, die nicht wahr sein können.

Ich versuche, mir nichts anmerken zu lassen und in der Schule so aufmerksam zu sein wie immer. Doch manchmal stocke ich, wenn ich im Unterricht einen Satz aus der Bibel vorlesen muss, der im krassen Widerspruch zu dem steht, was ich inzwischen gelernt habe: *Und Gott der Herr machte aus Erde alle die Tiere auf dem Felde und alle die Vögel unter dem Himmel und brachte sie zu dem Menschen, dass er sähe, wie er sie nennte; denn wie der Mensch jedes Tier nennen würde, so sollte es heißen …*

»Was ist, Sophia?«, fragt Schwester Maria, die Lehrerin. »Geht es dir nicht gut?«

»Entschuldigung, ich … ich habe etwas Kopfschmerzen.«

»Du siehst wirklich blass aus. Geh ruhig nach Hause und ruh dich aus.«

»Nein … nein danke, es geht schon, mit Gottes Hilfe.«

Während es draußen immer wärmer wird und die Bäume frisches Grün tragen, wage ich mich an das letzte Buch. Der Titel *Die Schöpfungslüge* erschreckt mich nun bei Weitem nicht mehr so wie zu Anfang. Ich bin längst überzeugt, dass das, was in der Bibel über die Schöpfung steht, zwar keine bewusste Lüge ist, aber eine unwahre Geschichte. Die Menschen, die das vor über dreitausend Jahren geschrieben haben, wussten nichts über Geologie und Evolution. Wie sollten sie auch? Es erscheint mir absurd, diesen Teil der Bibel als unveränderliche Wahrheit wörtlich zu nehmen. Das bedeutet natürlich noch lange nicht, dass es keinen Gott gibt – wann immer dieser Gedanke in mir aufsteigt, zucke ich entsetzt davor zurück.

Doch mir scheint es immer klarer, dass der Autor des Buchs über die Weltreligionen recht hat: Die Bibel, der Koran, die Tora und die anderen heiligen Bücher sind nur Versuche der Menschen, Gottes Geheimnisse zu interpretieren. Und ihre Unterschiede, die so viel Krieg und Leid gebracht haben, sind nicht gottgegeben, sondern menschengemacht. Wenn diese Sichtweise stimmt, dann dürfen wir nicht damit aufhören zu versuchen, die Welt zu verstehen. Sie ist ein Rätsel, das Gott uns gestellt hat, und er hat uns zahlreiche Hinweise zu seiner Lösung gegeben, wie zum Beispiel die versteinerten Ammoniten. Die Bibel kann uns dabei helfen, denn sie wurde zweifellos von weisen Männern geschrieben. Aber sie ist nicht in jeder Hinsicht wahr.

Ich bin beinahe enttäuscht, als ich feststelle, dass in dem Buch mit dem schrecklichen Titel nicht viel anderes steht als in dem über Evolution. Doch wie lebendig es geschrieben ist! Wie überzeugend die Argumentation des Autors, der einen Mann namens Charles Darwin, einen gläubigen Christen, der vor zweihundert Jahren die Evolutionstheorie formulierte, gegen Angriffe verteidigt. Angriffe von Menschen, deren Sichtweisen dem Autor und auch mir engstirnig und rückständig, ja sogar arrogant vorkommen. Menschen wie der Vikar, der Inquisitor und Seine Heiligkeit.

»Was liest du da, Sophia?«

Vor Schreck rutscht mir das Buch aus der Hand, als ich versuche, es rasch in meiner Robe zu verbergen. Es poltert auf den Boden und bleibt so liegen, dass man den Titel klar und deutlich lesen kann.

Meine Mutter, die viel früher als erwartet vom Betkreis zurückkommt, starrt mich entsetzt an.

7. KAPITEL

Langsam, mit zitternden Händen, hebt Mutter das Buch auf, sieht es an, als hoffe sie, dass es sich in Luft auflöst. Doch das tut es nicht.

»Was ist das?«, fragt sie. »Woher hast du das?«

Meine Kehle ist zugeschnürt. Tränen schießen mir in die Augen.

Sie setzt sich neben mich an den Tisch, legt das Buch vor sich, schlägt es auf. In mir keimt die Hoffnung, dass sie mich verstehen wird, dass sie vielleicht selbst schon ähnliche Bücher gelesen hat, dass sie in ihrem tiefsten Inneren ist wie ich. Dass ich nicht mit meiner Sünde allein bin.

Doch sie schüttelt stumm den Kopf, stützt ihn auf ihre Hände und weint.

Wie erstarrt sitze ich da. Ich weiß nicht, wie lange. Es kommt mir vor, als sei die Zeit stehen geblieben, als sei ich für immer gefangen in diesem einen schrecklichen Moment, in dem all meine Sünden offenbart werden.

Endlich blickt sie zu mir auf. Ihr Gesicht ist bleich, ihre Augen rot, ihre Unterlippe zittert leicht.

»Hast du … noch mehr …?«

Jetzt zu lügen hat keinen Sinn. Also hole ich die anderen Bücher aus meiner Kleiderkiste und breite sie vor ihr aus. Sie betrachtet sie schweigend.

»Bitte … verrate mich nicht«, stammele ich.

Sie antwortet nicht, sondern steht auf, öffnet die Feuerklappe des Herds, legt einige Holzscheite und ein paar Späne hinein und facht das Feuer an. Als ich begreife, was sie vorhat, raffe ich die Bücher zusammen und halte sie beschützend in meinen Armen. Wenn sie die Bücher verbrennt, wird sie mich niemals verstehen!

Sie sieht mich mit einem Blick an, den ich an ihr noch nie gesehen habe. Eisig.

»Gib sie her!«, befiehlt sie mit ruhiger Stimme.

Ich schüttele den Kopf.

»Gib sie her!«, wiederholt sie. »Oder ich hole die Gotteswächter.«

Erschrocken reiße ich die Augen auf. Würde sie das wirklich tun? Ihre eigene Tochter verraten? Doch in ihrem Gesicht sehe ich keine Liebe mehr, sondern nur Verbitterung. Da erst wird mir klar, wie tief ich sie enttäuscht habe.

Tränen rinnen mir über die Wangen. Ich gebe ihr die Bücher. Sie wirft eins nach dem anderen in die Flammen. Schweigend sitze ich da und sehe, wie die Wörter zu Asche und Rauch werden. Die Situation kommt mir vor wie eine Wiederholung meines Abschieds von Mirko vor fast einem Jahr.

Verbrenne sie, habe ich von ihm gefordert. *Hier und jetzt!*

Okay, ich verbrenne sie, war seine Antwort. *Aber erst, wenn du sie gelesen hast.*

Nun verstehe ich, was er damit meinte. Und ich wünschte mir, ich hätte damals nachgegeben und ihn nicht von mir gestoßen. Doch für diese Art von Reue ist es längst zu spät.

Sobald das letzte Buch verbrannt ist, legt meine Mutter noch einmal frisches Holz nach. Als auch dieses heruntergebrannt ist, ist es bereits tiefe Nacht. Stumm gehen wir ins Bett. Ich kann sie in ihrem Zimmer schluchzen hören. Zwischendurch murmelt sie immer wieder Gebete.

Sie verrät mich nicht. Doch sie redet seitdem auch nur noch das Nötigste mit mir. Es ist, als sei ich für sie eine Fremde geworden, ein ungebetener Gast, den man bloß duldet, weil es die Nächstenliebe gebietet.

Die Wochen nach Mirkos Flucht waren schlimm, doch das, was ich nun erlebe, ist noch viel schlimmer. Meine Mutter war immer mein Fels in der Brandung, der einzige Mensch, dem ich blind vertraut habe und der mich stets so akzeptiert hat, wie ich war. Doch das ist nun vorbei. Obwohl ich immer noch mit ihr unter einem Dach lebe, hat sie mich verstoßen, so wie ich damals Mirko verstoßen habe. Erst jetzt ist mir klar, wie grausam das für ihn gewesen sein muss. Er hat mich geliebt, doch ich habe ihn fortgeschickt. Nicht für Jesus, nicht für Gott, sondern aufgrund meiner eigenen Engstirnigkeit. Er hatte recht, als er behauptete, ich sei nur eine Marionette der Priester, zu ängstlich, um einen eigenständigen Gedanken zu fassen.

Das bin ich nun nicht mehr. Ich fühle mich wie eine Gefangene, befreit von den Fesseln, die mein Denken beschränkten, doch unfähig, mein Wissen, meine Fragen mit jemandem zu teilen.

Oh, wie ich Mirko vermisse! Mit ihm könnte ich über alles reden. Er würde als Einziger verstehen, wie ich mich fühle. Doch ich habe kein Recht, mich selbst zu bemitleiden. Ich habe mir mein Schicksal selbst eingebrockt. Wäre ich doch nur so klug und mutig wie er …

Das Erweckungsfest rückt heran – die Nacht, in der vor einem Jahr Paul, das Lamm, geopfert wurde, gefolgt von dem Tag, an dem ich Mirko kennenlernte. Je näher dieser schreckliche Jahrestag kommt, desto klarer wird mir, was ich tun muss. Doch bevor ich mein Vorhaben in die Tat umsetzen kann, klopft es eines Morgens an unsere Tür. Draußen stehen zwei Gotteswächter.

»Gelobt sei Jesus Christus«, sagt der eine. »Sophia, wir haben den Auftrag, dich zum Vikar zu bringen.«

Zu Tode erschrocken, blicke ich meine Mutter an. Hat sie mich am Ende doch verraten? Ahnt sie vielleicht, was ich vorhabe, und will mich auf diese Weise daran hindern?

Sie sieht mich nur stumm an. In ihren Augen erkenne ich weder Erschrecken noch Mitleid, aber auch keinen Verrat. Das Einzige, was darin liegt, ist tiefe Trauer. Sie fragt nicht, ob sie mich begleiten darf.

Auf dem Weg zum Gemeindehaus klammere ich mich an die Hoffnung, dass es einen harmlosen Grund für das alles gibt. Immerhin ist dies mein letztes Schuljahr. Der Vikar hat anscheinend schon immer mehr von mir gehalten, als ich ahnte. Vielleicht möchte er, dass ich eine Aufgabe in der Gemeinde übernehme. Doch die grimmigen Mienen der Gotteswächter sprechen nicht gerade dafür, und als ich das Motorrad des Inquisitors vor dem Haus parken sehe, sinkt mein Herz.

Der Vikar lächelt freundlich, als ich sein Büro betrete. Der Inquisitor steht neben seinem Schreibtisch. Er lächelt nicht.

»Hallo, Sophia«, sagt der Vikar. »Danke, dass du so schnell gekommen bist.«

Als hätte ich eine Wahl gehabt! Ich schlucke.

»Ich … ich müsste jetzt eigentlich in der Schule sein«, sage ich.

Der Vikar nickt.

»Du bist natürlich entschuldigt. Setz dich doch!« Er deutet auf den Stuhl vor seinem Schreibtisch.

Mit zusammengefalteten Händen, damit man mein Zittern nicht sieht, setze ich mich.

»Ehrlich gesagt, Sophia, machen wir uns ein bisschen Sorgen um dich«, sagt der Vikar.

»Sorgen?«, frage ich.

»Du wirkst … verändert. Du warst früher immer so fröhlich! Doch seit Mirko … verloren ging, scheinst auch du alle Lebensfreude verloren zu haben. Natürlich habe ich Verständnis dafür, dass dich dieser Verlust für unsere Gemeinde schmerzt. Ich weiß, dass dein Herz für ihn entflammt war. Doch ich hatte gehofft, dass du mit der Zeit darüber hinwegkommst. Aber stattdessen hast du dich immer mehr zurückgezogen. Deine Lehrer und Klassenkameraden finden kaum noch Zugang zu dir. Und in letzter Zeit scheint es noch schlimmer geworden zu sein. Daher fragen wir uns, ob etwas auf deiner Seele lastet – etwas, was wir noch nicht wissen.«

»Wann hast du zum letzten Mal gebeichtet?«, fragt der Inquisitor.

Ich zucke zusammen, als mir bewusst wird, dass das schon mehr als ein Jahr her ist! In den letzten Monaten habe ich gar nicht darüber nachgedacht, aber eigentlich wird von uns erwartet, dass wir mindestens einmal in der Woche die Beichte ablegen, obwohl dies nicht verpflichtend ist.

Kurz überlege ich zu lügen – ich kann die Beichte gegenüber

jedem Geweihten ablegen, also auch gegenüber unseren Lehrern. Allerdings verbietet es ihnen das Beichtgeheimnis zwar, darüber Auskunft zu geben, was ich gebeichtet habe, aber nicht, ob. Und ich befürchte, dass der Inquisitor besser als ich weiß, wie lange das letzte Mal her ist.

»Ich … ich glaube, das war vor ungefähr einem Jahr«, sage ich.

Der Vikar atmet erschrocken ein, doch der Inquisitor bleibt ungerührt.

»Möchtest du jetzt beichten, Sophia?«

»Ja, Inquisitor.«

»Und bist du damit einverstanden, dass der Vikar und ich gemeinsam deine Beichte hören und dir gegebenenfalls Absolution erteilen?«

»Ja, Inquisitor.«

»Dann erleichtere nun dein Gewissen vor Gott, unserem Herrn.«

Ich senke den Kopf und falte die Hände. »Herr, ich habe gesündigt«, sage ich. »Ich … ich bin der Unzucht und der Wollust schuldig. Ich habe sündige Gedanken gehabt und mich selbst unsittlich berührt. Ich … ich fürchte, ich bin von Satan besessen.«

Der Vikar atmet aus, als sei er erleichtert. »Sag so etwas nicht, Sophia! Es ist ganz normal in deinem Alter, solche Gedanken zu haben und die Versuchungen des Fleisches zu spüren. Wenn du den Verlockungen hin und wieder nachgibst, bedeutet das noch lange nicht, dass du …«

»Ist das alles?«, unterbricht ihn der Inquisitor. »Du hast unzüchtige Gedanken gehabt und dich unsittlich berührt. Mehr möchtest du nicht beichten?«

Ich wage es nicht, ihn anzusehen. »Nein, Inquisitor.«

Obwohl ich den Kopf gesenkt halte, kann ich seinen durchdringenden Blick spüren.

»Kurz nach dem Osterfest hast du einen Stein mit zum Unterricht gebracht«, sagt er mit ruhiger Stimme, die dennoch bedrohlich wirkt. »Du hast euren Geschichtslehrer gefragt, wie alt dieser Stein wohl sein mag. Kannst du mir erklären, warum du das getan hast, Sophia?«

»Ich … ich war einfach neugierig«, behaupte ich, obwohl ich weiß, dass ihm diese Erklärung nicht reichen wird.

»Erinnerst du dich, was an diesem Stein so besonders war, dass du ihn deinem Lehrer gezeigt hast?«

Jetzt erinnere ich mich wieder. Das war, kurz nachdem ich das Geologiebuch durchgelesen hatte, noch bevor ich *Die Schöpfungslüge* begann und endgültig meinen Glauben an das Erste Buch Mose verlor. Ich machte mich eines Tages auf die Suche nach einem Stein wie dem, den Mirko mir gezeigt hatte. Eigentlich hatte ich nicht erwartet, einen zu finden, jedenfalls nicht gleich beim ersten Versuch. Doch es dauerte nicht einmal eine halbe Stunde, bis ich einen flachen Stein in der Hand hielt, der einen Teil eines Ammoniten enthielt. Ich fand sogar noch mehr Bruchstücke. Ein besonders schönes nahm ich mit in den Unterricht. Ich hoffte damals immer noch, dass der Lehrer mir etwas sagen konnte, was das Geologiebuch als Lügenmärchen entlarvte. Doch er lieferte nur dieselbe lahme Aussage, die ich Mirko entgegengehalten hatte: Gott hat den Stein eben so gemacht, als er die Erde vor ungefähr sechstausend Jahren schuf.

»Darin war …« Gerade noch rechtzeitig kann ich mich daran hindern, das verräterische Wort »Ammonit« auszusprechen.

»… ein Muster«, setze ich den Satz fort. »Wie von einem Schneckenhaus. Das fand ich merkwürdig.«

»Wenn es Gott gefallen hat, diesen Stein mit einem Muster zu versehen, was ist daran merkwürdig?«, fragt der Inquisitor.

»Die meisten Steine haben eben nicht so ein Muster.«

»Und enthalten die meisten Steine Bergkristalle?«

»Nein.«

»Warum hast du dann nicht einen Bergkristall mit in den Unterricht gebracht?«

»Weil ich eben diesen Stein gefunden hatte und keinen Bergkristall.«

»Und deine Frage nach dem Alter des Steins hatte nichts damit zu tun, dass er ein Muster wie von einem Schneckenhaus aufwies?«

Die Frage klingt harmlos und die Stimme des Inquisitors bleibt ruhig. Doch ich weiß, dass sie hochgefährlich ist. Von meiner Antwort darauf hängt alles ab.

»Doch«, sage ich nach kurzem Zögern.

»Und *was genau* hatte deine Frage damit zu tun?« Die Stimme des Inquisitors ist nun deutlich schärfer.

Ich blicke auf. »Ich … ich habe mich gefragt, ob es nicht doch sein könnte.«

Der Vikar blickt mich mit ernster Miene an. Der Gesichtsausdruck des Inquisitors bleibt im Schatten seiner Kapuze verborgen.

»Dass *was* sein könnte?«, fragt er.

»Dass die Erde viel älter ist, als es im Ersten Buch Mose steht«, sage ich.

Der Vikar stößt einen Schreckenslaut aus.

»Und wie kommst du auf einen solchen ketzerischen Gedanken?«, fragt der Inquisitor, jetzt wieder ganz ruhig.

»Wir ... wir haben die Evolutionstheorie im Unterricht besprochen«, antworte ich und kann nicht verhindern, dass meine Stimme zittert.

»Du meinst, die Evolutions-Irrlehre?«

»Ja, Inquisitor.«

»Und hat dein Lehrer damals diesen Begriff benutzt?«

»Welchen Begriff?«, frage ich verwirrt.

»Theorie. Hat er damals von der Evolutions*theorie* gesprochen? Das wäre nämlich ein schwerer Verstoß gegen seine Pflichten als Glaubenslehrer und ich wäre gezwungen, ein Verfahren gegen ihn einzuleiten, um ihn von seinem Lehramt zu entheben.«

»Nein!«, sage ich erschrocken. Obwohl ich inzwischen vieles von dem, was er uns beigebracht hat, nicht mehr glaube, habe ich Herrn Rietmüller immer gemocht.

»Woher hast du dann diesen ketzerischen Begriff?«, fährt mich der Inquisitor mit scharfer Stimme an. »Rede, Sophia! Sag uns endlich die Wahrheit, wenn du nicht für immer in der Hölle schmoren willst!«

Ich halte es nicht mehr aus. »Mirko!«, schluchze ich. »Mirko hat mir davon erzählt.«

»Was genau hat er dir erzählt?«, fragt der Inquisitor. Seine Stimme klingt jetzt auf einmal sanft und verständnisvoll und mir drängt sich der Gedanke auf, dass er genauso wandlungsfähig ist wie der Antichrist.

Wahrheitsgemäß berichte ich davon, wie Mirko mir den Stein zeigte. Die Bücher erwähne ich nicht.

»Und woher hatte Mirko diese ketzerischen Gedanken?«

»Das … das weiß ich nicht.«

»Bist du sicher?«, fragt der Inquisitor scharf.

»Ja, Inquisitor.«

»Sophia«, mischt sich der Vikar ein. »Jetzt ist die Gelegenheit, uns alles zu beichten. Du hast ja selbst gespürt, welche Macht Satan über uns erlangen kann, wenn wir vom rechten Weg abkommen und uns der Ketzerei hingeben. Wenn du von weiteren Ketzern in unserer Gemeinschaft weißt, dann musst du uns das jetzt sagen!«

»Nein«, antworte ich wahrheitsgemäß. »Ich weiß nichts von anderen Ketzern. Das schwöre ich bei Gott!«

Einen Moment lang schweigen die beiden.

»Also schön«, sagt der Inquisitor schließlich. »Dass du uns nicht gleich von Mirkos ketzerischen Gedanken berichtet hast, ist eine schwere Sünde. Aber die Strafe dafür hat dir Gott selbst auferlegt. Hättest du es gleich gemeldet, wie es deine Christenpflicht gewesen wäre, dann hätten wir ihn daran hindern können, das Tal zu verlassen und Satan endgültig in die Hände zu fallen. Wir hätten ihm seine Ketzerei ausgetrieben und er wäre wieder ein gottesfürchtiges Mitglied unserer Gemeinschaft geworden. Wer weiß, vielleicht hättet ihr sogar geheiratet. Doch stattdessen ist er nun ein Verlorener und du bist schuld daran, Sophia.«

Bei seinen Worten breche ich in Tränen aus.

»Aber das weißt du bereits«, fährt er fort. »Deshalb werde ich dir keine weitere Buße auferlegen. Du wirst jedoch ab jetzt zweimal in der Woche abends Sonderunterricht in Geschichte bekommen, mit einem Schwerpunkt auf die erdrückende Beweislast, die die sogenannte ›Evolutionstheorie‹ als ketzerischen

Unsinn entlarvt. Ich werde mit Herrn Rietmüller darüber sprechen. Du kannst jetzt gehen.«

»Du bist für den Rest des Tages vom Unterricht entschuldigt«, fügt der Vikar hinzu. »Nutze die Zeit, um zu beten und dem Herrn für die Errettung deiner Seele zu danken!«

»Danke, Inquisitor. Danke, Herr Vikar.«

Als ich aufstehe und den Raum verlasse, habe ich das Gefühl, den Blick des Inquisitors in meinem Nacken zu spüren. Er weiß alles, was im Tal vorgeht, heißt es. Spätestens jetzt ist mir klar, dass das stimmt. Und es ist auch offensichtlich, dass er nicht davon überzeugt ist, die ganze Wahrheit von mir erfahren zu haben. Er wird mich von jetzt an genauestens beobachten.

Als ich aus dem Gemeindezentrum hinaus in die Sonne trete, atme ich erleichtert auf. Doch als ich unsere Hütte erreiche, verkrampft sich mein Herz erneut. Eine kleine Menschentraube hat sich vor unserer Tür gebildet. Ein Gotteswächter bewacht mit verschränkten Armen stumm den Eingang. Neben ihm steht Mutter, den Blick auf den Boden gesenkt, als schäme sie sich. Aus dem Inneren höre ich Geräusche. Jemand scheint unsere Möbel zu verschieben.

»Was ist denn los?«, frage ich.

»Ketzerin!«, ruft jemand.

Erschrocken drehe ich mich um und blicke in feindselige Gesichter. Menschen, die ich kenne – Herr Joppe, der Tischler, zum Beispiel, Frau Lilienfeld, die in Mutters Betkreis ist, Herr Bahr, der abseits des Dorfs die Gerberei betreibt –, stehen dort und starren mich an. Wer von ihnen gerufen hat, weiß ich nicht.

Ich schlucke und umarme Mutter, doch sie erwidert die Umarmung nicht.

Schließlich geht die Tür auf und zwei Gotteswächter kommen heraus. Einer von ihnen ist Pater Jordan, der Hauptmann der Gotteswächter in Birgsau.

»Verschwindet, Leute!«, ruft er. »Geht wieder an eure Arbeit! Hier gibt es nichts zu sehen!«

Die Gaffer zerstreuen sich. Die drei Gotteswächter ziehen ohne ein weiteres Wort ab.

Das Innere unserer Hütte sieht aus, als habe ein Sturm darin gewütet. Kein Gegenstand ist mehr an seinem ursprünglichen Platz. Geschirr, Töpfe, Pfannen und unsere Lebensmittelvorräte sind auf dem Tisch und dem Fußboden gestapelt. Die Betten sind zerwühlt, die Matratzen umgedreht. Kleidung liegt überall verstreut herum.

Mir ist klar, was sie hier gesucht haben. Hätte mich Mutter nicht gezwungen, die Bücher zu verbrennen, wäre ich nun eine überführte Ketzerin. Ich bin nicht sicher, ob sie es dabei belassen hätten, mich aus dem Tal zu jagen. Mir läuft ein Schauer über den Rücken, als ich daran denke, was der Inquisitor über Mirko sagte: *Wir hätten ihm seine Ketzerei ausgetrieben und er wäre wieder ein gottesfürchtiges Mitglied unserer Gemeinschaft geworden.* Die Methode, mit der er dies erreicht hätte, möchte ich nicht kennenlernen.

»Es … es tut mir so leid!«, sage ich.

Mutter erwidert nichts, nimmt bloß stumm einen Topf und stellt ihn zurück in den Küchenschrank. Ich helfe ihr beim Aufräumen.

Die Ereignisse des heutigen Tages haben mich erschüttert, aber sie ändern nichts an meinem Plan. Im Gegenteil, sie verstärken nur noch meine Entschlossenheit. Ich werde das Tal verlassen, so wie es Mirko getan hat. Ich werde ihn suchen und falls ich ihn finde, um Verzeihung bitten für das Unrecht, das ich ihm angetan habe. Mit eigenen Augen werde ich die Welt außerhalb des Tals sehen, auch wenn es meine Seele kostet.

Ich werde zu einer Verlorenen werden.

8. KAPITEL

»Wenn du es tun willst, dann heute«, sagt Mutter, während wir uns für den Gottesdienst und die Prozession am Abend vor dem Erweckungsfest umziehen.

»Was tun?«, frage ich.

»Das Tal verlassen.«

Sprachlos starre ich sie an. Wie kann es sein, dass sie meine geheimsten Gedanken kennt?

»Ich habe immer befürchtet, dass es eines Tages passieren würde«, sagt sie mit tonloser Stimme. »Du bist deinem Vater zu ähnlich: unzufrieden mit dem, was Gott dir schenkt. Deine Gier hat dich zu Satan geführt. Es ist besser, wenn du gehst.«

Tränen rinnen über meine Wangen. Ich weiß nicht, was ich antworten soll. Ihre Worte verletzen mich mehr als alles, was jemals jemand zu mir gesagt hat.

»Die beste Gelegenheit ist während der Prozession«, fährt sie fort. »Dann sind die Gotteswächter nur in Minimalbesetzung. Wenn wir am Haus von Bauer Martini am Rand des Dorfs sind, kannst du dich davonstehlen. Versuche nicht, über den Zaun zu klettern, wie Mirko es getan hat. Geh stattdessen über die Berge Richtung Westen, hinauf zur Schlappoldalpe. Von dort führt ein Pfad nach Westen über den Bergkamm.«

»Woher … weißt du das alles?«, frage ich.

»Es ist der Weg, den dein Vater nahm.«

Weinend umarme ich sie.

»Nein!«, schluchze ich. »Ich werde nicht gehen! Wenn du es verlangst, werde ich allen ketzerischen Gedanken abschwören! Mit deiner Hilfe werde ich wieder auf den rechten Weg zurückfinden!«

Sie stößt mich von sich.

»Mach es für uns beide nicht noch schlimmer, als es ist«, sagt sie mit harter Stimme. »Die Zweifel sind schon viel zu stark in dir. Du bereust deine Sünden nicht, das spüre ich, auch, wenn du jetzt etwas anderes behauptest.«

Verzweifelt sinke ich vor ihr auf die Knie. »Bitte verstoße mich nicht, Mutter! Bitte!«

»Du bist nicht mehr meine Tochter, Sophia«, sagt sie und jetzt rinnen auch über ihre Wangen Tränen. »Du bist längst eine Verlorene. Ich will nicht, dass du noch andere mit ins Verderben reißt!«

Ich stehe auf, trockne die Tränen und richte mein Haar. Wir reden kein Wort mehr miteinander.

Im Gottesdienst sitze ich bloß stumm da. Ich bewege meine Lippen zu den Liedern und Gebeten, die ich alle auswendig kann, doch in mir ist nur Finsternis. Selbst der Moment, als dem Lamm die Kehle durchgeschnitten wird, berührt mich nicht. Während der Prozession schreite ich schweigend neben meiner Mutter durch die Nacht. Ein Teil von mir klammert sich an die Hoffnung, dass dies ein Albtraum ist. Doch ich erwache nicht.

Schließlich kommt der Moment des Abschieds. Wir stehen vor

dem Haus von Bauer Martini. Während die Jungfrau des Zeichens ein blutiges Kreuz an die Tür malt, spüre ich die Hand meiner Mutter am Arm. Sie drückt mir etwas in die Hand – ein in Stoff eingeschlagenes Bündel, das sie unter ihrem Umhang verborgen haben muss.

»Gott sei mit dir!«, flüstert sie.

»Und mit dir«, gebe ich zurück. Es sind die letzten Worte, die ich mit ihr rede.

Bevor sich die Prozession wieder auf den Weg macht, trete ich in die Schatten neben dem Haus. Meine Mutter spricht im selben Moment eine Freundin an, sodass es nicht weiter auffällt.

Hinter dem Bauernhof ist eine Weide, links davon Wald. Ich husche am Haus entlang, bis ich zwischen den Bäumen verschwinde. Vor den Blicken der Dorfbewohner verborgen bleibe ich stehen und lausche. Sollten sie nach mir suchen, werde ich einfach aus dem Wald kommen und behaupten, ich hätte mal gemusst. Doch die Prozession zieht singend weiter. Niemand hat mein Verschwinden bemerkt.

Die Nacht ist mondhell, sodass ich einigermaßen gut sehen kann. Ich folge dem Waldrand in Richtung des Berghangs, bis ich schließlich auf einen Weg gelange, der sich in Serpentinen die Flanke des Fellhorns hinaufwindet. Über mir sind die Stahlseile der alten Seilbahn zu erkennen, die schon seit Jahrzehnten nicht mehr benutzt wurde.

Bald bin ich so hoch, dass ich das ganze Stillachtal unter mir liegen sehen kann. Ein Stich geht durch mein Herz, als ich die Lichter der Häuser erblicke, dazwischen die Fackeln der Prozession wie eine lange, mit Lichtpunkten besetzte Raupe. Dies ist meine Heimat. Ich habe nie etwas anderes gekannt als dieses

Tal. Niemals werde ich es wiedersehen. Wenn das, was ich in der Schule über die Welt gelernt habe, auch nur teilweise stimmt, laufe ich geradewegs in mein Verderben. Doch nun ist es für eine Umkehr zu spät.

Ich wende mich ab und folge dem Pfad weiter bergauf. Über mir wölbt sich der Sternenhimmel. Als ich hinaufblicke, frage ich mich, ob es stimmt, was ich in einem der verbotenen Bücher gelesen habe: dass die winzigen Lichtpunkte dort oben ferne Sonnen sind, so weit weg, dass das Licht Jahrtausende braucht, um zu uns zu gelangen. Dass die Erde nicht im Zentrum des Weltalls steht, sondern ein ganz gewöhnlicher Planet in einem unbedeutenden Seitenarm unserer Milchstraße ist, einer Galaxis, wie es viele Milliarden andere gibt. Ob dort oben irgendwo noch andere Lebewesen existieren, von denen eines vielleicht gerade in meine Richtung blickt und sich wundert, was der winzige Lichtpunkt dort an seinem Himmel bedeutet? Es ist eine faszinierende Vorstellung, die gegen all das geht, was ich über die Welt gelernt habe: Wenn Gott die Menschen nach seinem Ebenbild geschaffen hat, dann kann es dort oben keine anderen intelligenten Wesen mit Seelen geben, jedenfalls keine, die ganz anders aussehen als wir. Aber wenn wir nicht Gottes Ebenbild entsprechen, wenn wir durch Evolution entstanden sind wie vielleicht noch viele andere denkende Lebensformen dort oben – wo in diesem gigantischen Universum voller Sonnen und Galaxien ist dann noch Platz für einen Schöpfer?

Ich wickele das Paket aus, das mir Mutter in die Hand gedrückt hat. Darin sind eine Feldflasche mit kaltem Tee, ein Stück Räucherwurst, etwas Brot und ein Apfel. Ich blinzele die Tränen weg, als ich daran denke, dass es das Letzte ist, was sie für mich getan hat. Ein Akt der Liebe nach allen Enttäuschungen, die ich ihr zugefügt habe.

Was tue ich hier bloß? Sollte ich mich nicht einfach den Gotteswächtern stellen, mich von ihnen abführen lassen? Soll mir doch der Inquisitor meine ketzerischen Gedanken austreiben, wenn ich nur in Frieden hier im wunderbaren Tal der Erweckten leben kann …

Nein! Ich muss Mirko finden. Und ich muss die Wahrheit über die Welt da draußen wissen, wie schrecklich sie auch sein mag.

Erneut blicke ich zum Himmel auf. Eine Sternschnuppe blitzt auf und zieht über mich hinweg in Richtung des Bergkamms. Ist das ein Zeichen Gottes? Wohl kaum, doch es macht mir Mut.

Hundegebell schreckt mich auf. Ich blicke mich um. Tief unten sehe ich Fackeln. Gotteswächter! Sie sind mir auf der Spur!

Schwer atmend haste ich den Berghang hinauf. Meine Beine schmerzen bald, doch die Angst treibt mich an. In der Ferne entdecke ich einen Bauernhof: die Schlappoldalpe. Verlassen und still liegt sie da, ihre Bewohner sind bei der Prozession wie alle anderen. Ich haste weiter den steilen Weg entlang. Hin und wieder sehe ich mich um. Die Fackeln sind außer Sichtweite, doch ich kann das Hundegebell hören, schwach, aber deutlich. Es scheint lauter zu werden.

Als ich den Bauernhof erreiche, halte ich keuchend inne. Meine Lunge schmerzt und meine Beine scheinen in Flammen zu stehen. Obwohl es ziemlich kühl ist, bin ich schweißüberströmt. Meine flachen Schuhe und das schwarze Kirchenkleid sind nicht gerade die ideale Bekleidung für eine Bergwanderung. Doch ich habe keine Wahl, ich muss weiter.

Von hier aus kann ich keinen Pfad den Berghang hinauf entdecken. Also bleibt mir nichts anders übrig, als querfeldein über die Bergwiese zu stolpern. Der Mond verschwindet hinter einer Wolke und ich kann kaum noch die Hand vor Augen erkennen. Blind taumle ich durch die Nacht, bergauf, immer bergauf. Ich weiß, dass jeder Schritt mein letzter sein kann: Wenn ich über einen Stein oder einen Ast stolpere oder in ein Murmeltierloch trete und mir den Knöchel verstauche, ist meine Flucht zu Ende. Mein Herz rast und ich keuche so laut, dass es die Gotteswächter bestimmt hören. Ich weiß nicht, woher ich die Kraft nehme, doch irgendwie tragen meine Beine mich weiter den Hang hinauf.

Als ich mich schwer atmend umdrehe, sehe ich unter mir die Fackeln der Gotteswächter, viel näher jetzt. Das Gebell der Suchhunde dringt zu mir hinauf. Sie folgen meiner Spur quer über die Alm.

Erschöpft haste ich weiter.

Als der Mond durch eine Wolkenlücke scheint, höre ich einen Ruf: »Da ist sie! Da oben!« und dann: »Sophia! Sophia, bleib stehen! Geh nicht weiter!«

Die Tränen mit dem Ärmel beiseite wischend haste ich voran, bis es nicht mehr bergauf geht. Hinter einem schmalen, flachen Berggrat fällt das Gelände wieder ab. Ich habe den Rand des Tals erreicht. Vor mir liegt die verlorene Welt.

Natürlich habe ich keine genaue Vorstellung davon gehabt, wie es außerhalb des Tals aussieht. Es ist uns streng untersagt gewesen, die Berge zu erklettern oder uns dem Zaun am Eingang des Tals zu nähern, sodass ich noch nie einen Blick auf die Außenwelt geworfen habe. Nach dem, was man uns erzählte, hätte ich eine Ödnis erwartet, möglicherweise Feuer und Rauch, Trümmer der letzten Schlacht, womöglich dunkle Gestalten, die dazwischen herumhuschen.

Stattdessen sehe ich Lichter. Sie sind viel heller als die in unserem Dorf, das kann ich selbst aus der Entfernung erkennen. Anders als die Fackeln und Laternen, die ich kenne, flackern diese Lichter nicht. Sie schillern in allen Farben – gelb, weiß, manche orange und rot, einige sogar blau oder grün. Die meisten stehen still, aber manche bewegen sich auch in dünnen Linien durch die Nacht. Wieder andere blinken oder verändern ihre Farben. Am erstaunlichsten aber ist, wie viele Lichter es gibt. In dem Tal zu meinen Füßen allein scheinen es fast so viele zu sein wie Sterne am Himmel. Doch ich sehe noch viel mehr Inseln aus Lichtern. Sie glühen in der Ferne hinter Bergen, die deutlich flacher sind als der, auf dem ich stehe.

Hundegebell reißt mich aus meiner Starre. Ich stolpere den Hang hinab, falle mehrfach fast hin. Schließlich erreiche ich ein paar flache Büsche und sacke in ihrem Sichtschutz zusammen. Schwer atmend liege ich da. Meine Lunge brennt und meine Beine sind verkrampft. Ich kann nicht mehr.

Das Hundegebell kommt näher und nach wenigen Minuten sehe ich Fackeln auf dem Bergkamm. Sie sind nur hundert Meter entfernt, doch sie nähern sich nicht, obwohl die Hunde meine Witterung haben und an den Leinen zerren.

»Sophia!«, ruft einer der Gotteswächter. »Sophia, im Namen Gottes, komm zurück!«

Ich bleibe still liegen und spreche ein Stoßgebet.

Schließlich verschwinden die Fackeln wieder. Die Gotteswächter kehren ins Tal zurück. Sie haben mich aufgegeben. Morgen beim Erweckungsfest wird erneut mein Name genannt werden. Als der einer armen Seele, die verloren ging. Danach wird ihn nie wieder jemand im Tal der Erweckten aussprechen.

Die Erschöpfung und das Grauen dieses Tages überwältigen mich. Lange liege ich zitternd vor Kälte und Verzweiflung da, bis ich schließlich einschlafe.

TEIL 2

STRANGE LAND

9. KAPITEL

Vogelgezwitscher weckt mich. Meine Kleidung ist klamm, meine steifen Glieder schmerzen. Ich stehe auf, strecke mich und sehe mich um. Die Sonne ist bereits aufgegangen, doch der Berghang, auf dem ich mich befinde, liegt noch im Schatten. Nur die Spitzen einiger Berge in der Ferne leuchten orange.

Fassungslos betrachte ich die Welt, die sich vor mir ausbreitet. Niemals hätte ich es für möglich gehalten, dass sie so *groß* ist! Die Kehle schnürt sich mir zu, als ich in die Ferne blicke, über Dutzende von flachen Bergen bis zu einem Horizont, der unerreichbar weit weg zu sein scheint. Ich fühle mich tatsächlich verloren in dieser unfassbaren fremden Weite. Wie soll ich hier jemals Mirko finden, falls er tatsächlich irgendwo da draußen ist?

Der Mut verlässt mich und der Gedanke, dass ich einfach umkehren und zurück nach Hause gehen könnte, schießt mir durch den Kopf. Kaum jemand würde von meinem nächtlichen Ausflug wissen. Man könnte es mit jugendlichem Leichtsinn erklären. Sicher würde der Inquisitor mich in die Mangel nehmen. Wahrscheinlich würde ich für einige Zeit eingesperrt werden, müsste Bußarbeit tun, aber ich wäre wieder zu Hause, in meiner vertrauten Umgebung.

Doch wie könnte ich jemals in Frieden in diesem Tal leben, das mir immer riesig vorkam, doch jetzt auf einmal klein und eng wirkt? Wie könnte ich damit leben, diese weite Welt da draußen nicht wenigstens einmal gesehen zu haben? Und wie könnte ich ohne Mirko jemals glücklich werden?

Ich stärke mich mit etwas kaltem Tee, Brot und Wurst aus dem Proviantpaket, das Mutter mir mitgegeben hat. Lange wird es nicht reichen. Ich muss mir also irgendwo etwas zu essen besorgen. Mit klopfendem Herzen mache ich mich auf den Weg ins Tal.

Der Abstieg ist leichter, als ich befürchtet hatte. Auf dieser Seite ist die Bergflanke flacher und im Tageslicht kann ich Stolperfallen leicht ausweichen. Bald erreiche ich einen breiten Kiesweg und folge ihm talabwärts.

Nach einer Weile entdecke ich in der Ferne ein Haus. Es sieht auf den ersten Blick nicht anders aus als die Bauernhäuser in unserem Tal. Doch als ich mich nähere, erkenne ich, dass die Fensterscheiben eingeschlagen sind, das Dach löchrig. Hier wohnt schon lange niemand mehr. Ich werfe einen kurzen Blick ins Innere, sehe jedoch nur Schutt und Gerümpel.

Mit einem klammen Gefühl in der Brust gehe ich weiter. Auch das nächste Haus scheint unbewohnt, wenngleich es in einem weniger erbärmlichen Zustand ist als das erste: Die Fensterscheiben und das Dach sind noch intakt, doch der Weg zum Hauseingang ist mit Unkraut überwuchert, aus den Blumenkästen vor den Fenstern wachsen Disteln und Löwenzahn.

Was ist mit den Menschen passiert, die hier lebten? Stimmen die Geschichten über die Letzte Schlacht doch und sie wurden Opfer von Satans dämonischen Horden?

Ich werfe einen Blick zurück. Noch ist es nicht zu spät, um umzukehren. In einem kurzen Moment naiver Tagträumerei stelle ich mir vor, wie ich ins Tal zurückgehe und den Menschen in unserem Dorf erzähle, was ich gesehen habe, wie sie mir fasziniert zuhören. Doch die Gotteswächter würden mich sofort verhaften und einsperren. Ganz egal, was ich sagen würde, man würde annehmen, dass ich von Satan besessen bin und Lügengeschichten erzähle, um die letzten Erweckten ins Verderben zu locken.

Der Weg, der inzwischen asphaltiert ist, führt über einen flachen Sattel. Als ich diesen erreiche, erblicke ich links von mir im Tal ein Dorf, größer als Birgsau. Über eine Straße rollen Autos. Von hier oben erscheint alles friedlich und vor allem lebendig. Weit und breit sind keine Spuren von Zerstörung zu erkennen.

Beflügelt von diesem hoffnungsvollen Anblick, beschleunige ich meine Schritte. Bald erreiche ich den Rand des Dorfs. Die Häuser wirken nicht mehr unbewohnt, die Vorgärten sind gepflegt, in den Blumenkästen leuchten bunte Blüten. Doch Menschen sehe ich nicht.

Ich überlege, ob ich an eine der Haustüren klopfen und nach dem Weg nach der Stadt München fragen soll. Doch ich habe Angst davor. Was, wenn in diesen friedlich scheinenden Häusern Jünger Satans wohnen? Besser, ich bin vorsichtig.

Im Vorgarten eines der Häuser, an denen ich vorbeikomme, sehe ich eine Bewegung. Ein flaches, kreisrundes Gebilde gleitet mit leisem Surren über den Rasen und hinterlässt eine Spur kürzerer Halme. Ist das ein Tier? Nein, es macht eher den Anschein einer Maschine, die den Rasen frisst, vielleicht, um ihn gepflegt erscheinen zu lassen.

Mir kommt der Gedanke, dass die Häuser, an denen ich vorbeigekommen bin, nicht von Menschen bewohnt werden, sondern von Maschinen. Hat nicht unser Geschichtslehrer erzählt, die Menschen seien Satan zum Opfer gefallen, weil sie versucht hätten, künstliche Wesen zu bauen, die perfekter sein sollten als Gottes Schöpfung? Vielleicht soll dieses Ding auf dem Rasen eine perfektere Version eines Schafes sein. Falls ja, erscheint mir das nicht besonders gut gelungen.

Als ich weitergehe, kommt mir ein Auto entgegen. Es bewegt sich ähnlich leise wie der Rasenfresser, ohne das Dröhnen, das die wenigen Motoren in unserem Tal von sich geben, sodass man sie schon von Weitem hören kann. Ich trete zur Seite und beobachte, wie es an mir vorbeirollt. Verblüfft sehe ich ihm nach. Habe ich mich getäuscht, oder saß da wirklich niemand am Steuer?

Das Auto hält ein Stück weiter vor einem der Häuser, an denen ich vorbeigekommen bin. Die Haustür geht auf und eine junge Frau tritt heraus. Jedenfalls glaube ich, dass es eine Frau ist, denn sie hat weibliche Rundungen und ein feminines Gesicht, doch sie trägt Männerkleidung: Eine Hose aus blauem Stoff und ein dünnes Hemd mit kurzen Ärmeln. Auch ihre Haare sind kurz geschnitten wie bei einem Mann.

Ich fasse mir ein Herz, kehre um und gehe auf die Frau zu. Als sie mich erblickt, scheint sie zu erschrecken. Sie läuft rasch auf das wartende Auto zu, dessen Tür sich wie von unsichtbarer Hand öffnet, und springt hinein. Bevor ich sie erreiche, setzt sich der Wagen in Bewegung, wobei er nicht umdreht, sondern einfach rückwärts in die Richtung rollt, aus der er gekommen ist. Oder ist das vorwärts und er kam rückwärts her? Das ist schwer zu sagen, denn das Gefährt sieht vorne und hinten gleich aus.

Als es an mir vorbeifährt, erhasche ich einen kurzen Blick auf die Frau. Statt zu steuern, wedelt sie mit den Armen in der Luft herum. Winkt sie mir zu? Nein, sie sieht mich nicht einmal an. Ein Lenkrad erkenne ich nicht, dieses seltsame Auto findet offenbar von allein den Weg.

Fasziniert folge ich dem Wagen in Richtung des Dorfs. Schließlich mündet die Straße in eine breite Hauptstraße ein, auf der ein stetiger Strom von Fahrzeugen entlangrollt. Manche sehen so aus wie das, das die Frau abgeholt hat. Die meisten sind leer, doch in einigen sitzen Menschen. Zwischen diesen Autos fahren bunt bemalte Kisten. Manche sind riesig, mindestens ein Dutzend Meter lang und drei Meter hoch, andere sind nur so groß wie ein Koffer. Sie alle werden wie von Geisterhand bewegt und geben nur ein leises Surren von sich, wenn sie an mir vorbeirollen. Einmal fährt eine lange Kette solcher Kisten dicht hintereinanderher, als seien sie aneinandergebunden, doch als ich genauer hinsehe, erkenne ich keine Verbindung zwischen ihnen.

Die Straße führt weiter in Richtung des Dorfzentrums. Ich erreiche einen hübschen Platz mit einem großen Baum in der Mitte, von gepflegten Blumenbeeten umgeben. Auf der anderen Straßenseite sehe ich ein Gebäude, das mein Herz schneller schlagen lässt: eine Kirche! Sie ist größer als die in Birgsau, wenn auch bei Weitem nicht so groß wie die Kathedrale im Heiligtum. Aber sie sieht gepflegt aus, mit ockerfarbenen und weiß gestrichenen Wänden und hohen Glasfenstern. Vielleicht finde ich dort die Antworten, die ich suche.

Ich warte auf eine Gelegenheit, die Straße zu überqueren, ohne von den rollenden Kisten überfahren zu werden. Endlich erwische ich eine Lücke, die mir groß genug scheint, und sprinte los. Doch als ich einen Fuß auf die Straße setze, geschieht etwas Merkwürdiges: Die Fahrzeuge in beiden Richtungen werden alle gleichzeitig langsamer. Verblüfft bleibe ich mitten auf der Straße stehen und beobachte, wie sie vorsichtig auf mich zurollen und schließlich anhalten, sodass vor mir ein breiter leerer Streifen entsteht, und ich gefahrlos die Straße überqueren kann. Erst, als ich die andere Seite erreiche, setzen sich die Fahrzeuge wieder in Bewegung. Wie praktisch!

Mit klopfendem Herzen öffne ich die Kirchentür. Orgelmusik erklingt aus dem Inneren, obwohl keine Messe stattfindet, denn die Bänke und der Altarraum sind leer. Wie angewurzelt bleibe ich im Eingang stehen und staune über den Anblick, der sich mir bietet. Noch nie habe ich etwas so Schönes gesehen! Durch die bunten Glasfenster, die mit Heiligenfiguren geschmückt sind, fällt das Sonnenlicht und beleuchtet einen prachtvollen Innenraum. Die Wände und Decken sind mit Ornamenten und kunstvoll gemalten Fresken geschmückt, die Szenen aus der Bibel zeigen. Ein Hauptaltar und zwei Nebenaltare sowie die Kanzel glänzen golden und sind mit geschnitzten Holzfiguren verziert, die so lebensecht wirken, als würden sie im nächsten Moment von ihren Plätzen herabsteigen. Der Anblick erinnert mich an Fotos der prächtigen Kirchen, die ich aus Büchern kenne. Doch wir haben in der Schule gelernt, dass all diese wunderbaren Häuser Gottes von den Verlorenen und Satans Horden zerstört wurden. Und nun stehe ich hier und bestaune diese Pracht!

Ich sinke auf die Knie vor Ehrfurcht und Dankbarkeit, während ich ein Gebet zur Lobpreisung Gottes spreche. Allein für diesen Anblick haben sich die Strapazen meiner Flucht gelohnt! Gleichzeitig wird mir bewusst, dass Mirko die Wahrheit gesagt hat: Die Welt ist nicht zerstört. Es sind alles Lügen, die uns der Letzte Bischof, der Vikar und unsere Lehrer erzählt haben!

Doch als ich mich erhebe und langsam auf den prachtvollen Altar zugehe, bemerke ich eine Staubschicht auf den Bänken rechts und links neben mir. Verwirrt schaue ich mich um. Über dem Eingang erhebt sich eine zweigeschossige Empore. Auf der oberen Etage befindet sich die Orgel, doch niemand sitzt am Spieltisch. Offenbar läuft irgendwo im Verborgenen ein Plattenspieler, so wie der in unserer Schule, auf dem wir manchmal Kirchenmusik gehört haben.

Die Kehle schnürt sich mir zu, als mir klar wird, dass hier schon lange kein Gottesdienst mehr stattgefunden hat. Wie ist das möglich? Wie kann es sein, dass dieses Gotteshaus in all seiner Pracht mitten in diesem Dorf steht und niemand hineingeht, um zu beten? In gewisser Hinsicht kommt mir das noch grausamer vor, als wenn die Kirche nur noch eine Ruine wäre – so als wolle Satan Gott verhöhnen, indem er die Menschen von seinen Häusern fernhält.

Eine Stimme ertönt plötzlich aus dem Nichts: »Willkommen in der historischen Pfarrkirche von Riezlern. Wenn Sie mehr über die Architektur oder Geschichte erfahren möchten, sagen Sie ›Architektur‹ oder ›Geschichte‹. Die Pfarrkirche Riezlern GmbH wünscht Ihnen ein besinnliches Erlebnis!«

Verwirrt blicke ich mich um. Niemand ist zu sehen.

»Hallo?«, rufe ich.

»Willkommen in der historischen Pfarrkirche von Riezlern«, sagt die unsichtbare Stimme erneut und wiederholt auch den zweiten Satz Wort für Wort. Mir wird klar, dass auch diese Stimme nur von einem Plattenspieler, einem Kassettenrekorder oder einer ähnlichen Maschine kommen muss. Niemand ist hier, den ich fragen kann, was geschehen ist.

Es ist also doch wahr: Der Antichrist hat die Menschen vom rechten Weg abgebracht. Sie haben Gott verloren, obwohl er so nah ist! Tränen verschleiern meinen Blick, als ich um all die Verlorenen weine. Ich stürze aus dem Gotteshaus ins Freie.

Ohne mich um den Verkehr zu kümmern, laufe ich auf die Straße, ich weiß ja jetzt, dass die rollenden Kisten von selbst anhalten.

Ein lautes Quietschen ertönt. Ich drehe mich um und erstarre vor Schreck, als ein Motorrad auf mich zurast.

10. KAPITEL

Im letzten Moment macht das Motorrad einen Schlenker nach rechts, kommt von der Straße ab und knallt gegen einen Zaun, wird dabei jedoch zum Glück nicht schwer beschädigt. Der Fahrer steigt ab und kommt auf mich zu. Er trägt einen schwarzen Anzug und einen Helm, der kein Sichtfenster zu haben scheint. Vielleicht ist auch er eine Maschine?

»Sag mal, hast du kein Netz?«, höre ich eine wütende Stimme aus dem Helm.

Verwirrt starre ich ihn an. »Was soll ich denn mit einem Netz?«

Der Mann – wenn es wirklich ein Mann ist – bleibt vor mir stehen. »Was ist los mit dir? Wer bist du?«

Ich überlege, ob ich einfach weglaufen soll. Doch Flucht erscheint sinnlos. Wenn das ein Jünger Satans ist, dann könnte er mich mit seinem Motorrad im Nu einholen.

»Ich heiße Sophia Mahler«, antworte ich.

Der Helm wird plötzlich vorne durchsichtig und ich blicke in das Gesicht eines jungen Mannes, der mich zornig anfunkelt.

»Du kannst doch nicht einfach so auf die Straße rennen! Ich hätte dich fast überfahren. Jetzt krieg ich deinetwegen wahrscheinlich schon wieder einen Punkt und bald ist meine Selbstfahrerlaubnis futsch!«

»Ich … ich dachte … die Kisten halten automatisch an, wenn man …«

Er macht ein verdutztes Gesicht. »Wo zur Hölle kommst du denn her? Hast du noch nie davon gehört, dass es immer noch so was wie Selbstfahrer gibt?«

Dass er die Hölle erwähnt, bestätigt meinen Verdacht, es mit einem Jünger Satans zu tun zu haben. Doch trotz seines Ärgers wirkt er eigentlich nicht unfreundlich. Andererseits weiß ich natürlich nicht, ob das nur gespielt ist. Rasch bekreuzige ich mich.

»Ah, ich verstehe«, sagt er. »Du bist ein Offie, stimmt's?«

»Was?«

»Du bist aus dem Stillachtal, oder?«

Erstaunt blicke ich ihn an. »Ja. Woher … weißt du das?«

»Oh Mann, das gibt's doch nicht! Ich dachte, ihr verlasst niemals euer Tal.«

Ich blicke beschämt zu Boden. »Das … tun wir normalerweise auch nicht. Ich …«

»Du bist ausgerissen? *Real?*«

Ich sehe ihn wieder an und begreife immer weniger, was vor sich geht. »Bist du … ein Verlorener?«

Nun ist er es, der mich fragend ansieht. »Ein *was*?«

Ich schlucke. »Wir … man hat uns in der Schule beigebracht, dass … dass die ganze Welt außerhalb des Tals verloren gegangen ist, dass die Letzte Schlacht tobt und … Satan … die Menschen, die nicht erweckt wurden, ins Verderben gerissen hat. Deshalb können wir das Tal nicht verlassen, bis Jesus wiederkehrt und uns ins Paradies führt.«

Er lacht laut. Doch als er meinen Gesichtsausdruck sieht, wird er rasch wieder ernst. »Das haben sie dir erzählt? Dass die Welt außerhalb eures Tals zerstört wurde und wir hier draußen alle in der Hölle sind?«

Ich nicke und komme mir entsetzlich dumm vor.

»Und trotzdem hast du dich getraut abzuhauen?«

»Ein … Freund von mir ist vor einem Jahr geflohen. Er hat mir einen Boten Satans … ein fliegendes Ding mit einer Botschaft geschickt. Ich … suche ihn.«

»Und er ist hier in Riezlern?«

»Nein. Er hat gesagt, er ist in einer Stadt namens München. Weißt du, in welche Richtung ich gehen muss?«

»Du willst nach München? Zu Fuß?« Er schüttelt verwundert den Kopf.

»Ja. Ist es weit?«

»Knapp 200 Kilometer. Du weißt, was ein Kilometer ist, oder?«

Ich nicke. Vom Heiligtum am Ende des Stillachtals bis zum Zaun sind es ungefähr zehn Kilometer. Wenn es stimmt, was er sagt, dann ist die Entfernung von hier nach München zwanzigmal so lang! Ich werde viele Tage brauchen und falls ich mich nicht unterwegs verlaufe, werde ich womöglich verhungern, denn ich habe bloß noch etwas Brot, ein kleines Stück Wurst und einen Apfel. Tränen treten mir ungebeten in die Augen angesichts der Hoffnungslosigkeit dieses Vorhabens.

»Hey, pass mal auf«, sagt der Motorradfahrer. »Ich mach dir einen Vorschlag. Ich bin unterwegs nach Nürnberg. München liegt praktisch auf dem Weg. Wenn du willst, nehme ich dich mit. Übrigens heiße ich August.« Er mustert mich skeptisch. »Bist du schon mal auf einem Motorrad gefahren?«

»Nein.«

Misstrauisch beäuge ich das Gefährt, das neben dem Zaun

steht. Es sieht so ähnlich aus wie das Motorrad des Inquisitors, nur irgendwie … eleganter. Die Verkleidung schimmert golden, fast wie der Altar in der Kirche. Auf der schmalen Sitzbank scheinen kaum zwei Menschen Platz zu haben.

»Auf jeden Fall kannst du nicht in diesem … Kleid mitfahren. Du brauchst einen Helm und Schutzkleidung, sonst verliere ich wirklich noch meine Selbstfahrerlaubnis. Moment …« Er fuchtelt mit den Händen in der Luft herum. Dann sagt er: »Kommt in 43 Minuten. Wenn du willst, können wir uns so lange da drüben auf die Bank setzen und du erzählst mir ein bisschen was aus eurem Tal. Meine Follower würde das ziemlich interessieren.«

Ich habe keine Ahnung, was »Follower« sind. Eigentlich fände ich es viel interessanter, wenn er mir etwas über die Welt hier draußen erzählen würde. Aber ich will nicht unhöflich sein, und wenn mich August wirklich mit seinem Motorrad nach München bringen kann, dann ist es sein gutes Recht, vorher etwas mehr über mich zu erfahren. Also setzen wir uns auf eine Bank unter dem großen Baum in der Mitte des Platzes und ich erzähle von unserem Dorf, dem Tal der Erweckten, dem Letzten Bischof und dem, was wir in der Schule gelernt haben.

Zwischendurch macht August, der seinen Helm nicht abgenommen hat, immer wieder seltsame Bewegungen mit den Händen in der Luft, so als greife er nach unsichtbaren Dingen. Zu Anfang ignoriere ich es, doch irgendwann werde ich nervös.

»Sag mal, zauberst du gerade?«, frage ich ihn.

Er sieht mich verdutzt an. »Was?«

»Deine Handbewegungen. Ist das … schwarze Magie?«

Er lacht. »Na ja, aus deiner Sicht ist das vielleicht wirklich so was wie Magie. Hinreichend fortgeschrittene Technologie ist nicht von Magie zu unterscheiden, heißt es. Aber keine Sorge, ich beschwöre keine bösen Geister, falls du das denkst.«

Ich werde rot. Irgendwie habe ich das Gefühl, dass er mich nicht ernst nimmt. Doch ich verkneife mir eine schnippische Bemerkung. Wenn ich Mirko jemals finden will, brauche ich Augusts Hilfe.

»Erzähl weiter«, fordert er mich auf. »Diese Gotteswächter, sind die so was wie Polizisten bei euch? Ich meine, können sie Leute verhaften und ins Gefängnis stecken und so?«

Also setze ich meine Schilderung fort. Als ich gerade dabei bin zu erzählen, wie ich Mirko beim Erweckungsfest kennengelernt habe, höre ich plötzlich ein Geräusch wie von einem wütenden Wespenschwarm. Tatsächlich, da kommt so ein fliegendes Ding auf uns zu. Es ist etwas kleiner als das, das Mirko mir geschickt hat, sieht aber ansonsten sehr ähnlich aus: ein Kreuz mit vier Kreisen an den Enden und einer Ausbuchtung an der Unterseite, an der ein schwarzes Auge aus Glas angebracht ist. Das Auge dreht sich in meine Richtung, doch ich sehe keine geisterhafte Erscheinung. Mein Herz klopft vor Aufregung. Wenn er es ist …

»Mirko?«, frage ich hoffnungsvoll.

»Keine Angst, das ist bloß eine Kameradrohne«, erklärt August.

»Also ist das nicht von Mirko?«

»Du meinst, ob dein Freund dir die Drohne geschickt hat? Nein, höchstwahrscheinlich nicht. Das ist irgendwer, der meinen Cast gesehen hat und dich gerne aus der Nähe betrachten will.«

Enttäuscht seufze ich. »Was bedeutet das?«

»Das bedeutet, dass du zu einem Hype geworden bist.«

»Was ist das, ein Hype?«

»Etwas, was sich rasend schnell im Netz verbreitet. Man könnte sagen, du bist jetzt ein Star.«

Wieder einmal habe ich keine Ahnung, wovon er redet, doch das fliegende Ding, das um mich herumschwirrt, macht mich nervös. Schlimmer noch: Schon nähert sich ein weiteres der summenden Dinger und dann noch eins. Bald bin ich von einem ganzen Schwarm von ihnen umgeben. Vor Angst hebe ich die Arme vor meinen Kopf.

»He, Leute, mal ein bisschen Privacy, wenn ich bitten darf!«, ruft August.

Einige der Drohnen entfernen sich und umkreisen mich im Abstand von einigen Metern, doch zwei oder drei bleiben dicht vor meinem Gesicht.

»Immer dasselbe mit euch aufdringlichen Stalkern!«, schimpft August. Er schlägt nach einer der Drohnen, doch sie weicht ihm blitzschnell aus.

»Ich fürchte, Leute, das war's erst mal mit meinem Interview mit Sophia, dem Offie aus dem legendären Stillachtal. Bedankt euch bei den Stalkern dafür, dass wir nicht weitermachen können.« Dann wendet er sich an mich: »Bleib einfach still sitzen. Nach einer Weile verlieren sie das Interesse.«

Also sitzen wir beide schweigend da. Die Drohnen schwirren um meinen Kopf, so dicht, dass der Wind, den sie machen, mir die Haare zerzaust. Eine kommt meinem Gesicht so nah, dass ich die Augen schließen muss. Augusts Hand schießt blitzschnell vor und diesmal schnappt er die Drohne und schlägt sie zweimal hart gegen die Bank, auf der wir sitzen, sodass Teile von dem Gerät absplittern. Dann wirft er sie in die Luft. Die beschädigte

Drohne surrt ein paarmal im Kreis herum und zerschellt dann an einer Hauswand.

»Wirklich lästig, diese Dinger«, sagt August. »Aber keine Angst, die Lieferung ist gleich da. Dann können wir von hier verschwinden.«

Nun halten auch die anderen Drohnen mehr Abstand. Trotzdem bleiben wir stumm sitzen.

Nach ein paar Minuten biegt eine der Kisten von der Straße ab und kommt über den Kiesweg auf uns zugerollt. Sie ist ungefähr einen Meter hoch und ebenso lang und hat seltsamerweise nur zwei Räder, die aber nicht wie bei einem Motorrad hintereinander, sondern nebeneinander angeordnet sind. Trotzdem fällt sie nicht um. Eine Klappe auf der Oberseite öffnet sich. August holt einen schwarzen Anzug aus einem glatten, weichen Material und einen Helm hervor, der seinem ähnelt. Er reicht mir beides.

»Hier, zieh das an, dann können wir endlich los.«

Ich blicke mich nervös um. Soll ich mich etwa hier mitten auf dem Dorfplatz entblößen? Mein Blick fällt auf die Kirche. Ich hoffe, Gott wird mir vergeben.

Als ich das Gotteshaus betrete, erklingt wieder die Orgelmusik und die unsichtbare Stimme heißt mich willkommen. Ich ignoriere beides, streife mein schwarzes Kirchenkleid ab und versuche, den Anzug überzuziehen. Es dauert eine Weile, bis ich herausgefunden habe, dass ich einen kleinen Knopf am Kragen drücken muss, damit sich eine Naht an der Vorderseite öffnet. Ich steige in die Hosenbeine, die nahtlos in Schuhe übergehen, und schiebe meine Hände in die Ärmel mit Handschuhen an den Enden. Der seltsame Anzug ist erstaunlich leicht und passt mir, als sei er extra für mich geschneidert worden. Das Material ist weich wie Seide und schmiegt sich sanft an meine Haut an.

Am linken Handgelenk entdecke ich ein schmales Band, das in allen Regenbogenfarben schillert. Wie hübsch! Ich berühre es vorsichtig mit dem Finger und erschrecke, als plötzlich der ganze Anzug in grellem Gelb leuchtet. Probehalber tippe ich erneut auf das Band und auf einmal ist der Anzug dunkelgrün. Wenn ich mit dem Finger hin- und herwische, ändert er die Farbe rasend schnell, sodass ich in allen Farben schillere wie ein Tautropfen im Morgenlicht. Ich lache vor Vergnügen, bis mir plötzlich bewusst wird, dass ich mich in einem Gotteshaus befinde. Rasch tippe ich auf das Ende des Regenbogenbands und der Anzug ist wieder schwarz.

Als Nächstes setze ich den Helm auf, der sich ebenfalls erstaunlich leicht anfühlt. Da er kein Sichtfenster hat, wird es dunkel um mich. Doch plötzlich erscheint in der Schwärze vor mir eine Wolke aus kleinen glitzernden Bällen, die rasend schnell umeinanderwirbeln und eine Art Strudel bilden wie Wasser im Badewannenausfluss. Die Bälle verschwinden und stattdessen tauchen wie aus dem Nichts schwebende Buchstaben auf: *Tourbillon Wearables.* Während ich mich noch wundere, woher diese Erscheinung kommt, löst sie sich wieder auf, und an ihrer Stelle steht plötzlich eine wunderschöne Frau vor mir, die mich anlächelt.

»Willkommen!«, sagt sie. »Ich bin Tina, deine persönliche Assistentin. Dein neuer Tourbillon T7 Kommunikationshelm ist dein praktischer Begleiter in allen Lebenslagen. Er beschützt dich, berät dich und lässt dich an allem teilhaben, was deine Freunde erleben, egal ob *on* oder *off*.« Die Frau runzelt die Stirn.

»Du bist noch nicht registriert. Möchtest du jetzt einen Account anlegen?«

»Was?«, frage ich.

»Du bist noch nicht registriert«, wiederholt die geisterhafte Frau. »Möchtest du jetzt einen Account anlegen?«

»Wo bin ich?«, frage ich und drehe den Kopf, doch außer der Frau vor mir bin ich nur von Schwärze umgeben.

»Damit ich die Frage nach deinem Standort beantworten kann, musst du dich zuerst registrieren. Möchtest du jetzt einen Account anlegen?«

Ich gerate in Panik. Bin ich in der Hölle? Ist August etwa doch ein Jünger Satans, der mich mit seiner schwarzen Magie in den Abgrund gezaubert hat? Ich fasse mir an den Kopf, fühle den Helm, ziehe ihn hoch. Erleichtert atme ich auf, als ich feststelle, dass ich immer noch in der Kirche stehe.

Den Helm und meine Kleidung unter den Arm geklemmt, kehre ich zu August zurück.

»Was ist los?«, fragt er. »Passt der Helm etwa nicht?«

»Doch, aber … da ist eine Frau erschienen …«

»Ach so, verstehe. Warte kurz.« Er fuchtelt wieder in der Luft herum. »So, ich habe ihn auf meinen Account eingerichtet. Kannst ihn wieder aufsetzen.«

Argwöhnisch betrachte ich den Helm. Es widerstrebt mir, meinen Kopf noch einmal in die Schwärze zu stecken. Doch ich kann ihn ja jederzeit wieder abnehmen, beruhige ich mich selbst.

Als ich diesmal den Helm über meinen Kopf stülpe, ist er seltsamerweise durchsichtig, obwohl er von außen immer noch komplett schwarz aussah.

»Siehst du, ist gar nicht schlimm«, sagt August.

Ich erschrecke, denn seine Stimme scheint auf einmal in meinem Kopf zu sein, obwohl er vor mir steht. »Was … wie …«

»Beruhige dich«, sagt August. »Das erscheint dir bestimmt alles ein bisschen seltsam, schließlich hast du noch nie einen Komhelm aufgehabt. Aber keine Angst, du wirst sehen, der ist sehr praktisch. Lass uns losfahren.«

Plötzlich taucht auf dem Boden vor mir ein blauer Pfeil auf, der in Richtung des Motorrads zeigt. Während ich hinter August hergehe, bewegt sich der Pfeil mit mir. Als wir die Straße erreichen, erscheint vor mir ein rotes Schild mit der Aufschrift »Stopp« in der Luft. Erschrocken bleibe ich stehen. Die rollenden Kisten und Fahrzeuge werden langsamer und halten schließlich. Das Schild verschwindet, stattdessen sehe ich auf der Straße vor uns weiße Streifen und der blaue Pfeil ist wieder da. Ich folge August über die Streifen bis zu seinem Motorrad. Er verstaut meine Kleidung in einer Klappe unter dem Sitz und steigt auf.

»Setz dich hinter mich«, erklingt seine Stimme in meinem Kopf. »Gut so. Jetzt halt dich an mir fest und stell deine Füße auf die Fußrasten.«

Ich lege meinen Arm um seine Brust. Das Motorrad ruckt und fährt auf die Straße. Es ist ein beängstigendes, aber auch aufregendes Gefühl, schnell wie ein Falke über den Boden zu jagen. Ich klammere mich mit aller Kraft an August fest. Im Nu haben wir das Ende des Dorfs erreicht.

Mit einer Mischung aus Hoffnung, Neugier und Furcht wird mir bewusst, dass ich nun meine Heimat endgültig hinter mir lasse – wahrscheinlich für immer.

11. KAPITEL

Die große Kiste, die vor uns fährt, wird schneller und auch wir beschleunigen. Mir bleibt fast das Herz stehen, als August das Motorrad nach links lenkt und wir plötzlich einen Ruck nach vorn machen, während wir in wahnwitziger Geschwindigkeit an der Kiste vorbeijagen. Erschrocken schreie ich auf. Ich bin sicher, dass wir im nächsten Moment mit einem der entgegenkommenden Fahrzeuge zusammenstoßen werden, doch sie weichen uns aus.

»Keine Panik«, sagt August. »Dir passiert nichts.«

»Können wir … vielleicht etwas langsamer fahren?«, frage ich mit zitternder Stimme.

»Aber ich fahre nicht mal 80!«, beschwert sich August. »Da kann ich ja gleich auf Automatik umschalten.«

Doch er schert hinter einer der Kisten ein, die vor uns herrollen, und fährt im Abstand von einigen Metern hinter ihr her.

»Achtung, nicht erschrecken«, sagt August. »Ich schalte jetzt auf Freeview um.«

Gut, dass er mich vorgewarnt hat, denn sonst hätte ich mich zu Tode geängstigt, als er, das Motorrad und sogar die Kisten und Fahrzeuge vor uns sich in Luft auflösen und es so aussieht, als flöge ich dicht über die Straße. Ich klammere mich fester an ihn, denn obwohl ich ihn nicht mehr sehen kann, ist er noch da, ebenso wie das Motorrad, auf dem ich sitze. Vermutlich sind auch die anderen Fahrzeuge nur unsichtbar geworden. Ob das so ähnlich funktioniert wie der Farbregler an meinem Anzug? Kann ich mich etwa auch auf diese Weise unsichtbar machen?

Mir kommt die Idee, mit so einem Unsichtbarkeitsanzug heimlich ins Dorf zurückzukehren. Ich könnte wie ein Gespenst herumlaufen und niemand würde wissen, dass ich da bin. Dann drängt sich mir der Gedanke auf, dass vielleicht genau das schon passiert ist, dass die Jünger Satans seit Jahren unsichtbar im Dorf herumlaufen und uns heimlich beobachten, und ich erschrecke.

»Cool, was?«, fragt August.

»Ja«, sage ich, unsicher, ob er mich ebenfalls hören kann. »Wie … wie funktioniert das?«

»So genau kann ich das auch nicht erklären. Aber jedenfalls ist der Helm, den du aufhast, nicht wirklich durchsichtig. Das sieht nur so aus, weil das Bild, das die 360-Grad-Kamera macht, in deine Augen projiziert wird. Und irgendeine Software blendet dann die Fahrzeuge auf der Straße aus, sodass man ungehindert die Landschaft sehen kann.«

»Ach so«, sage ich, obwohl ich kaum etwas von seiner Erklärung verstanden habe. »Das heißt, wir sind nicht wirklich unsichtbar?«

»Nein.« Er lacht. »Obwohl das Militär Tarnanzüge hat, mit denen sie sich fast unsichtbar machen können. Aber so was ist für uns Normalsterbliche verboten.«

Meine anfängliche Furcht ebbt ab und nach einer Weile genieße ich es, wie ein Vogel durch die Landschaft zu fliegen. Ich breite die Arme aus, als hätte ich Flügel.

In diesem Moment passieren mehrere Dinge gleichzeitig: Irgendetwas reißt an meinen Armen und zieht mich nach hinten, es gibt einen Ruck, als das Motorrad abrupt bremst, sodass ich wieder nach vorne geschleudert werde. August und die Fahrzeuge um uns herum erscheinen plötzlich wieder, ein großes rotes Dreieck mit einem Ausrufezeichen in der Mitte und dem Wort »Gefahr« darunter taucht vor mir in der Luft auf und eine Stimme in meinem Kopf sagt: »Achtung, Gefahr! Halten Sie Ihre Arme innerhalb des Schutzbereichs!«

»Was machst du denn!«, ruft August vorwurfsvoll. »Willst du unbedingt bei 120 vom Motorrad fallen? Halt dich gefälligst an mir fest!«

Erschrocken lege ich meine Arme wieder um seine Brust. »Ent…entschuldige. Ich … ich dachte …«

»Du solltest wirklich etwas vorsichtiger sein. Wenn du mich bei dieser Geschwindigkeit loslässt, kann dich der Fahrtwind vom Sitz reißen. Die Automatik kann auch nicht jeden Blödsinn verhindern. Ich hab wirklich keine Lust, deinetwegen meine Selbstfahrerlaubnis zu verlieren.«

»Es tut mir leid. Ich wusste nicht … es fühlte sich so gut an, so frei …«

»Schon gut. Halt dich einfach fest, okay?«

Das Motorrad beschleunigt wieder, doch August und die anderen Fahrzeuge verschwinden nicht mehr. Schweigend jagen wir durch die Landschaft. Das Erlebnis gerade hat mir deutlich gemacht, dass ich meinen Augen nicht mehr trauen kann. Der Helm belügt mich! Am liebsten würde ich ihn mir vom Kopf reißen, um wieder mit eigenen Augen zu sehen, aber dann bekomme ich bestimmt noch mehr Ärger mit August.

Bald biegen wir auf eine breite Straße ein. Hier fahren die Fahrzeuge in jeder Richtung in zwei Reihen nebeneinander. In der Mitte der Straße verläuft ein niedriger Zaun, der die beiden Fahrtrichtungen voneinander trennt. August nutzt die Gelegenheit, um auf die linke Spur zu wechseln und noch wesentlich schneller zu werden. Ich bekomme wieder Angst, doch ich wage es nicht, etwas zu sagen.

Nach einer Weile werden die Fahrzeuge vor uns plötzlich langsamer und auch August bremst ab.

»So ein Mist!«, schimpft er.

»Was ist denn passiert?«, frage ich ängstlich.

»Ein Stau. Drohnenabsturz. Würde mich nicht wundern, wenn das schon wieder ein Terroranschlag ist.«

Ich bekomme eine Gänsehaut. »Ein Terroranschlag? Was bedeutet das?«

»Du weißt doch, dass es früher Kriege gab, oder?«

»Natürlich.«

»Inzwischen gibt es kaum noch welche. Jedenfalls kämpfen keine Nationen mehr gegeneinander. Aber dafür sind in den letzten Jahren immer mehr Terroranschläge verübt worden. Mit all der Technik, die wir heute haben, ist es für religiöse Fanatiker und andere Idioten immer einfacher geworden, Anschläge durchzuführen. Meistens halten sich die Folgen in Grenzen, weil die Sicherheitssysteme den Schaden eindämmen und viele Anschläge schon im Vorfeld verhindert werden. Doch es kommt immer wieder auch zu Verletzten und Toten. Hoffen wir mal, dass es diesmal nicht so schlimm ist. Warte, ich schalte mal auf Automatik. Dann können wir es uns ansehen. Aber bitte nicht wieder loslassen, okay?«

»Okay.«

Plötzlich sehe ich die Straße von oben, so als würde ich in der Luft schweben. Unter mir liegen brennende Trümmer, von denen schwarzer Rauch aufsteigt. Die Straße ist an dieser Stelle offensichtlich unpassierbar. In beiden Richtungen hat sich eine lange Schlange von Fahrzeugen gebildet. Mehrere große fliegende Maschinen schweben heran und landen auf den Trümmern wie Fliegen auf einem toten Tier.

»Auf der A 96 kam es nahe der Autobahnausfahrt Buchloe-West zu einem Drohnenabsturz«, erklärt eine fremde Stimme in meinem Kopf. »Personenschäden konnten vermieden werden. Die Autobahn ist in beiden Richtungen zurzeit gesperrt. Nach Schätzung der Verkehrsleitstelle wird die Bergung der Trümmer noch etwa 28 Minuten dauern. Die Ursache für den Drohnenabsturz ist noch unklar. Nach Angaben des Bundesamts für Techniksicherheit ist jedoch davon auszugehen, dass der Absturz absichtlich ausgelöst wurde.«

Während die Stimme redet, schwebe ich in Kreisen dicht über der Absturzstelle. Ich habe fast den Eindruck, den beißenden Rauch riechen zu können. Einige der Flugmaschinen, die hier gelandet sind, verspritzen weißen Schaum, der das Feuer erstickt.

»Wusst ich's doch«, meint August. »Terroristen. Neoludditen wahrscheinlich.«

»Was sind Neoludditen?«, frage ich.

»Idioten, die Angst vor Technik haben«, erwidert August.

Der Rauch wird weniger. Immer mehr Fluggeräte surren herbei. Einige ergreifen mit unter ihrem Rumpf angebrachten Klammern Trümmerteile, die überall auf der Straße herumliegen, und schweben damit davon. Andere scheinen auf dem Boden herumzukriechen und die Straße zu fegen. In erstaunlicher Geschwindigkeit ist die Unfallstelle geräumt und die ersten Fahrzeuge setzen sich wieder in Bewegung.

Plötzlich sitze ich wieder auf Augusts Motorrad. Natürlich habe ich die ganze Zeit dort gesessen, aber nun passt das Bild, das ich sehe, wieder zu dem Ort, an dem ich bin. Mir wird schwindelig. Das ist alles ganz schön verwirrend.

Nach einem Moment setzt sich das Motorrad in Bewegung und beschleunigt langsam, bis wir wieder mit stetiger Geschwindigkeit der Kiste vor uns folgen. Wir kommen an einer Stelle vorbei, an der nur noch ein paar rauchgeschwärzte Flecken auf der Straße und an dem niedrigen Zaun in der Mitte darauf hinweisen, dass hier vor Kurzem noch brennende Trümmer lagen.

Nach einer halben Stunde sagt August: »So, wir sind gleich in München. Wo genau willst du denn hin?«

»Zu Mirko.«

»Und wie heißt der mit Nachnamen?«

»Kaminsky.«

»Ich habe hier einen Mirko Kaminsky. Er wohnt in der Schellingstraße 44.«

»Kennst du ihn etwa?«, frage ich verwundert.

»Nein.«

»Woher weißt du dann, wo er wohnt?«

»Das Netz weiß es.«

»Das Netz?«

»Na ja, alles ist mit dem Netz verbunden, verstehst du? Das Motorrad, die anderen Fahrzeuge, meine Implantate, dein Helm, einfach alles.«

»Was ist das, das Netz?«

»Das ist schwer zu erklären. Das Netz ist unsichtbar, aber es ist überall. Wie gesagt, alles ist miteinander verbunden. Sonst würde die Welt nicht funktionieren.«

In meinem Kopf entsteht das Bild von unsichtbaren Spinnweben, die an mir kleben und in denen ich mich immer mehr verstricke. Aber wie können wir mit einem Netz verbunden sein, wenn wir mit hoher Geschwindigkeit durch die Landschaft fahren? Müssten diese unsichtbaren Fäden nicht längst abgerissen sein? Oder steckt am Ende doch Satans schwarze Magie dahinter? Ich verstehe einfach viel zu wenig von dieser Welt.

»Kannst du mich zu Mirko bringen?«, frage ich.

»Klar«, erwidert August. »Kein Problem. Wir sind in ungefähr 17 Minuten da.«

Wir biegen auf eine andere breite Straße ab. Links und rechts davon erheben sich gigantische Häuser, höher noch als selbst der zentrale Turm des Heiligtums. Sie scheinen ganz aus leuchtenden Scheiben zu bestehen. Auf einigen davon bewegen sich Bilder, als wären es riesige Fernsehgeräte. Ich bin mir allerdings nicht sicher, ob diese Gebäude wirklich existieren oder ob sie nur Illusionen sind, die mir mein Helm vorgaukelt.

Schließlich werden wir langsamer. Die Straße ist immer noch sehr breit, doch links und rechts davon stehen die Häuser nun direkt an einem geräumigen Gehweg. Staunend blicke ich auf die schiere Menge der Gebäude, die gar kein Ende nehmen. Ich hätte nicht gedacht, dass eine Stadt so groß sein kann. Gut, dass August zu wissen scheint, wo die Schellingstraße ist – ich hätte sie in diesem gigantischen Straßengewirr wohl nie gefunden.

Dafür, dass es so unglaublich viele Häuser gibt, erblicke ich nur wenige Menschen auf der Straße. Und diejenigen, die ich entdecke, sehen seltsam aus. Manche scheinen Masken aufgesetzt zu haben, andere haben den Kopf mit Schleiern oder durchsichtigem Plastik bedeckt, wieder andere tragen seltsame leuchtende Brillen und Tücher vor den Mündern.

»Warum verhüllen diese Leute ihre Gesichter?«, frage ich August.

»Ach ja, gut, dass du das erwähnst. Ihr in eurem Tal habt vermutlich keine Probleme mit Biokontamination.«

»Mit was?«

»Bakterien. Viren. Pilze. Du weißt doch, was das ist?«

»Pilze kenne ich.«

»Ich meine nicht die großen, die im Wald wachsen. Es gibt winzig kleine Pilze, so klein, dass du sie nur mit Ultrazoom erkennen kannst. Bakterien und Viren sind noch kleiner. Sie schweben in der Luft und sind auf allen Oberflächen. Du wirst davon krank. Halt dich fern von anderen Menschen und lass den Helm auf, dann passiert dir nichts.«

»Ich soll den Helm auflassen? Du meinst, für immer?«

»Du kannst ihn natürlich zum Schlafen abnehmen, jedenfalls, wenn der Raum steril ist und du allein bist. Oder du besorgst dir eine andere Art von Schutz. Wenn du den Helm und den Anzug nicht mehr brauchst, wirf sie in die nächste Dropbox. Das sind gelbe Kästen, die überall stehen. Das Netz sorgt dafür, dass alles, was man dort reinwirft, wieder an die richtige Stelle zurückkommt. Vergiss nicht, dass der Anzug und der Helm, solange du sie trägst, von meiner Zuteilung abgehen.«

»Was ist eine Zuteilung?«

»Jeder Bürger bekommt vom Staat alles, was er zum Leben braucht: eine Wohnung, Essen, Kleidung, medizinische Versorgung. Aber natürlich nicht in unbegrenzten Mengen. Man hat eben eine Zuteilung. Wenn man mehr haben möchte, kann man sich bei einem der Anbieter Bonuspunkte verdienen, zum Beispiel mit Arbeit. Durch meinen Cast habe ich genügend Bonus, um dir ein bisschen was abzugeben. Aber strapaziere es nicht zu sehr, okay?«

Jede Frage, die August beantwortet, wirft bei mir drei neue auf. Damit ich nicht noch verwirrter werde, höre ich auf zu fragen. Kurze Zeit später biegen wir in eine Seitenstraße ein. Die Häuser hier wirken alt und nicht sehr gut gepflegt.

August hält das Motorrad an.

»Das ist die Schellingstraße 44«, sagt er und zeigt auf ein schäbiges vierstöckiges Gebäude auf der anderen Straßenseite. »Wir sind hier mitten in Schwabing. Keine gute Gegend. Du solltest dich nicht länger als nötig auf der Straße aufhalten.«

Wir steigen vom Motorrad. Er gibt mir meine Kleidung aus dem Gepäckfach unter dem Sitz und wünscht mir viel Glück. Ich bedanke mich bei ihm für seine Hilfe. Zum Abschied umarme ich ihn, was ihm unangenehm zu sein scheint. Rasch steigt er wieder auf das Motorrad und fährt davon, als wäre er froh, von hier verschwinden zu können.

12. KAPITEL

Verunsichert gehe ich über die Straße und betrachte die Tür des Gebäudes. Statt einer Klinke hat sie einen unbeweglichen Griff. Als ich daran rüttele, bleibt sie verschlossen.

Eine Stimme erklingt: »Bitte identifizieren Sie sich.«

»Ich heiße Sophia Mahler«, sage ich. »Ich möchte zu Mirko. Mirko Kaminsky. Er wohnt hier.«

»Identifizierung fehlgeschlagen«, erwidert die Stimme. »Zutritt verweigert. Bitte wenden Sie sich an die Hausbewohner.«

Verwirrt starre ich die Tür an. Dass sie anscheinend sprechen kann, verwundert mich kaum noch. Aber wie soll ich mich an die Hausbewohner wenden, wenn das störrische Ding mich nicht reinlässt?

Als ich mich umsehe, kommt eine Mutter mit einem Kind und einem Hund die Straße entlang. Jedenfalls scheint es auf den ersten Blick so. Doch als ich genauer hinschaue, erröte ich vor Scham. Die Frau sieht aus, als wäre sie splitternackt! Ihre Haut glänzt seltsam, so als wäre sie mit Plastikfolie überzogen. Ihre Augen wirken unnatürlich groß, wie bei einer Spielzeugpuppe. Rechts von ihr geht eine Art Koffer mit Beinen, den ich aus der Entfernung zunächst für ein Kind gehalten hatte. Auch das Wesen, das sie an der Leine führt, ist eindeutig kein Hund, sondern – ein Elefant! Er reicht der nackten Frau etwa bis zum Knie. Ich kenne Elefanten zwar nur aus Bildern der Arche Noah, doch ich hatte mir diese Tiere immer viel größer vorgestellt.

Plötzlich fällt mir ein, dass ich ja immer noch den Helm aufhabe. Offenbar gaukelt er mir schon wieder Illusionen vor. Diese merkwürdigen Figuren da vorne können unmöglich echt sein. Womöglich ist auch die Stadt um mich herum gar nicht wirklich da. Vielleicht, denke ich mit einem Schaudern, hat mich August einfach irgendwo allein auf einem Feld ausgesetzt und ich habe es nicht einmal gemerkt!

Rasch reiße ich mir den Helm vom Kopf und bin halb erleichtert, halb erschrocken, als die Häuser um mich herum immer noch da sind, genau wie die nackte Frau mit dem laufenden Koffer und dem Mini-Elefanten.

»Was glotzt du so?«, fragt die Frau.

»Ich … ich suche jemanden«, sage ich. »Einen Freund. Er heißt Mirko. Wissen Sie vielleicht, wo er ist?«

»Sehe ich aus wie Metis?«

»Wer ist Metis?«

»Wer ist Metis, also wirklich!« Die nackte Frau in ihrer Plastikhülle schüttelt den Kopf und geht weiter, ohne meine Frage zu beantworten.

Ratlos bleibe ich vor dem Haus stehen. Da mir nichts Besseres einfällt, rufe ich laut Mirkos Namen, erhalte jedoch keine Reaktion.

In diesem Moment kommt eine weitere Person die Straße entlang. Ich kann nicht erkennen, ob es ein Mann oder eine Frau ist, denn die Gestalt trägt eine weiße Maske mit grinsendem Mund und aufgemaltem Schnurrbart vor dem Gesicht. Ihre Kleidung scheint aus lauter Fetzen zu bestehen, die mit Spiegelscherben besetzt sind. Als wäre das nicht schon seltsam genug, geht sie nicht einfach auf dem Bürgersteig, sondern macht mal einen Schritt zur Seite, einen zurück und wieder zwei nach vorn und dreht sich hin und wieder um die eigene Achse, als würde sie mit sich selbst irgendeinen komplizierten Tanz vollführen.

Der merkwürdige Tänzer bewegt sich genau auf mich zu. Als er mich erreicht, hüpft er auf der Stelle herum.

»Wer bist du?«, fragt er. »Hat Megaira dich geschickt?«

»Ich suche Mirko«, antworte ich. »Mirko Kaminsky. Er soll hier wohnen.«

Der Fremde tanzt um mich herum. »Nicht mehr«, sagt er. »Komm rein, ehe Megaira uns erkennt!«

Mit diesen rätselhaften Worten öffnet sich die Haustür und der Tänzer hüpft in den Flur. Ich folge ihm, ehe sich die Tür wieder schließen kann. Als sie schließlich zufällt, hört er auf herumzutanzen und nimmt die Maske ab. Darunter kommt das schwarze Gesicht eines Jungen in meinem Alter zum Vorschein.

»Ich bin Ricky«, sagt er.

»Sophia.« Ich reiche ihm die Hand, doch er schreckt zurück, als würde ich ihn mit einer Waffe bedrohen.

»Aus welchem Jahrhundert kommst du denn? Hast du noch nie was von Hygiene gehört?«

Verwirrt ziehe ich meine Hand zurück. »Tut mir leid. Ich bin … fremd hier.«

»Das merkt man.«

»Du kennst Mirko?«, frage ich hoffnungsvoll.

»Klar. Er hat bis vor einem halben Jahr hier gewohnt.«

»Und jetzt nicht mehr?«

»Nein.«

»Weißt du, wo er jetzt ist?«

»Nein, keine Ahnung. Hypnos hat ihn in seinen Krallen.«

Ich erschrecke bei seinen Worten. »Wer ist Hypnos?«

Er kneift die Augen zusammen, als könne er nicht glauben, was er sieht. »Du weißt nicht, wer Hypnos ist?«

»Nein. Ich … ich komme aus dem Stillachtal.«

»Real?«

»Ja, wirklich.«

»Ist ja *off*! Dann bist du ausgerissen, so wie Mirko?«

»Ja.«

»Bei allen Titanen! Dich schickt der Himmel! Komm mit!«

Ich folge ihm die Treppe hinauf bis zu einer Wohnung im dritten Stock. Die Tür öffnet sich automatisch. Ein fremdartiger Geruch wie von dem Desinfektionsmittel, das in der Krankenstation im Heiligtum benutzt wird, schlägt mir entgegen. Wir betreten einen kleinen Flur. Rechts hängen Kleidungsstücke an einer Garderobe. Daneben ist eine Art Flasche mit klarer Flüssigkeit über einem flachen Becken an der Wand befestigt. Ricky hält seine Hände darunter und aus der Flasche kommt ein feiner Sprühnebel, in dem er die Hände dreht und aneinanderreibt. Dann hält er sie unter eine waagerechte Scheibe, aus der plötzlich blaues Licht scheint.

»Jetzt du«, sagt er.

Ich betrachte meine Hände. Die Handschuhe scheinen fest mit dem Anzug verwoben zu sein. Es gibt keine Möglichkeit, sie auszuziehen.

»Halt sie hier hin.« Ricky zeigt auf die Flasche.

Als ich die behandschuhten Hände vor die Flasche halte,

werden sie mit einer stark riechenden Flüssigkeit benetzt. Ich reibe sie aneinander, wie Ricky es getan hat, und halte sie dann unter die blau leuchtende Scheibe, ohne allerdings zu begreifen, was das Ganze soll.

Mehrere Türen führen in angrenzende Räume. Eine davon öffnet sich und das schönste Mädchen, das ich je gesehen habe, tritt heraus. Ihr welliges blondes Haar glänzt seidig und ihre wunderschönen blauen Augen haben lange Wimpern. Ihre Gesichtszüge sind so ebenmäßig und perfekt wie die des Marienbildes im Heiligtum. Sie trägt einen einteiligen Anzug aus dunkelblauem Stoff, der um ihre Beine schlabbert, als sei er ihr viel zu groß.

»Wer ist das denn?«, fragt sie. »Ich hab dir doch schon gesagt, dass du nicht immer irgendwelche Fremden hier reinschleppen sollst. Wer weiß, ob sie nicht verwanzt ist, von den Bugs auf ihrer Haut ganz zu schweigen.«

»Das ist Sophia«, erklärt Ricky. »Sie kommt aus dem Stillachtal und sucht Mirko.«

Das Mädchen betrachtet mich neugierig. »Aus dem Stillachtal? Du Arme!«

Ihr herablassender Tonfall weckt in mir das Bedürfnis, meine Heimat zu verteidigen. »Es ist schön dort.«

Sie zuckt nur mit den Schultern.

»Das ist übrigens Paula«, sagt Ricky.

»Ist das ein Komhelm, den du da unter dem Arm hast?«, fragt Paula.

Ich betrachte den Helm, den August mir gegeben hat. »Ich weiß nicht …«

Sie blickt mich finster an. »Raus damit! Sofort!«

»Aber …«

»Tut mir leid«, sagt Ricky. »Hab nicht aufgepasst. Den gibst du besser mir. Und dieses … Bündel da auch!«

Er nimmt mir den Helm und meine alte Kleidung ab und verpackt beides in Plastiktüten, die er aus der Wohnungstür trägt.

»Mirko wohnt nicht mehr hier«, sagt Paula.

»Ich weiß. Kannst du mir verraten, wo ich ihn finden kann?«

»*Real* oder virtuell?« Als ich sie nur verwirrt ansehe, fügt sie hinzu: »Ach richtig, entschuldige, du weißt vermutlich nicht, was eine Sim ist. Also *real*, nein, keine Ahnung. Wahrscheinlich in irgendeinem heruntergekommenen Simplex.«

»Was ist das, ein Simplex?«

Paula rollt mit den Augen. »Ich weiß nicht, wie ich dir das erklären soll, ohne bei Adam und Eva anzufangen. Weißt du, was ein Computer ist?«

»Nein.«

»Das hab ich befürchtet.«

»Lasst uns doch ins Wohnzimmer gehen«, schlägt Ricky vor, als er wieder in den Flur zurückkehrt.

Wir betreten einen Raum mit gelben Wänden. Ein Fenster gibt den Blick auf eine liebliche Landschaft mit einer Blumenwiese frei, deren Schönheit mich schmerzhaft an das Stillachtal erinnert. Durch die Wiese plätschert ein Bach, der aus einem kleinen Wasserfall gespeist wird. Hohe Bäume begrenzen die Wiese auf der fernen Seite. Schmetterlinge und bunte Vögel flattern durch die Luft. Ich hätte nicht gedacht, dass sich hinter diesem Haus mitten in der Stadt ein so großer Garten befindet.

Verwirrt setze ich mich auf einen der mit rotem Stoff bezogenen Sessel, die unförmig aussehen, jedoch erstaunlich bequem sind.

»Möchtest du etwas trinken, Sophia?«, fragt Ricky.

»Ja, gerne.«

Er geht in einen anderen Raum und kehrt kurz darauf mit einem Becher zurück, aus dem ein langer Stift herausragt. Gelbliche Flüssigkeit schwappt darin. Ricky zeigt mir, wie ich den Plastikverschluss am Ende des Stifts abziehen kann, der sich daraufhin als Röhre entpuppt, durch die ich das Getränk saugen kann. Es schmeckt süß und säuerlich zugleich, ein wenig wie die Limonade, die unsere Nachbarin im Sommer immer gemacht hat und die ich als Kind geliebt habe, und ist herrlich kühl.

Paula und Ricky setzen sich mir gegenüber auf zwei weitere Sessel.

»Kannst du mir jetzt bitte mal erklären, was das Ganze soll?«, fragt Paula an Ricky gewandt.

»Nun hab dich nicht so«, erwidert er. »Sophia ist ein Geschenk des Himmels.«

»Ach ja?«

»Sie ist nicht registriert. Die Titanen kennen sie nicht. Das ist eine Riesenchance für uns!«

Paula rollt mit den Augen. »Fängst du jetzt schon wieder mit diesem Unsinn an?«

»Es wäre doch idiotisch, wenn wir diese einmalige Chance nicht nutzen würden!«

»So wie damals bei diesem Mirko, von dem du mir erzählt hast?«

»Wir müssen es diesmal eben geschickter anstellen.«

»Wir?« Paula rollt mit den Augen.

Ich blicke verwirrt zwischen den beiden hin und her. »Was ist mit Mirko geschehen?«

»Ricky denkt, er kann die Titanen besiegen«, sagt Paula spöttisch, anstatt meine Frage zu beantworten. »Er hat sogar eine geheime Organisation gegründet: MAMA – Militante Aktivisten für Menschliche Autonomie. Das Problem ist allerdings, dass MAMA nur ein Mitglied hat und bisher über wirre Ideen nicht hinausgekommen ist.«

Ricky guckt sie erschrocken an. »Wir hatten uns doch darauf verständigt, dass wir diese Bezeichnung nicht hier in der Wohnung verwenden!«

»Moment mal, wer hat denn eine Fremde mit einem Komhelm unterm Arm hierhergeschleppt?«

Eine Menge Fragen stauen sich in meinem Kopf. Doch die drängendste ist: »Was hat das mit Mirko zu tun?«

»Ich hatte gehofft, dass Mirko mir helfen kann, die Menschheit aufzuwecken«, sagt Ricky. »Zu handeln, ehe es zu spät ist. Doch er ist den Verlockungen der Titanen zum Opfer gefallen.«

Das klingt schrecklich. »Was bedeutet das? Was sind Titanen?«

»Die Titanen sind intelligente Maschinen. Genau genommen, riesige Netzwerke von Maschinen, die miteinander verbunden sind. Jedes dieser Netzwerke hat mehr Rechenleistung als alle Gehirne der Menschheit zusammen. Und sie entwickeln sich ständig weiter, werden also immer noch intelligenter. Niemand weiß genau, wozu sie fähig sind, aber wir können davon ausgehen, dass sie praktisch alles über uns wissen.«

»Aber … wenn es Maschinen sind, dann müssen doch Menschen sie gebaut haben, oder?«, frage ich.

»Ja, jedenfalls ursprünglich«, stimmt Ricky zu.

»Wie können sie dann intelligenter sein als ein Mensch?«

»Eine gute Frage. Als die Menschen vor hundert Jahren die

ersten Computer gebaut haben, waren das noch riesige Kisten, so groß wie dieser Raum, und sie konnten gerade mal die vier Grundrechenarten. Die Programme, die diesen Computern gesagt haben, was sie tun sollen, waren recht simpel und sie wurden natürlich von Menschen geschrieben. Doch die Menschen verbesserten diese Computer immer weiter, sodass sie schneller rechnen konnten und größere Speicher für kompliziertere Programme bekamen. Und mithilfe dieser besseren Computer konnten sie noch bessere und schnellere Computer entwickeln.«

»Aber schnell rechnen ist doch noch nicht dasselbe wie denken, oder?«, frage ich.

»Nein. Immer noch streiten die Experten darüber, ob man das, was diese Maschinen tun, überhaupt als Denken bezeichnen kann. Aber sie verhalten sich so, als könnten sie es – sie können jede Frage beantworten und im Prinzip jede Entscheidung besser treffen als ein Mensch. Sie können vorausahnen, was wir Menschen tun, und sie können unsere Gedanken lesen – jedenfalls unter bestimmten Umständen.«

»Ich verstehe immer noch nicht, wie das möglich ist. Wie kann eine Maschine klüger sein als ihr Schöpfer?«

»Also, wie gesagt, die Computer wurden in den letzten hundert Jahren immer leistungsfähiger. Das führte dazu, dass die Aufgaben, die sie bewältigen sollten, immer komplizierter wurden. Zu Anfang wurden sie benutzt, um die Flugbahnen von Raketen zu berechnen. Später konnten sie Raketen selbstständig steuern. Dann hat man mit ihrer Hilfe Raketen konstruiert und die Maschinen, die diese Raketen herstellten, gesteuert. Die Programme, die dafür gebraucht wurden, wurden irgendwann so kompliziert, dass die Menschen kaum noch in der Lage waren, sie zu verstehen, geschweige denn, sie fehlerfrei zu entwickeln. Deshalb benutzten die Programmierer die Hilfe von Computern, um diese Programme zu schreiben. Und dabei machten sie einen entscheidenden Fehler: Sie brachten den Computern bei, selbstständig zu lernen.«

»Zu lernen? So wie ein Kind?«

»Ja, genau. Du weißt, was Schach ist, oder?«

»Ja.«

Meine Mutter hat mich schon als Kind Schachspielen gelehrt, aber ich war nie sehr gut darin.

»Schon 1996, vor mehr als 60 Jahren, schlug ein Computer zum ersten Mal den Schachweltmeister. Das Programm, das dieser Computer benutzte, wurde von Menschen geschrieben. Der Computer war in der Lage, mehr Züge vorauszuberechnen als sein menschlicher Gegner, und konnte deshalb besser spielen. Kennst du das Spiel Go?«

»Nein.«

»Es kommt aus China und ist sehr alt. Go hat einfachere Regeln als Schach, aber es ist wesentlich schwieriger zu beherrschen, weil es bei jedem Zug viel mehr Möglichkeiten gibt. Im Jahr 2016 schlug zum ersten Mal ein Computer den weltbesten Go-Spieler. Aber der Unterschied zu dem Schachsieg 20 Jahre zuvor war nicht nur, dass Go schwieriger zu meistern ist. Der wesentliche Unterschied war, dass der Computer – er hieß AlphaGo – sich das Spiel selbst beigebracht hatte, indem er Menschen dabei beobachtet hat. Dann hat er gegen sich selbst gespielt, immer wieder, viele Millionen Mal. Und schließlich hat er den besten menschlichen Spieler geschlagen. Das war ein Wendepunkt in der Menschheitsgeschichte. Denn zu diesem

Zeitpunkt haben wir aufgehört zu verstehen, wie unsere Maschinen funktionieren. Und deshalb können wir sie auch nicht mehr kontrollieren. Am Ende haben sie die Herrschaft über uns übernommen. Genau genommen haben wir uns ihnen freiwillig unterworfen.«

»Wie kann eine Maschine, die ein chinesisches Spiel beherrscht, die Herrschaft über die Menschen übernehmen?«

»Das ist es ja gerade: Dasselbe Programm, das sich selbst das Go-Spiel beibrachte, lernte auch menschliche Gesichter zu erkennen, Musik zu komponieren und selbstfahrende Autos zu steuern. Es besaß eine universell einsetzbare Lernfähigkeit, so wie unser menschliches Gehirn, nur viel schneller. Damals gab es Tausende solcher Programme und es entstand ein Wettrennen, wer das schnellste und beste selbstlernende Programm erschaffen würde. Bald konnten sich die besten dieser Programme selbst weiterentwickeln. Zu Anfang war ihre Intelligenz noch durch die Hardware beschränkt, also durch die Rechenleistung der Computer, auf denen diese Programme ausgeführt wurden. Doch sie halfen den Menschen dabei, immer schnellere Computer zu bauen, und irgendwann konstruierten sie diese vollständig selbst. Früher brauchte man dafür noch Menschen, heutzutage funktionieren die Fabriken vollautomatisch und Menschen ist der Zutritt verboten. Aus Sicherheitsgründen, wie es heißt.«

Es fällt mir schwer, all diese Informationen zu verarbeiten. Maschinen, die intelligenter sind als Menschen und die sich selbst weiterentwickeln können – all das erscheint mir unvorstellbar. Und doch habe ich selbst erlebt, wie mein Helm mit mir gesprochen hat, wie ich das Gefühl hatte, pfeilschnell über eine Straße zu fliegen, während das Motorrad und die selbstständig fahrenden Kisten um mich herum unsichtbar wurden. Maschinen, die einem jede beliebige Illusion vorgaukeln, die Gedanken lesen und ohne menschliche Hilfe selber neue Maschinen herstellen können, von denen niemand mehr weiß, wie sie funktionieren – das ist wirklich eine beängstigende Vorstellung. Es scheint, als hätte Seine Heiligkeit doch die Wahrheit gesagt: Die Menschheit hat Kräfte heraufbeschworen, die sie nicht kontrollieren kann, und ist nun verloren, wenn auch auf eine ganz andere Weise, als ich es mir immer vorgestellt habe.

Andererseits machte August nicht den Eindruck eines Verlorenen. Und die Botschaft, die Mirko mir gesandt hat, klang auch nicht so, als sei er unglücklich. Vielleicht ist es ja gar nicht so schlimm, wenn Maschinen die Herrschaft über die Welt übernehmen.

»Und was hat das alles mit mir zu tun?«, frage ich schließlich.

»Du musst mir helfen, die Menschen zu warnen«, sagt Ricky und seine Augen glühen vor Begeisterung.

13. KAPITEL

»Und wie soll ausgerechnet *ich* dabei helfen? Ich verstehe nichts von Maschinen, schon gar nicht von welchen, die denken können.«

»Das ist ja gerade das Gute! Du bist unverdorben. Du kommst aus einer Welt, in der es keine Computer gibt. Du kannst den Leuten erzählen, wie es ist, in der Wirklichkeit zu leben, eigene Entscheidungen zu treffen, eine echte Aufgabe im Leben zu haben.«

»Aber …«, beginne ich, doch Ricky redet einfach weiter.

»Das ist nämlich unser Problem: Viele Menschen verbringen fast ihr ganzes Leben in künstlichen Traumwelten, die man Sims nennt. Diejenigen, die das nicht tun, machen den ganzen Tag, was ihnen ihre sogenannten ›Assistenten‹ sagen. Das sind oft vollkommen sinnlose Tätigkeiten, die ihnen die Maschinen nur zuweisen, damit sie beschäftigt sind und keine kritischen Fragen stellen. Denn es gibt kaum noch richtige Arbeit für Menschen. Nur eine kleine Elite von unfassbar reichen Leuten lebt in totalem Luxus. Das sind diejenigen, denen die Maschinen gehören. Aber auch diese Superreichen werden letzten Endes von ihren eigenen Maschinen beherrscht. Sie merken es nur nicht.«

Ich schüttele den Kopf. »Und du glaubst, ich kann daran etwas ändern?«

»Sieh an, Sophia ist gar nicht so blöd«, schaltet sich Paula ein. »Im Gegensatz zu dir hat sie sofort begriffen, dass sie nichts ausrichten kann.«

Ricky läuft vor Zorn rot an. »Deine Einstellung ist genau der Grund für all unsere Probleme, Paula!«, ruft er. »Wir können sowieso nichts machen, also ergeben wir uns unserem Schicksal und tun, was die Maschinen sagen!«

»Schwachsinn!«, widerspricht Paula. »Ich kann sehr wohl eigene Entscheidungen treffen, aber ich kann nicht die ganze Menschheit retten – schon gar nicht, wenn die Menschheit gar nicht gerettet werden will. Das heißt aber noch lange nicht, dass ich bekloppt genug bin, um mich mit Megaira oder den anderen anzulegen!«

»Wer ist denn diese Megaira?«, frage ich.

»Es gibt sieben Titanen«, erklärt Ricky. »Sie sind nach alten griechischen Göttern benannt. Metis zum Beispiel ist der Titan des Wissens. Er kann jede beliebige Frage beantworten.«

Mir fällt die Frau auf der Straße ein. *Sehe ich aus wie Metis?*, hat sie mich gefragt. Jetzt verstehe ich, was sie meinte.

»Asklepios ist der Titan der Gesundheit«, fährt Ricky fort. »Wenn eines deiner Organe ausfällt, macht er dir einfach ein neues, jedenfalls, wenn du reich und wichtig genug bist.«

»Außerdem bestimmt er, mit welchen Eigenschaften die Menschen auf die Welt kommen«, wirft Paula ein. Sie macht dabei ein düsteres Gesicht.

»Wie denn das?«, frage ich.

»Du denkst wahrscheinlich, dein Aussehen und deine Intelligenz seien dir von Gott geschenkt worden«, sagt sie in verächtlichem Tonfall.

»Das glaube ich in der Tat!«, erwidere ich trotzig, obwohl ich insgeheim daran zweifle, seit ich die verbotenen Bücher gelesen habe.

»Ich weiß es besser. Wahrscheinlich bin ich zehnmal so intelligent wie du und ich sehe besser aus.«

Ich zucke zusammen, denn zumindest mit der zweiten Aussage hat sie zweifellos recht. Mit der ersten vermutlich auch.

»Keine Sorge, ich bin nicht stolz darauf«, sagt Paula. »Im Gegenteil. Ich beneide dich um dein Aussehen und deinen Verstand. Denn sie sind natürlich entstanden, wenn auch nicht durch Gottes Willen, sondern durch zufällige Rekombination und Mutation der Gene deiner Eltern. Du hast eine einzigartige Persönlichkeit. Ich dagegen wurde von meinen Eltern am Computer entworfen. Sie haben sich aus einem Katalog von Eigenschaften diejenigen herausgesucht, die ihnen am besten gefielen. Es gab vor vielen Jahren eine sehr schöne Frau namens Jennifer Lawrence. Meine Eltern wollten, dass ich so aussehe wie sie, aber mit der Intelligenz eines Physikers namens Stephen Hawking. Und Asklepios hat ihnen genau das geliefert: mich.«

Die Bitterkeit, mit der sie das sagt, verwundert mich. »Was ist so schlimm daran, schön und intelligent zu sein?«

»Was schlimm daran ist? Ich bin ein künstliches Wesen, ein Produkt aus einem Katalog für Babys, gezeugt in einem Labor. Ich bin kein richtiger Mensch, so wie du.«

»Paula, ich hab dir schon hundertmal gesagt …«, beginnt Ricky, doch ein Blick von ihr bringt ihn zum Schweigen.

»Vielleicht bist du nicht auf dieselbe Weise entstanden wie ich«, wende ich ein. »Aber ich bin sicher, Gott hat auch für dich einen Platz im Himmel.«

»Hör mir bloß auf mit deinem Gott! Hast du nicht zugehört? Asklepios war es, der mich geschaffen hat. Er ist mein wahrer Vater und meine Mutter. Eine verdammte Maschine!«

Ein Stich des Heimwehs durchfährt mich, als ich an meine Mutter denke, die mich immer geliebt hat, trotz all meiner Schwächen, und die ich so bitter enttäuscht habe. Paula hat diese Liebe wahrscheinlich nie erfahren. Wenn sie von einer Maschine erschaffen wurde, hat sie womöglich nicht einmal eine Seele. Sie ist wahrhaftig eine Verlorene. Trotz ihrer feindseligen Art mir gegenüber tut sie mir auf einmal leid und ich möchte sie am liebsten in den Arm nehmen und trösten. Aber das wäre ihr bestimmt nicht recht.

»Asklepios kann man als einen guten Titanen ansehen«, meint Ricky, was Paula mit einem verächtlichen Schnauben kommentiert. »Er heilt kranke Menschen und hat im Großen und Ganzen unser Wohlergehen zum Ziel. Doch nicht alle Titanen sind so freundlich und einige sind noch viel mächtiger als er. Da ist zum Beispiel Hypnos. Er ist der Titan der Sims, der künstlichen Welten, in denen viele Menschen wie in einem niemals endenden Traum gefangen sind. Wen Hypnos einmal in seinen Fängen hat, der kann sich kaum selber daraus befreien. Wir nennen diese Leute ›Träumer‹. Sie liegen oft den ganzen Tag in sogenannten Simpods, in denen sie die wirkliche Welt nicht wahrnehmen. Dabei müssen sie künstlich ernährt werden und verlieren ihre Muskelkraft, sodass sie sich nach einiger Zeit kaum noch selber bewegen können. Obwohl sich Asklepios alle Mühe gibt, sie am Leben zu erhalten, werden sie meistens nicht sehr alt. Früher, bevor es die Titanen gab, waren manche Menschen drogensüchtig, heute sind sie traumsüchtig. Allein hier in

Deutschland sind es mehrere Millionen und es werden immer mehr. Die Menschen, die sich in Hypnos' Traumwelten verlieren, bekommen natürlich keine Kinder. Vermutlich werden ihm irgendwann alle Menschen verfallen. Dann wird die Menschheit einfach aussterben.«

Mir schwirrt der Kopf von all den fremdartigen Wörtern. Computer, Titanen, Hypnos, Sims … ich werde Monate brauchen, um all das zu verstehen. In welche seltsame Welt bin ich da geraten? Ich habe nicht viel von dem begriffen, was Ricky gesagt hat, doch es klang düster. Menschen, die für immer in Träumen gefangen sind … eine schreckliche Vorstellung!

»Kann man diese Traummaschinen nicht einfach abschalten?«, frage ich. »Dann müssten doch die Menschen aufwachen.«

»So einfach ist das nicht«, erwidert Ricky. »Hypnos ist sehr schlau und er hat mächtige Verbündete – Menschen, die von seinem Erfolg profitieren und ihm helfen. Alle Versuche, das Rund-um-die-Uhr-Träumen zu verbieten, sind an den juristischen Tricks und dem politischen Einfluss dieser Leute gescheitert.«

»Der vermutlich intelligenteste und gefährlichste aller Titanen ist aber nicht Hypnos, sondern Megaira«, wirft Paula ein. »Sie ist aus den Überwachungssystemen der Geheimdienste hervorgegangen. Sie sieht alles, hört alles und weiß alles. Die Welt ist voll von ihren Kameras und Mikrofonen.«

»Du hast dich vielleicht gewundert, warum ich draußen auf der Straße eine Maske getragen habe und so merkwürdig herumgehüpft bin«, ergänzt Ricky. »Megaira kann Menschen nicht nur an ihrem Gesicht und ihrer Stimme erkennen, sondern auch an ihren Bewegungen. Deshalb tanzen wir, wenn wir auf der Straße unterwegs sind. Das verwirrt sie.«

»Ach so«, sage ich, obwohl ich nicht wirklich verstehe, was er sagt. Es sind einfach zu viele Informationen auf einmal. Mein Gehirn fühlt sich an wie eine Schublade, in die jemand zu viel Kleidung stopfen will.

»Wir glauben, dass Megaira die Kontrolle über die anderen Titanen erlangen will«, fügt Ricky hinzu. »Wenn ihr das gelingt, wäre dies das Ende jeglicher Freiheit für die Menschen. Sie hat die Aufgabe, für Sicherheit zu sorgen. Aber Freiheit und absolute Sicherheit schließen sich nun mal gegenseitig aus. Deshalb müssen wir das unbedingt verhindern. Und dazu brauchen wir deine Hilfe, Sophia. Wir müssen versuchen, diejenigen, die noch etwas tun können, wachzurütteln.«

»Und wie soll Sophia dabei helfen?«, spricht Paula die Frage in meinem Kopf aus.

»Ganz einfach: Wir machen einen Cast mit ihr. Wir lassen sie aus ihrer Sicht erzählen, wie sie unsere Welt wahrnimmt. Sie hält uns quasi den Spiegel vor. Dann kapieren vielleicht ein paar Leute, dass sie zu weit gegangen sind, und unternehmen endlich was.«

»Und wer soll das sein?«, fragt Paula.

»Die Aktionäre. Denen gehören schließlich immer noch die Computer, auf denen die Titanen laufen. Wenn wir genügend von denen erreichen, könnten sie …«

»Und du glaubst ernsthaft, die Bonzen schalten die Titanen einfach ab und vernichten damit ihr ganzes Vermögen, bloß weil die süße Sophia ihnen was von der Idylle im Stillachtal vorschwärmt und herumheult, wie viel Angst ihr unsere Welt macht?«

Paulas herablassender Ton und die Art, wie sie über mich redet, verletzen mich. Aber sie hat zweifellos recht.

»Wir müssen es eben versuchen. Was nützt ihnen ihr ganzes Geld, wenn Megaira sie alle einsperrt? Außerdem gibt es ja auch noch die Regierung. Wenn wir es schaffen, genügend öffentlichen Druck aufzubauen …«

»Die Regierung? Machst du Witze? Die Politiker tun doch schon lange nur noch, was die Titanen ihnen sagen. Sobald sich einer von denen gegen die Maschinen auflehnt, sorgen sie einfach dafür, dass er nicht wiedergewählt wird. Ricky, das bringt doch alles nichts! Wie oft müssen wir das denn noch durchkauen?«

Ricky wirft frustriert die Hände in die Luft. »Statt immer nur an allem rumzumeckern, kannst du ja einen besseren Vorschlag machen! Ich werde jedenfalls nicht einfach tatenlos rumsitzen und zusehen, wie die Welt vor die Hunde geht!«

Ich vergrabe den Kopf in den Händen. Mir dröhnt der Schädel von all den Eindrücken und Erklärungen. Die Hoffnungslosigkeit, die ich aus dem Streit zwischen Ricky und Paula heraushöre, treibt mir die Tränen in die Augen. Fest steht jedenfalls, dass ich diese verlorene Welt nicht retten kann.

»Könnt ihr … mir nicht einfach helfen, Mirko zu finden?«, frage ich mit zitternder Stimme.

Die beiden verstummen und blicken mich an.

»Das ist leider nicht so einfach«, meint Paula.

14. KAPITEL

Paula sieht mich mitleidig an, was mich mehr erschreckt als die herablassende Art, mit der sie mich zuvor behandelt hat.

»Warum denn nicht?«, frage ich. »Was ist mit Mirko geschehen?«

»Ich fürchte, er ist ein Träumer geworden«, sagt Ricky. »Er liegt jetzt irgendwo in einem Simpod und lebt nur noch in einer virtuellen Welt.«

Ich starre ihn an. »Aber … aber er hat mir doch die Nachricht geschickt! Er kann doch nicht … verloren sein!«

»Doch, leider. Er ist immer mehr Hypnos' Verlockungen erlegen. Wir bekamen Streit deswegen. Irgendwann ist er einfach weggegangen. Wohin, weiß ich nicht.«

»Dann müssen wir ihn aus dieser Traummaschine befreien!«, sage ich. »Das können wir doch. Oder?«

»Das Problem ist«, erklärt Ricky, »dass man einen Träumer nur aus seiner Sim holen kann, wenn er selbst das will. Wenn er es wollte, bräuchte er nur ein Wort zu sagen, und sein Traum würde enden.«

»Das verstehe ich nicht. Warum sollte jemand für immer in einer Traumwelt bleiben wollen? Weiß Mirko denn nicht, dass er träumt?«

»Doch, obwohl viele Träumer nicht gerne daran erinnert werden. Die Traumwelten sind sehr schön und aufregend. Viel spannender als die Realität. Hier, ich zeige dir ein Beispiel.« Ricky nimmt ein kleines Kästchen aus einem Regal. »Mars«, sagt er.

Der Blick aus dem Fenster verändert sich schlagartig. Statt einer Blumenwiese sehe ich eine Wüste aus rötlichem Sand. Schroffe Felsen erheben sich in der Ferne.

»Atlantis«, sagt Ricky und die Landschaft verändert sich erneut. Diesmal sieht es so aus, als wären wir unter Wasser. Fische schwimmen vor dem Fenster. Im Hintergrund ragen uralte Säulen vom Meeresgrund auf, die mit Seetang überwachsen sind.

»Transparent.« Die Unterwasserwelt verschwindet und stattdessen blicke ich auf eine graue fensterlose Hauswand.

»So sähe es aus, wenn hier wirklich ein gewöhnliches Fenster wäre«, erklärt Ricky. »Nicht besonders aufregend. In Wirklichkeit ist das ein dreidimensionaler Bildschirm.« Er hebt das Kästchen, sagt erneut »Atlantis« und die Unterwasserszene erscheint wieder.

»Was du hier siehst, nennen wir eine Sim«, erklärt er. »Eine simulierte Welt oder auch virtuelle Realität genannt. Wenn du ein Headgear aufhast, wie zum Beispiel einen Komhelm, dann kommt es dir so vor, als wärst du mitten in dieser künstlichen Welt. Du kannst dich dann frei darin bewegen. Ein Simpod ermöglicht es dir, noch tiefer einzutauchen. Damit kannst du die Sim fühlen, riechen und schmecken. Nach kurzer Zeit vergisst du, dass es nicht die Wirklichkeit ist.«

Ich betrachte die Unterwasserwelt vor dem Fenster und versuche, mir vorzustellen, wie es wäre, darin einzutauchen, das kalte Wasser auf der Haut zu spüren, die Korallen und Seesterne mit den Fingern zu berühren.

»Mirko kam vor ungefähr einem Jahr hierher«, erzählt Ricky. »Nach seiner Flucht aus eurem Tal ist er eine Zeit lang herumgewandert, bis er schließlich nach München gelangte. Ich habe ihn auf der Straße gefunden. Er hatte sich einen Bug eingefangen.« Ricky sieht meinen verständnislosen Gesichtsausdruck. »Entschuldige. Eines der vielen Probleme unserer Welt ist, dass es unglaublich einfach geworden ist, DNA zu manipulieren.« Er seufzt. »Du weißt natürlich nicht, was das ist, oder?«

»Doch«, sage ich stolz. »Ich habe darüber in den verbotenen Büchern gelesen.«

»Bücher sind bei euch verboten?«, fragt Paula.

»Nicht alle. Wir dürfen die Bibel lesen, die Lebensgeschichten der Heiligen und solche Sachen. Aber Mirko hatte ketzerische Bücher. In einem davon stand, wie sich das Leben durch Evolution entwickelt haben soll.«

»Evolution, richtig. Allerdings kann sich die DNA auf natürliche Weise nur relativ langsam verändern. Die meisten Tierarten können sich nur mit ihresgleichen paaren. Doch heutzutage kann sich jeder Idiot einen DNA-Kit besorgen und damit künstliche Lebewesen erzeugen, sogenannte Schimären, die aus den Genen verschiedener Tierarten zusammengesetzt sind.«

Mir fällt die Frau auf der Straße mit ihrem merkwürdigen Haustier ein. »Zum Beispiel kleine Elefanten?«

»Ja, genau. Das Schlimme sind aber nicht die vielen bedauernswerten Geschöpfe, die dabei herauskommen. Das Schlimme ist, dass man auf diese Weise auch sehr leicht neue Krankheiten erschaffen kann. Und es gibt leider genug Idioten, die aus Bosheit,

Dummheit oder einfach aus Versehen neue Viren und Bakterien in die Welt setzen. Wir nennen solche künstlichen Krankheiten ›Bugs‹. Mehrere verheerende Epidemien haben bereits zu vielen Millionen Toten geführt. Inzwischen hat Asklepios das Problem einigermaßen im Griff, indem er seine Medbots durch die Straßen patrouillieren lässt, die die meisten Krankheiten sofort heilen können. Wenn sie etwas Neues finden, analysieren sie es und entwickeln ein Gegenmittel. Mirko hatte einen Bug, der ihn vermutlich umgebracht hätte, wenn ich ihm nicht geholfen hätte. Also habe ich ihn hierhergebracht.«

»Wieso hat dieser Titan … Asklepios ihn nicht geheilt?«

»Mirko hatte keine ID. Das heißt, die Medbots wussten nicht, wer er ist und ob er eine Heilberechtigung hat. Deshalb haben sie ihn einfach auf der Straße liegen lassen. Dabei war alles, was er brauchte, ein Serum für gerade mal 15 Punkte.«

»Punkte?«

»Ach richtig, Mirko hat mir gesagt, dass ihr im Stillachtal Bargeld benutzt. Es gibt zwar auch bei uns immer noch Geld, aber für das tägliche Leben hat es kaum eine Bedeutung. Wir verwenden Punkte, die uns das Versorgungsamt zuweist. Es gibt Gesundheitspunkte, Unterhaltungspunkte, Energiepunkte, Reisepunkte, Nahrungspunkte und so weiter. Man bekommt in jeder Kategorie automatisch 100 Punkte im Monat, kann sich aber weitere Punkte durch korrektes Verhalten dazuverdienen. Zum Beispiel erhalte ich zusätzliche Gesundheitspunkte, wenn ich Sport treibe und mich gesund ernähre. Andererseits verfallen ungenutzte Punkte mit der Zeit. Ich kann auch Punkte einer Kategorie in eine andere umwandeln, aber dabei muss ich einen Verlust in Kauf nehmen. Jedenfalls habe ich das Serum für ihn bestellt und er war nach ein paar Tagen wieder gesund. Er hat mir einiges über euer Tal erzählt – und auch über dich.«

Mein Herz schlägt schneller. »Er hat über mich gesprochen? Was hat er gesagt?«

»Ja, er hat erzählt, dass er einem Mädchen verbotene Bücher gezeigt und sie sich danach von ihm getrennt hat. Das hat ihn sehr traurig gemacht und es war der Grund, weshalb er geflohen ist. Er sagte, er konnte es nicht ertragen, weiter im Tal zu leben, ihr dort zu begegnen und zu wissen, dass sie ihn verabscheut. Er muss von dir gesprochen haben.«

Ich schlucke den Kloß in meinem Hals herunter und kämpfe mit den Tränen, als Ricky fortfährt.

»Zu Anfang wollte Mirko bloß lernen. Stundenlang hat er sich Casts angeschaut, über Wissenschaft und Technik, darüber, wie das Universum entstanden ist und wie Computer funktionieren. Er war sehr intelligent und lernte schnell. Vielleicht hätte er ein guter Wissenschaftler werden können.«

»Was sind Casts?«

»Das siehst du dir am besten selbst an.« Er sagt: »Metis, zeige mir den Cast ›Alles Wissen der Welt: Sonnensystem‹.«

Musik erklingt und Buchstaben tanzen vor uns durch die Luft. Sie formen die Worte ALLES WISSEN DER WELT FOLGE 342: DAS SONNENSYSTEM.

An verschiedenen Stellen an den Wänden sind kleine helle Lichtpunkte zu sehen. Mir fallen wieder Mirkos Worte ein, als ich ihn plötzlich vor mir auf der Wiese sah: *Das fliegende Ding, das du gerade gesehen hast, sendet Lichtstrahlen in deine beiden Augen.* Das hier muss ähnlich funktionieren.

Ein Mann mit Bart steht auf einmal vor uns und sagt: »Willkommen zu ›Alles Wissen der Welt‹. Heute wollen wir uns mit dem Sonnensystem beschäftigen.«

Der Mann macht eine Handbewegung und plötzlich erscheinen mitten im Raum bunte Kugeln, die langsam um eine etwas größere gelbe Kugel in der Mitte kreisen. Ich strecke eine Hand nach einer der Kugeln aus, die dicht vor mir vorbeischwebt, doch sie hat keine Substanz, ich kann einfach durch sie hindurchgreifen.

»Sicher weißt du bereits, dass die Erde um die Sonne kreist, genau wie die anderen Planeten«, sagt der Mann. »Aber kennst du auch alle Planeten? Wie heißt zum Beispiel der zweite Planet hier?«

Der Mann deutet auf eine der Kugeln, über der ein Fragezeichen erscheint.

Ricky sieht mich an, als erwarte er von mir, dass ich die Frage beantworte. Doch in der Schule haben sie uns etwas ganz anderes erzählt: Die Erde sei der Mittelpunkt des Universums und Planeten und Sterne umkreisten sie in komplizierten Bahnen.

Als ich nichts sage, antwortet er: »Das ist die Venus.«

»Richtig«, sagt der Mann. »Der Planet, der der Sonne am zweitnächsten ist, ist gleichzeitig unser nächster Nachbarplanet, die Venus.«

Das Fragezeichen erlischt und die Kugel wird größer. Es scheint, als bestünde sie aus gelblichem Rauch. Dann verschwindet sie plötzlich, genau wie die anderen Kugeln. Ich blinzele verwirrt und beginne, mich zu fragen, was von den Dingen, die ich sehe, wirklich vorhanden ist und was nur eine Illusion.

»Casts gibt es zu allen möglichen Themen«, erklärt Ricky. »Man kann sie so ansehen, wie wir es gerade getan haben, als dreidimensionale Projektion im Raum, oder man kann sich ein Headgear aufsetzen. Mirko war fasziniert davon.«

Das kann ich mir vorstellen. Auch ich hätte dem freundlichen Mann, der das Sonnensystem erklärt hat, gerne noch weiter zugehört.

»Zu Anfang hat Mirko einfach nur dagesessen und versucht, alles über die Welt zu lernen. Das ging über mehrere Wochen. Irgendwann hat er davon gesprochen, dass er dir unbedingt zeigen will, wie die Welt außerhalb eures Dorfes wirklich ist. Aber er konnte nicht zurück. So ist ihm schließlich die Idee eingefallen, dir eine Drohne zu schicken. Eine Zeit lang hoffte er, dass du herkommen würdest. Doch als das nicht geschah, verlor er den Mut. Er hörte auf, Casts anzuschauen, und verbrachte immer mehr Zeit in Sims, in denen er aufregende Abenteuer erleben konnte. Ich versuchte, ihn davon abzuhalten, denn ich befürchtete schon, dass er ein Träumer werden könnte. Doch vergeblich. Ich glaube, in den Sims konnte er dich am leichtesten vergessen.«

Tränen schießen mir in die Augen, als mir bewusst wird, was ich ihm angetan habe. Hätte ich ihm doch nur vertraut! Wäre ich bloß eher hergekommen!

»Und … und dann?«, frage ich.

»Wir bekamen Streit. Ich versuchte, die Zeit, die er in den Sims verbrachte, zu beschränken, doch das wollte er nicht. Also ist er irgendwann fortgegangen. Paula ist hier eingezogen, nachdem er weg war.«

»Und du weißt nicht, wo er jetzt ist?«

»Er muss in einem Simplex sein. Das sind Häuser mit Dutzenden oder sogar Hunderten Simpods. Es gibt davon allein in München über hundert. Und selbst, wenn wir wüssten, wo er liegt, könnten wir nicht zu ihm. Ein Simpod ist hermetisch abgeschlossen und ihn gegen den Willen des Benutzers zu öffnen ist nur der Polizei oder einem Notarzt erlaubt. Zwar ist es eigentlich gesetzlich vorgeschrieben, dass man einen Simpod höchstens zwölf Stunden am Stück benutzen darf, aber die meisten Träumer halten sich nicht an diese Beschränkung, und niemanden kümmert das wirklich. Denn die Menschen werden ja ohnehin nicht mehr gebraucht, und wenn sie in einem Simpod dahinvegetieren, verursachen sie weniger Kosten.«

Mir fällt es immer noch schwer, mir vorzustellen, dass jemand freiwillig nur noch in einer Traumwelt leben möchte. Zugegeben, die künstlichen Welten draußen vor dem Fenster sind sehr hübsch, aber es sind bloß Illusionen. Ich erinnere mich an den ersten Kuss, den Mirko mir gegeben hat. Einen solchen Moment kann man doch nicht künstlich erzeugen. Oder den Duft eines Alpenveilchens, den Geruch frisch gefallenen Schnees … Andererseits sagte Ricky, dass man in diesen Simpods die künstliche Welt sogar schmecken und riechen kann und schnell vergisst, dass man nicht in der Wirklichkeit ist.

»Kann ich so einen Simpod einmal ausprobieren?«, frage ich.

»Das wäre keine gute Idee«, erwidert Ricky.

»Warum nicht?«

»Weil es dir genauso gehen könnte wie Mirko: Du könntest zu einer Träumerin werden. Du bist die Technik nicht gewohnt, hast nie gelernt, ihren Verlockungen zu widerstehen. Hypnos würde dich im Nu versklaven, so wie er es bei Mirko und den anderen Träumern getan hat.«

Das klingt sehr nach dem großen Verführer, vor dem mich alle im Tal jeden Tag gewarnt haben, seit ich ein kleines Kind war.

»Dann ist Hypnos nur ein anderes Wort für Satan?«, frage ich.

»Vielleicht«, meint Ricky nach einem Moment des Schweigens.

»Ich muss Mirko retten«, sage ich, und obwohl ich keine Ahnung habe, wie ich das anstellen soll, habe ich noch nie etwas so ernst gemeint. »Wenn er Satan verfallen ist, dann gehe ich eben in die Hölle und hole ihn zurück!«

Paula schnaubt nur verächtlich. »Das ist sehr tapfer von dir, liebe Sophia, aber das kannst du vergessen. Wie Ricky schon gesagt hat, gibt Hypnos seine Opfer nicht freiwillig her, und du kannst auch nicht einfach den Simpod aufklappen und deinen Freund herausholen.«

»Es gibt vielleicht noch eine andere Möglichkeit«, sagt Ricky.

»Welche denn?«

»Ich habe Mirko noch zweimal getroffen, nachdem er ausgezogen ist.«

Neue Hoffnung keimt in mir auf. »Wo denn?«

»Im *Durstigen Oger*. Das ist ein Wirtshaus.«

Ein Wirtshaus! Endlich ein Begriff, mit dem ich etwas anfangen kann. Wenn Mirko dort einkehrt, dann muss er irgendwo in der Nähe wohnen. Ich hätte endlich einen Anhaltspunkt und könnte herumfragen …

»Du stellst dir darunter wahrscheinlich das Falsche vor«, holt mich Paula auf den Boden der Tatsachen zurück. »Dieses Wirtshaus steht nicht in München, sondern in *Crossroads*. Das ist eine Sim. Genau genommen eine Multisim, nicht nur *eine* simulierte Welt, sondern *Dutzende* davon. Ricky, das ist eine bescheuerte Idee!«

»Was für eine Idee?«, will ich wissen.

»Er will, dass du in die Sim gehst und Mirko dort suchst. Hab ich recht?«

»Es ist nun mal die einzige Möglichkeit für Sophia, ihn wiederzusehen«, sagt Ricky.

»Hast du sie nicht gerade eben noch davor gewarnt, sich in die Fänge von Hypnos zu begeben?«

»Sie muss sich ja nicht in ein Simpod legen. Mit einem guten Headgear …«

»Wenn ich mich richtig an deine Erzählungen erinnere, dann hat es bei Mirko auch mit einem Headgear angefangen.«

»Ja, schon. Aber Sophia … Sie ist die Einzige, die Mirko davon überzeugen kann, freiwillig aus dem Simpod zu steigen. Stell dir mal vor, was das bedeuten würde! Wenn er sich mit ihrer Hilfe selbst aus Hypnos' Fängen befreite, könnte er ein Vorbild für Millionen anderer Träumer werden. Er könnte uns allen wieder Hoffnung geben, uns zeigen, dass wir Menschen doch noch eine Zukunft außerhalb der Sims haben!«

»Ich glaube, du bist hier der Träumer«, sagt Paula. »Selbst wenn sich Sophia Hypnos' Verlockungen widersetzen könnte, er würde niemals zulassen, dass sie Mirko aus seinen Fängen reißt.«

»Er würde bestimmt versuchen, das zu verhindern, da hast du wohl recht. Aber du vergisst etwas Entscheidendes. Sophia besitzt eine Kraft, gegen die selbst die Titanen machtlos sind.«

»Ach ja? Und was für eine Superkraft soll das sein?«

»Liebe.«

Paula stößt einen trockenen Lacher aus. »Das ist doch jetzt nicht dein Ernst! Liebe? Das, glaubst du, reicht, um Hypnos zu besiegen?«

Ricky verschränkt die Arme vor der Brust. »Ja, das glaube ich.«

Paula hört auf zu lachen und schüttelt den Kopf. »Ich hab immer gedacht, du hast einen klaren Verstand. Aber du bist hoffnungslos naiv!«

»Ricky hat recht«, schalte ich mich ein. »Ich liebe Mirko. Ich bin aus meiner Heimat geflohen, um ihn zu finden. Wenn es sein muss, suche ich ihn auch in einer Traumwelt. Und wenn noch ein bisschen von der Liebe, die er einmal für mich empfunden hat, in ihm ist, dann werde ich ihn daraus befreien!«

15. KAPITEL

Ricky würde mich am liebsten gleich in die Traumwelt bringen, doch Paula ist strikt dagegen.

»Lass sie doch erst einmal hier ankommen«, sagt sie. »Stell dir vor, du würdest direkt aus dem Mittelalter in die Gegenwart katapultiert. Das muss alles vollkommen verwirrend für sie sein. Wenn du sie jetzt sofort in eine Sim schickst, weiß sie überhaupt nicht mehr, was real ist und was nicht, und ist für Hypnos leichte Beute.«

Ricky argumentiert dagegen, dass wir keine Zeit verlieren dürften, doch Paula bleibt hart. Mir gefällt es nicht, dass die beiden über mich reden, als wäre ich gar nicht da. Und das Stillachtal mag im Vergleich zur Außenwelt rückständig sein, weil wir uns nicht der Herrschaft intelligenter Maschinen unterworfen haben, aber im Mittelalter leben wir dort auch nicht. Andererseits hat Paula recht: Ich habe Kopfschmerzen von all den neuen Eindrücken und bin sehr müde. Außerdem bin ich hungrig. Doch mein Proviant war in dem Bündel mit meiner alten Kleidung, das Ricky mir vorhin abgenommen hat.

»Kann ich vielleicht etwas zu essen bekommen?«, unterbreche ich ihre Diskussion.

»Natürlich«, sagt Paula. »Komm mit!«

Sie führt mich in einen schmalen Nebenraum mit einem kleinen Tisch, weißen Schränken und seltsamen Apparaten an den Wänden. Dort nimmt sie einen leeren Teller aus einem der Schränke und stellt ihn in ein Gerät aus Metall, das vorne eine durchsichtige Klappe hat. *Thermoboy TB5* steht darauf.

»Was möchtest du gerne essen?«, fragt sie.

»Ich … ich weiß nicht …«

»Welches ist denn dein Lieblingsgericht?«

»Sauerfleisch mit Knödeln und Rotkraut«, erwidere ich.

»Okay, Moment.« Sie drückt auf einen Knopf an dem Gerät. »Sauerfleisch mit Knödeln und Rotkraut«, sagt sie.

»30 Rezepte gefunden«, antwortet das Gerät. »Ich zeige sie dir in der Reihenfolge ihrer Beliebtheit.«

Auf dem Teller liegen plötzlich zwei Scheiben Fleisch, Knödel und Rotkraut mit brauner Soße. Aus dem Gerät kommt Dampf und es duftet appetitlich. Verblüfft starre ich auf den Teller.

»Das … das ist ja wie Zauberei!«, rufe ich aus. »Und … das kann man wirklich essen?«

»Noch nicht«, erwidert Paula. »Das hier ist bloß eine Projektion, eine Art Vorschau auf das, was die Maschine für dich kocht. Der Geruch ist synthetisch erzeugt. Gefällt dir das Gericht?«

»Ja, sieht lecker aus.«

»Okay.« Paula drückt noch einmal auf einen Knopf.

»Bitte fülle Eiweiß nach«, sagt das Gerät.

Paula öffnet eine Klappe an dem Apparat und nimmt einen länglichen Zylinder heraus. »Synthetisches Eiweiß« steht in roten Buchstaben darauf. Sie wirft ihn in einen Abfallbehälter, holt einen identischen Zylinder aus einem anderen Schrankfach und setzt ihn in die Klappe ein.

»Danke«, sagt das Gerät. »Ich beginne nun mit der Zubereitung.«

Durch die Glasscheibe kann ich sehen, wie ein kleiner Stift an einem dünnen Arm blitzschnell hin- und hergleitet und dabei etwas auf den Teller spritzt. Als male es ein Künstler in den Raum, formt sich nach und nach das Gericht, das ich zuvor gesehen habe: Fleischstücke, Knödel und Rotkraut. Der Arm mit dem Stift verschwindet und das Gerät stößt einen Brummton aus. Der Teller beginnt zu dampfen und ein appetitlicher Geruch breitet sich aus. Ein heller Glockenklang ertönt, Paula klappt den Apparat auf, nimmt den Teller heraus und stellt ihn auf den Tisch.

Fasziniert starre ich darauf. Das Gericht zu kochen hat nicht mal fünf Minuten gedauert und überhaupt keine Arbeit gemacht!

Paula platziert einen neuen Teller in dem Apparat und sagt: »Spaghetti al Salmone, wie letztes Mal.« Wieder erscheint der Arm mit dem Stift und flitzt hin und her.

»Möchtest du etwas trinken?«, fragt Paula. »Apfelschorle vielleicht?«

»Ja, gerne.«

Sie öffnet einen Schrank, der von innen beleuchtet ist, nimmt eine Flasche heraus und gießt Apfelschorle in ein Glas.

Kurz darauf sitzen wir zu dritt um den kleinen Tisch und essen. Das Sauerfleisch schmeckt ein bisschen fad und hat eine seltsame Konsistenz, die mich eher an Pilze als an Fleisch erinnert. Die Knödel sind mehlig und längst nicht so gut wie die meiner Mutter und das Rotkraut ist ein bisschen schleimig. Doch immerhin werde ich satt.

Nach dem Essen werde ich auf einmal müde. Die Strapazen

meiner Flucht stecken mir in den Knochen und ich habe in der letzten Nacht nicht viel geschlafen. Ich frage Paula, ob ich mich auf den Boden legen darf, um mich ein wenig auszuruhen.

»Auf den Boden? Da weiß ich was Besseres.«

Sie holt eine dünne aufgerollte Matte aus grauem Stoff aus einem Schrank und breitet sie im Wohnzimmer aus. An einer Ecke befindet sich ein kleines Schild aus Plastik mit zwei runden Markierungen. Berührt man eine davon, bläht sich die Matte plötzlich wie von Zauberhand auf, bis sie etwa eine Handbreit dick ist.

Als ich mich darauflege, ist sie wunderbar weich, aber an genau den richtigen Stellen auch fest. Wenn ich meine Position verändere, passt sich das Material an, sodass ich immer perfekt gebettet bin. Ich fühle mich wie auf Wolken.

»Danke schön!«, sage ich.

Paula lächelt. »Ruh dich ein wenig aus. Ich überlege mit Ricky, wie wir am besten vorgehen.«

Die beiden gehen in die Küche und fangen wieder an zu diskutieren. Sie sind nicht gerade leise dabei, sodass ich hören kann, was sie sagen. Aber da ich die meisten ihrer Wörter ohnehin nicht verstehe, verliere ich bald das Interesse und sinke in tiefen Schlaf.

Als ich erwache, weiß ich zunächst nicht, wo ich bin. Erst nach und nach fallen mir die Ereignisse des gestrigen Tages wieder ein. Ich kann kaum glauben, dass das alles wirklich passiert sein soll. Doch vor dem Fenster schwimmt träge eine große Qualle mit einem wunderschönen langen Schleier vorbei, als läge die Wohnung auf dem Grund des Ozeans.

Mirko! Habe ich von ihm geträumt? Die Bilder, an die ich mich erinnere, sind undeutlich. Ich weiß noch, dass er in einem Labyrinth aus Gängen vor mir davonlief, während ich immer nur seinen Schatten sah und er jedes Mal, gerade wenn ich ihn fast einholte, um die nächste Ecke bog. Als ich ihn schließlich erreichte, war es nicht Mirko, sondern der Inquisitor.

Ich reibe mir die Augen. Ist es ihm genauso gegangen, als er vor einem Jahr hierherkam? War er ebenso verwirrt wie ich? Mein Vater fällt mir auf einmal ein. Auch er hat diesen Weg vor langer Zeit zurückgelegt. Ich kann mich kaum an ihn erinnern. Ob er noch irgendwo in dieser seltsamen Welt lebt? Ob er noch manchmal an mich denkt? Werde ich ihn jemals wiedersehen?

»Guten Morgen!«, sagt Paula fröhlich.

Ich blinzele verwirrt. »Morgen? Aber …«

»Ja, es ist Morgen. Du hast fast fünfzehn Stunden geschlafen.«

»Oh …«

Sie lächelt. »Komm, lass uns erst mal frühstücken.«

Der Apparat in der Küche zaubert Rührei, das ganz passabel schmeckt. Das frische Brot aus der Maschine kann sich allerdings nicht mit dem kräftigen Graubrot messen, das Herr Kanter, der Bäcker in Birgsau, in seinem Steinofen backt.

Ricky und Paula erzählen mir ein wenig von ihrem Leben. Ricky studiert Informationelle Soziologie, das ist die Lehre vom Zusammenleben von Menschen und Maschinen, wie er sagt. Paulas Fach ist Biodesign. Das verwundert mich, denn sie erklärt mir, dass dies die Wissenschaft ist, die benutzt wurde, um sie selbst zu erschaffen. Will sie etwa selbst das tun, das sie ihren Eltern so übel nahm?

»Nein«, sagt sie. »Im Gegenteil: Ich möchte genau verstehen, welcher Schaden durch Biodesign angerichtet wird, damit ich dagegen etwas tun kann.«

Studieren bedeutet heutzutage nicht mehr, dass man in eine Schule oder Universität gehen muss. Stattdessen benutzt man Casts wie den über das Sonnensystem. Sie werden von dem Wissenstitan Metis erzeugt, der einem auch Prüfungen abnimmt und Diplome verleiht. All das kann man bequem vom Wohnzimmer aus erledigen. Überhaupt gehen die Leute in dieser seltsamen Welt nicht mehr so oft nach draußen, wegen der Bugs, wie Paula mir erklärt.

Ich frage mich zwischendurch, ob die beiden überhaupt wissen, was sie verpassen. Ob sie jemals einen frühen Sonnenuntergang im Winter gesehen haben, wenn die kalte, trockene Luft in der Nase brennt und der Schnee unter den Füßen knirscht. Ob sie je ihr Gesicht in eisiges Schmelzwasser getaucht und den erfrischenden Schock erlebt haben, der jede Müdigkeit in Sekunden vertreibt. Ob sie schon einmal den Geruch frisch geernteten Heus in der Nase hatten oder eine Schneeballschlacht gemacht haben.

»Wir machen Workouts«, erklärt mir Paula auf meine Frage nach körperlicher Betätigung und zeigt mir ein seltsames Gestell aus Eisenstangen und Drähten, das in einem kleinen fensterlosen Nebenraum steht. »Darin kann man sich einhängen, setzt ein Headgear auf und kann dann jede beliebige Sportart simulieren. Langlauf, Gewichtheben, Fußballspielen, Tennis, Klettern, Tauchen – was immer du willst.«

Wie man in diesem Gestell Fußball spielen können soll, ist mir schleierhaft. Aber es ist weiß Gott nicht das Einzige an dieser Welt, was ich nicht verstehe.

Als wir zurück ins Wohnzimmer kommen, steht Ricky dort und fuchtelt in der Luft herum, als versuche er, ein unsichtbares Insekt zu verscheuchen.

Während ich mich noch darüber wundere, was das nun wieder zu bedeuten hat, sagt Paula: »Würdest du mal bitte *sharen*, was du da machst?«

»Oh ja, Entschuldigung«, antwortet Ricky und vollführt eine weitere Geste mit der Hand.

Plötzlich erscheint mitten im Raum eine durchsichtige Scheibe mit Schrift und mehreren ovalen Schildern darauf.

»Was bedeutet das?«, frage ich.

»Ich lege einen *Crossroads*-Account für dich an. Du musst registriert sein, um die virtuelle Welt betreten zu können. Da du kein Punktekonto hast, mache ich das für dich. Welchen Benutzernamen hättest du denn gerne?«

»Was ist das?«

»Der Name, den andere Spieler sehen können, wenn sie dir im Spiel begegnen.«

»Sophia«, sage ich schulterzuckend.

Ricky lacht. »Ganz so einfach ist es nicht. Der Name muss einzigartig sein. Sicher gibt es schon eine Sophia in *Crossroads*.«

»Vielleicht Sophia Mahler?«

»Ja, das müsste gehen.«

»Das ist eine blöde Idee«, schaltet sich Paula ein. »Niemand nimmt seinen Klarnamen mit in eine Sim.«

»Hast du eine bessere?«

»Sophia ist fremd hier und sie ist fremd in *Crossroads*. Für sie muss das alles sehr seltsam erscheinen, diese ganze Welt. Wie wäre es mit ›Girl in a Strange Land‹?« An mich gewandt erklärt sie: »Das ist Englisch und heißt übersetzt ›Mädchen in einem fremden Land‹ oder auch ›Mädchen in einem seltsamen Land‹.«

Ricky spricht den Namen aus und macht gleichzeitig eine Geste, sodass die Buchstaben jetzt auf einem der Schilder stehen. Darunter ist ein neuer Text in grüner Schrift erschienen:

Benutzername verfügbar.

»Hm, der ist tatsächlich noch frei«, sagt er. »Aber ist er nicht ein bisschen lang?«

Doch mir gefällt der Name. Also bewegt er seine Hand so, dass er ein grünes Schild mit der Aufschrift registrieren zu berühren scheint. Musik erklingt und der Name Crossroads erscheint über einem Stern mit zwölf Zacken, darunter die Schrift:

Bitte aktiviere dein Headgear.

Ricky holt eine Art Brille aus einer Schublade. Sie ähnelt einer Plastiksonnenbrille, nur dass die Gläser undurchsichtig zu sein scheinen und um die Ecken gebogen sind.

»Nicht mehr das neueste Modell, aber es wird schon gehen«, sagt er und reicht sie mir. »Setz dich besser hin.«

Ich nehme auf dem Sofa Platz. Als ich die Brille aufsetze, verschwindet das Wohnzimmer, und ich stehe stattdessen plötzlich auf einem runden, gepflasterten Platz inmitten von bewaldeten Hügeln.

TEIL 3

CROSSROADS

16. KAPITEL

Staunend sehe ich mich um. Wenn ich den Kopf drehe, blicke ich in eine andere Richtung, so als wäre ich wirklich an diesem fremden Ort. Um mich herum kann ich Vögel zwitschern und Insekten summen hören. Straßen führen aus allen Richtungen hierher. In der Mitte des Platzes befindet sich ein großes Haus, das den Holzhäusern im Stillachtal ähnelt. Ein Schild hängt über dem Eingang und zeigt einen dicken Mann mit grüner Haut und hässlichen Zähnen, der einen großen Krug Bier an den Mund hält. *Zum Durstigen Oger* steht darunter.

Neben mir erblicke ich zwei seltsame Figuren. Die eine ist sehr schlank, hat ein schmales Gesicht, schräge Augen und spitz zulaufende Ohren. Sie erinnert mich an einen Kobold aus einem der Kinderbücher, aus denen Mutter mir vorgelesen hat, ist jedoch so groß wie ich. Sie trägt braungrüne Kleidung und hat einen Bogen über die Schulter geschlungen. Die andere Gestalt ist noch merkwürdiger. Zwar hat sie menschliche Umrisse, scheint aber nur aus Rauch zu bestehen, sodass man weder Gesichtszüge noch Kleidung erkennen kann. Ich blicke an mir selbst herab und sehe ein wunderschönes blaues Kleid. Ich kann meine Arme ganz normal bewegen, doch als ich das Kleid berühre, spüre ich stattdessen das glatte Material des Motorradanzugs, den August mir gegeben hat. Neben mir kann ich das Sofa ertasten, das in der Illusion nicht vorhanden ist.

»Willkommen in *Crossroads*«, grüßt mich die Figur mit den spitzen Ohren. Gleichzeitig höre ich Rickys Stimme neben mir dieselben Worte sagen.

Ich nehme die Brille ab und bin wieder im Wohnzimmer. Ricky trägt eine Brille mit spiegelnden Gläsern, während Paula eine Art schwarzes Stirnband über die Augen geschoben hat. Beide streifen die Geräte ab und sehen mich an.

»Das … ist erstaunlich«, sage ich.

»Sich nur mit einem Headgear in *Crossroads* zu bewegen, erfordert etwas Übung«, meint Ricky.

Nachdem ich die Brille wieder aufgesetzt habe, erklärt er mir, wie ich meine Hände halten muss, um durch die Welt zu schweben. Es ist ein merkwürdiges Gefühl, sich fortzubewegen und gleichzeitig still zu sitzen – ähnlich wie auf Augusts Motorrad und doch anders, denn nun bestimme ich selbst, wohin ich gleite. Die widersprüchlichen Sinneswahrnehmungen verursachen mir ein leichtes Unwohlsein.

Ricky mit den spitzen Ohren und die Figur aus Rauch, die ich als Paula identifiziert habe, marschieren in Richtung des Gasthauses. Ich folge ihnen. Ricky öffnet die Tür und der Lärm von Gesprächen und Gelächter schlägt mir entgegen. Das Innere ist nur schwach beleuchtet, sodass ich im ersten Moment nicht viel erkennen kann, als ich in den Schankraum schwebe.

In der Mitte der gegenüberliegenden Wand befindet sich eine große Theke, hinter der ein riesiger Kerl mit grüner Haut und gewaltigen Muskeln steht. Davor drängt sich ein Dutzend bunter Gestalten, die aussehen, als wären sie aus Märchen und Fantasiegeschichten entsprungen. Alle zehn Tische im Raum sind besetzt. Die meisten Gäste haben annähernd menschliche Gestalt, doch ein schlanker Mann hat den Kopf eines Vogels, eine Frau dagegen ein Katzengesicht. Manche haben grüne, braune oder blaue Haut. Einige sind so groß, dass sie kaum in den Raum passen, andere reichen mir gerade bis zur Hüfte. Eine Gestalt scheint vollständig aus goldenem Metall zu bestehen und hat kreisrunde Augen. Sie bewegt sich seltsam abgehackt. Stimmengewirr erfüllt den Raum, doch ich verstehe kein Wort. Anscheinend werden hier Dutzende verschiedener Sprachen gesprochen, fast wie in Babylon.

Ricky marschiert geradewegs zur Bar und schiebt sich zwischen der Frau mit dem Katzengesicht und einem blauhäutigen Mann mit gelben Augen durch. Paula und ich folgen ihm. Der grüne Riese hinter der Bar beugt sich vor.

»Was wollt ihr?«, dröhnt seine Stimme.

»Eine Auskunft«, antwortet Ricky. »Wir suchen Merkan, den Verlorenen. Kannst du mir sagen, wo ich ihn finden kann?«

Merkan, der Verlorene – das muss der Name sein, den Mirko wählte, als er sich zum ersten Mal in diese Welt begab. Er klingt traurig und doch passend.

»Hier ist er nicht«, antwortet der Riese.

»Wann war er zuletzt im Wirtshaus?«

Der Riese bohrt sich in der Nase, blickt seinen Finger an, an dem gelber Schleim hängt, und steckt ihn dann in den Mund. Ich zucke vor Ekel zusammen.

»Solche Auskünfte sind kostenpflichtig«, sagt er.

»Wie viel?«

»300 Goldstücke.«

»300? Dafür bekomme ich einen Teleportationszauber, der mich direkt zu ihm bringt! Ich will bloß wissen, wann er zuletzt hier war.«

»300«, wiederholt der Riese. »Oder du kannst warten, bis er zufällig reinkommt.«

Ricky stöhnt. Auf einmal hat er einen Beutel in der Hand, den er auf den Tresen legt. Der Riese nimmt den Beutel und lässt ihn hinter dem Tresen verschwinden.

»Ich hab ihn seit Wochen nicht mehr gesehen«, sagt er.

»Seit Wochen? Geht es nicht etwas präziser?«, fragt Ricky empört.

»Glaubst du, ich notiere mir, wann wer hier reinkommt?«

»Ja«, antwortet Ricky.

»Nun, dann liegst du falsch, Elf.«

Ricky stöhnt. »Hat er gesagt, in welchem Reich er sich aufhält?«

»Möglicherweise.«

»Möglicherweise? Was soll das heißen?«

»Das heißt, dass diese Information nicht im Preis enthalten ist, den du bezahlt hast.«

Ricky stöhnt. »Also schön. Wie viel?«

»500.«

»Du bist ein verdammter Halsabschneider, Oger!«

»Wenn du lieber einen Humpen Met willst, der kostet bloß 20.«

Ricky legt einen zweiten Beutel auf den Tresen. Der Oger steckt ihn ein.

»Wie man hört, treibt er sich auf den Glücklichen Inseln herum.«

»Und wo da?«

»Das weiß ich nicht.«

»Danke für gar nichts, Oger!«

»Mögen Monster auf all deinen Wegen lauern!«, gibt der Riese zurück.

Ricky führt uns vom Tresen weg in Richtung einer Tür neben der Bar.

»Moment. Ich klinke uns mal eben aus«, sagt er.

Plötzlich wird es schwarz um mich. Ich erschrecke und taste blind um mich, bis mir einfällt, dass ich eine Brille trage. Als ich sie abnehme, sitze ich wieder im Wohnzimmer. Ein Gefühl der Desorientierung überkommt mich, so als sei das Wirtshaus, in dem ich eben noch war, die Realität und dieser Raum nur eine Illusion.

»Der Riese war ja nicht sehr hilfsbereit«, stelle ich fest.

»Das ist alles Teil des Spiels«, erklärt Ricky. »Der Oger ist ein sogenannter NPC. Das sind Figuren, die von einem Computer gesteuert werden.«

»Der … Oger war eine Maschine?«

»Sophia, du darfst niemals vergessen, dass alles, was du in einer Sim siehst, nur eine Illusion ist. Auch die Wesen, denen du begegnest, egal wie natürlich oder menschlich sie dir erscheinen mögen, sind höchstwahrscheinlich nur Simulationen, gesteuert von Hypnos.«

Ich runzele die Stirn. »Aber woher sollen wir dann wissen, ob das, was der Riese gesagt hat, stimmt?«

Ricky nickt, als freue er sich über die Frage. »Du hast recht, das können wir nicht wissen. Wir können uns nicht darauf verlassen, dass er uns in die richtige Richtung schickt. Falls Hypnos bereits ahnt, was wir vorhaben, ist vermutlich genau das Gegenteil der Fall.«

»Warum hast du ihn dann überhaupt nach Mirko gefragt?«

»Es ist ein Anfang. Wir müssen weitere Informationen sammeln. Vor allem müssen wir versuchen, andere menschliche Spieler zu finden, die Mirko gesehen haben. Wir fragen einfach weiter.«

»Du glaubst, einer der anderen Gäste in dem Schankraum könnte Mirko kennen? Wäre das nicht ein erstaunlicher Zufall?«

»Der *Durstige Oger* ist größer, als er aussieht. Lasst uns wieder reingehen.«

Damit setzt er seine Brille wieder auf. Auch ich tauche in die Illusion ein und befinde mich im nächsten Moment wieder im Schankraum.

Ricky geht durch die Tür links neben dem Tresen. Als ich ihm folge, gelange ich in einen zweiten, ebenso großen Schankraum, der ebenfalls voller bunter fantasievoller Figuren ist. Der Tresen ist rechts von mir. Verblüfft sehe ich den grünhäutigen Riesen hinter der Bar an. Er gleicht dem Oger nebenan wie ein Ei dem anderen.

»Es ist derselbe Oger«, erklärt Ricky. »Das Wirtshaus besteht aus Hunderten von Räumen, die alle durch magische Türen links und rechts vom Tresen miteinander verbunden sind, und in jedem von ihnen steht er hinter der Theke. Zurzeit befinden sich mehrere Hundert Spieler und unzählige NPCs im Wirtshaus. Wir könnten tagelang hier herumlaufen und hätten immer noch nicht alles gesehen.«

»Dann ist es ja umso schwieriger, jemanden zu finden, der Mirko kennt«, erwidere ich.

»Nein, ist es nicht«, widerspricht Ricky. »Denn welche Figuren in welchen Räumen sind und wohin wir gelangen, wenn wir durch eine Tür gehen, ist kein Zufall. Das Wirtshaus weiß, wer wen kennt, und sorgt dafür, dass man hier alten Bekannten begegnet, aber auch neue Leute kennenlernt, die ähnliche Interessen haben.«

»Das *Wirtshaus* tut das?«, frage ich und ärgere mich im selben Moment über meine Verwirrung. Warum vergesse ich immer wieder, dass diese Welt ganz anders funktioniert?

»Wie ich schon sagte, nichts in einer Sim ist so, wie es erscheint. Du kannst dir das Wirtshaus wie ein lebendiges Wesen vorstellen, ein sehr intelligentes noch dazu. Es ist ein Teil von Hypnos, so wie alles hier.«

Er blickt sich im Raum um. »Ah, siehst du, da drüben ist jemand, den ich kenne.«

Ricky geht zu einem Tisch, an dem drei Figuren sitzen, die auf mich recht zwielichtig wirken. Eine hat eine Kapuze über dem Kopf, die so tiefe Schatten wirft, dass man darin nur zwei gelblich leuchtende Augen sehen kann. Die andere hat ein narbiges Gesicht und eine Klappe über einem Auge.

»Schezak, du miese Ratte!«, ruft Ricky. »Wer hat dich denn hier reingelassen?«

Die dritte Gestalt dreht sich zu uns um und ich erkenne, dass Ricky nicht bloß eine Beleidigung ausgesprochen hat: Die Figur sieht tatsächlich aus wie eine riesige Ratte, trägt jedoch elegante Kleidung und einen Federhut.

»Igitt, hier stinkt es nach Elf!«, erwidert die Ratte. Ihre Stimme klingt wie die eines jungen Mannes. »Kann mal jemand dieses Spitzohr rausschmeißen?«

Ihren Worten zum Trotz springt die Gestalt auf und klatscht Rickys gehobene Hand ab.

»Hab dich in letzter Zeit nicht mehr so oft hier gesehen, Rinophas!« Damit meint die Ratte offenbar Ricky.

»Ich hab mir alle Mühe gegeben, dir aus dem Weg zu gehen«, scherzt Ricky. »Aber jeder macht mal Fehler.«

»Und, was treibt dich hierher? Hast du wieder mal Geldsorgen? Komm, setz dich zu uns und spiel eine Runde mit! Vielleicht hast du ja Glück und gewinnst was.«

»Gegen dich zu gewinnen hat nicht das Geringste mit Glück zu tun, du Betrüger«, erwidert Ricky. »Aber ich hab ohnehin keine Zeit. Ich suche Merkan, den Verlorenen. Hast du eine Ahnung, wo er steckt?«

»Merkan? Nein, den hab ich schon länger nicht mehr gesehen. Aber du kannst Terria fragen. Die beiden haben zuletzt ziemlich oft zusammen rumgehangen.«

»Terria? Die Hexe?«

»Genau.«

»Und wo finde ich die?«

»Soweit ich weiß, lebt sie immer noch auf Isla Corba, in der Nähe von Santa Rabella.«

»Was macht eigentlich dein Studium, Lukas?«

Die Ratte macht große Augen. »Ey, was soll denn dieses Out-of-Character-Gequatsche? Du weißt doch, dass sich so was hier nicht gehört!«

»Sorry, bloß ein kleiner Turing-Test.«

»Ah, verstehe. Hast wohl Ärger mit einem Assumer, was? Na schön, ich hab gerade meine Strömungstheorie-Prüfung versemmelt. Ansonsten läuft's ganz okay. Übrigens bin ich nicht mehr mit Ute zusammen. Apropos, wer ist denn die hübsche Lady da bei dir?«

»Sorry, Schezak. Muss mal kurz ins Off«, sagt Ricky.

Wieder wird die Welt schwarz. Ich nehme die Brille ab.

»Ich habe bloß die Hälfte von dem verstanden, was du gesagt hast«, stelle ich fest, was allerdings noch untertrieben ist.

»Lukas ist ein alter Kumpel von mir. Er studiert Physik. Ich habe mit ihm einen Turing-Test gemacht, das bedeutet, ich habe versucht, herauszufinden, ob er tatsächlich ein Mensch ist. Deshalb habe ich ihn nach seinem Studium gefragt und er hat mir von seiner Exfreundin erzählt. Beides sind Fakten, die Hypnos eigentlich nicht wissen kann. Ich sage ›eigentlich‹, weil wir nicht sicher sein können, welche Informationen die Titanen untereinander austauschen. Aber zumindest offiziell hat Hypnos keinen Zugriff darauf, was die Nutzer seiner Sims in der realen Welt tun.«

»Er hat einen Begriff erwähnt. Ässju... irgendwas. Was bedeutet das?«

»Ein Assumer ist jemand, der die Identität eines anderen annimmt. Entweder er hackt den Account des anderen und übernimmt dessen Figur in einer Sim, oder er gestaltet seine eigene Figur sehr ähnlich und spielt die Rolle des anderen nach.«

»Wie eine Art Doppelgänger?«, rate ich.

»Ja, genau. Ziemlich ärgerlich. Wenn man nicht aufpasst, kann man so leicht reingelegt werden.«

»Und was bedeutet das mit der Hexe?«

»Es scheint, als hätte der Oger die Wahrheit gesagt. Wenn es stimmt, dass Mirko in *Crossroads* zusammen mit Terria unterwegs ist, dann ist er vielleicht tatsächlich auf den Glücklichen

Inseln. Ich schlage vor, wir versuchen unser Glück weiter im Wirtshaus. Wenn wir noch einen dritten Hinweis auf die Glücklichen Inseln bekommen, machen wir uns auf den Weg dorthin.«

Also setzen wir die Brillen wieder auf und befinden uns im nächsten Moment im Schankraum. Ricky verabschiedet sich von der Ratte und wir gehen durch die Tür links vom Tresen. Theoretisch müssten wir jetzt eigentlich wieder in dem Raum sein, den wir zuerst betreten haben. Aber wie Ricky gesagt hat, stimmt das nicht. Jedenfalls erkenne ich keine der Gestalten, die diesen Raum bevölkern, wieder.

Ricky sieht sich um. »Hm. Ich kenne hier niemanden. Paula, du?«

»Nein.« Es ist das erste Wort, das sie in dieser fremden Welt spricht. Es klingt, als spräche ein Sturm.

In diesem Moment kommt ein Mann mit langen Haaren und einem Spitzbart auf uns zu. Er trägt ziemlich altmodische schwarze Kleidung mit einem großen weißen Kragen, sieht aber ansonsten wie ein ganz normaler Mensch aus.

»Verzeiht, mein Herr«, sagt er und verbeugt sich leicht. »Aber mir kam zu Ohren, dass ihr einen gemeinsamen Bekannten sucht.«

Ricky blickt den Mann, wie mir scheint, misstrauisch an. »Wer bist du?«

»Mein Name ist Descartes«, stellt der Mann sich vor. »René Descartes. Mathematiker und Philosoph, zu Euren Diensten.« Er verbeugt sich erneut.

Der Name kommt mir bekannt vor, doch mir fällt nicht ein, wo ich ihn schon einmal gehört habe.

»Und wer bin ich?«, fragt Ricky.

»Eine interessante Frage«, stellt Descartes fest. »Wenn Ihr es selbst nicht wisst, bin ich schwerlich berufen, es Euch zu sagen. Ich für meinen Teil kann nicht einmal sicher sein, ob es Euch überhaupt gibt oder ob Ihr nicht nur eine Illusion seid, die ein böser Dämon mir vorgaukelt.«

Die Worte des Fremden erscheinen mir seltsam passend. Auch mir kommt es so vor, als sei ich in die Fänge eines Dämons geraten, der mich verwirren will.

»Du hast von einem gemeinsamen Bekannten gesprochen«, sagt Ricky. »Wen meintest du?«

»Dies ist kein guter Ort, um derlei Dinge zu besprechen. Ich will Euch lediglich zwei Hinweise für Eure Suche geben. Der, den Ihr sucht, ist nicht dort, wo Ihr ihn vermutet.« Der Mann in Schwarz wendet sich plötzlich mir zu. »Und um ihn zu retten, Sophia, müsst Ihr durch die brennende Tür gehen.«

Ich starre den seltsamen Mann an. Es kommt mir vor, als könne er durch die Verkleidung, die ich in dieser Welt trage, direkt in mein Herz sehen. Ein Schauer läuft mir über den Rücken.

»Was soll das bedeuten?«, fragt Ricky. »Und woher … kennst du ihren Klarnamen?«

Descartes verbeugt sich. »Es tut mir leid, aber ich kann nicht länger hier verweilen. Womöglich ist es bereits zu spät. Es war sehr angenehm, Euch kennengelernt zu haben.«

In diesem Moment fliegt die Tür gegenüber dem Tresen auf und mehrere mit Schwertern und Schilden bewaffnete Soldaten stürmen hinein.

»Dort ist er!«, brüllt einer von ihnen. »Ergreift ihn!«

Aufgeregte Rufe erklingen von allen Seiten. Doch statt dass die Wirtshausgäste erschrocken fliehen oder sich eingeschüchtert unter ihren Tischen verstecken, springen sie auf und zücken Dolche, Schwerter, riesige Äxte, an einem Ende leuchtende Stäbe und was sie sonst noch an Waffen mit sich führen. Bierhumpen, Flaschen und Besteck fliegen durch die Luft und prasseln auf die Eindringlinge nieder.

»Endlich mal ein bisschen Action!«, ruft ein muskelbepackter Mann neben mir, der nur einen Lendenschurz trägt, und schwingt eine gewaltige Keule über dem Kopf.

Schon entbrennt eine heftige Schlacht, bei der sich die Wirtshausgäste den eindringenden Soldaten entgegenstellen. Descartes zückt einen Degen, den er äußerst geschickt herumwirbelt und so die Soldaten, die es offenbar auf ihn abgesehen haben, auf Distanz hält. Auch Ricky und Paula mischen sich ein. Während Ricky mit seinem Bogen blitzschnell einen Pfeil nach dem anderen abschießt, erzeugt Paula kleine Sturmwirbel, die die heranstürmenden Soldaten von den Beinen reißen. Etliche von ihnen werden getötet, doch es rücken immer mehr nach. Bald wird deutlich, dass selbst die vereinte Kraft unterschiedlichster Wesen mit erstaunlichen Fähigkeiten nicht reicht, um dem Ansturm Herr zu werden.

»Verschwindet!«, ruft Descartes. »Und denkt daran, was ich Euch gesagt habe!«

»Los, kommt!«, sagt Ricky und bahnt sich durch das Getümmel einen Weg zum Tresen und dann durch die Tür rechts davon.

Ich folge ihm und befinde mich wieder in dem Schankraum mit der Ratte, die ungerührt mit ihren Kumpanen Karten spielt. Davon, dass nebenan eine Schlacht tobt, ist hier nichts zu spüren.

Wir durchqueren den Raum und verlassen ihn durch die Tür gegenüber dem Tresen, die nach draußen auf den Platz mit den vielen Straßen führt. Dann wird die Welt schwarz um mich herum. Ich nehme die Brille ab und befinde mich plötzlich wieder im Wohnzimmer.

17. KAPITEL

»Was hatte das zu bedeuten?«, frage ich. »Der Mann in Schwarz und die Soldaten, meine ich.«

Obwohl sie kaum seltsamer war als alles andere, das ich durch die Brille sah, hat mich die Begegnung verstört.

»Ich habe nicht die geringste Ahnung«, sagt Ricky.

»Offenbar hat Hypnos etwas dagegen, dass wir Mirko finden«, meint Paula.

»Ja, vielleicht«, erwidert Ricky. »Aber was mich wirklich stutzig macht, war dieser Typ, Descartes. Schon allein der Name!«

Mir fällt wieder ein, woher ich den Namen kenne: aus dem Religionsunterricht. »Das war doch der Philosoph, der die Existenz Gottes bewiesen hat, oder?«, frage ich.

Paula lacht hämisch. »Schön wär's!«

»Ich weiß nicht, ob er versucht hat, die Existenz Gottes zu beweisen«, meint Ricky. »Aber jedenfalls war er ein berühmter Philosoph und Mathematiker.«

»Die viel spannendere Frage ist doch, wer sich hinter dieser Figur verbirgt«, erwidert Paula. »Hypnos?«

»Unwahrscheinlich. Warum sollte er dann seine Soldaten schicken, um sie gefangen zu nehmen?«

»Um diese vermeintliche Warnung glaubwürdiger zu machen

natürlich. Das wäre doch typisch für ihn. Wir erfahren, dass sich Mirko auf den Glücklichen Inseln befindet, und er sagt uns, dass wir auf der falschen Spur sind, um uns in die Irre zu führen. Ich frage mich nur, woher er Sophias Klarnamen kannte.«

»Ich hab da so einen Verdacht«, murmelt Ricky. »Metis, zeige Casts mit Sophia aus dem Stillachtal.«

Eine Wand des Raums wird transparent und ich sehe mich selbst vor der Kirche in Riezlern auf einer Bank sitzen. Ich erzähle über unser Dorf. August stellt mir immer wieder Fragen. Er ist nicht im Bild, aber seine Stimme ist zu hören.

»Das war gestern Morgen, stimmt's?«, fragt Paula.

»Ja. Ich … ich verstehe nicht …«

»Der blöde Idiot hat alles gecastet!« Paula macht eine Handbewegung und unten auf der Wand erscheint plötzlich eine Schrift: 331 245 Views. »Du bist jetzt eine kleine Berühmtheit, Sophia.«

Mir fallen die vielen Drohnen ein, die plötzlich angeschwebt kamen. »Heißt das … über *300 000* Menschen haben mir dabei zugesehen, wie ich mit August gesprochen habe?«

»Ja. Und natürlich auch die Titanen.«

»Ist doch super!«, ruft Ricky. »Dann haben wir umso mehr Publikum, wenn Sophia Mirko aus Hypnos' Fängen befreit!«

»Ja, ganz toll«, meint Paula sarkastisch. »Auf jeden Fall können wir jetzt sicher sein, dass wir die volle Aufmerksamkeit von Hypnos und Megaira haben. Dieser Descartes könnte einer der beiden gewesen sein oder vielleicht auch einer der anderen Titanen, wer weiß schon, was die so treiben. Aber Megaira ist am wahrscheinlichsten, wenn ich so drüber nachdenke. Das Auftauchen dieses Möchtegern-Philosophen bedeutet also vermutlich nichts anderes, als dass Mirko und Sophia zum Zankapfel zwischen zwei der mächtigsten Titanen geworden sind.«

Allmählich wird mir das alles zu viel. Ich habe das starke Bedürfnis, ins Stillachtal zurückzukehren, wo die Welt so einfach und überschaubar war.

»Was … was bedeutet das alles?«, frage ich den Tränen nah.

Ricky seufzt. »Das bedeutet, wenn Paula recht hat, haben wir ein ziemliches Problem. Wenn Hypnos weiß, wer wir sind, und nicht will, dass wir Mirko finden, dann wird es verdammt schwierig.«

»Es sei denn, Megaira hilft uns dabei«, wirft Paula ein.

»Ja, großartig. Ich kann mir niemanden vorstellen, von dem ich mir weniger gerne helfen lassen möchte als ausgerechnet von Megaira! Wenn sie ihren Willen bekommt, kann das nur schlecht für uns enden.« Er sieht mich an. »Es tut mir leid, Sophia, aber wir müssen die Suche wohl beenden.«

Mein Magen verkrampft sich. »Beenden? Was soll das heißen?«

»Wir können Mirko nicht aus *Crossroads* befreien. Es wäre viel zu gefährlich, sich in den Streit zwischen zwei Titanen einzumischen.«

»Da bin ich ausnahmsweise mal seiner Meinung«, sagt Paula.

Verzweiflung überkommt mich und ich breche in Tränen aus. Es war alles umsonst. Ich habe meine Mutter enttäuscht und mein Leben riskiert – für nichts. Statt herauszufinden, wie die Welt außerhalb des Tals ist, weiß ich nicht einmal mehr, was von dem, was ich sehe, wirklich existiert und was nicht. Die Maschinen Satans, die die Menschen beherrschen, haben ein Auge auf mich geworfen. Ich werde Mirko nie wiedersehen und ich kann auch nicht ins Tal zurückkehren. Stattdessen bin ich dazu verdammt, in dieser bizarren, fremdartigen Welt herumzuirren, die ich wohl niemals verstehen werde.

Paula setzt sich zu mir und nimmt mich in den Arm. »Das ist alles ein bisschen viel für dich, was? Das verstehe ich. Aber keine Angst, du wirst dich schon an das Leben hier bei uns gewöhnen. Es hat auch seine Vorzüge, weißt du.«

»Moment mal, vielleicht gibt es doch noch eine Möglichkeit, Mirko aufzuspüren«, sagt Ricky.

»Oh nein!« Paula rollt mit den Augen. »Verschone uns bitte mit deinen kreativen Ideen!«

»Was denn für eine Möglichkeit?«, frage ich hoffnungsvoll.

»Es ist nicht ohne Risiko«, erwidert er. »Aber immerhin geht es hier um die Zukunft der Menschheit.«

»Du redest doch nicht etwa von deinem komischen Freund, diesem Captain?«, meint Paula. »Das können wir auf keinen Fall riskieren! Sophia würde bloß genauso in der Abhängigkeit von Hypnos enden wie Mirko.«

Ricky zögert, nickt dann jedoch. »Du hast ja recht.«

»Was für ein Captain?«, frage ich.

»Er ist ein Hacker …«

»Ricky, lass das! Sophia ist auch so schon überfordert genug mit dieser Situation. Du kannst ihr nicht auch noch falsche Hoffnungen machen!«

Zorn steigt in mir auf. »Ich verstehe eure Welt vielleicht nicht, aber ich bin kein kleines Kind! Ich bin durchaus in der Lage, für mich selbst zu entscheiden. Also, was für eine Möglichkeit ist das?«

»Der Captain kann uns Zutritt zu *Crossroads* verschaffen, ohne dass Hypnos und Megaira wissen, wer wir sind. Aber das ist nicht ganz legal«, erklärt Ricky.

»Das ist nicht nur *nicht ganz legal,* das ist total illegal«, korrigiert Paula. »Was Ricky meint, ist, dass wir die Identität anderer Spieler in *Crossroads* annehmen. Aber das ist nicht nur verboten, es ist auch gefährlich. Es funktioniert nämlich bloß mit vollständiger Immersion.«

»Was bedeutet das?«, frage ich.

»Das bedeutet, du musst dich in einen Simpod legen, wie es Mirko getan hat. Du kannst dann nicht wie vorhin einfach die Brille abnehmen, wenn du wieder in die Realität willst. Im Simpod hast du das Gefühl, vollständig in der Sim zu leben. Du kannst herumlaufen, Dinge anfassen, sogar schmecken und riechen. Und du kannst Hitze, Kälte und Schmerzen empfinden. Nicht so wie in der Realität, aber es kann ziemlich unangenehm werden.«

»Kann man dabei auch sterben?«

»Das nicht. Normalerweise jedenfalls nicht. Aber es soll schon Fälle gegeben haben, bei denen Leute einen tödlichen Schock erlitten haben. Die größte Gefahr ist aber nicht, dass du in einer Sim stirbst.«

»Was denn dann?«

»Die größte Gefahr ist, dass du die Sim nie wieder verlassen willst. Dass du ein Träumer wirst, so wie Mirko.«

»Warum sollte ich das wollen?«

»Weil Hypnos dich verführen wird. Er wird dir ein wundervolles, aufregendes Leben vorgaukeln, bis du vergessen hast, wie es außerhalb der Sim war. Dann bist du für immer seine Gefangene.«

Ein Leben lang haben mich unsere Lehrer, der Vikar und auc meine Mutter vor den Verführungskünsten des Antichristen gewarnt. Bin ich stark genug, um ihm zu widerstehen? Das ist mehr als zweifelhaft. Bisher habe ich bei jeder einzelnen Prüfung, die Gott mir gestellt hat, kläglich versagt. Doch habe ich deshalb das Recht, mich dieser Aufgabe zu entziehen? Nein! Ich bin hergekommen, weil ich Mirko finden wollte. Ich war bereit, dafür in die Hölle zu gehen. Nun muss ich den nächsten Schritt tun. In ewiger Verdammnis zu enden erscheint mir besser, als in dem Bewusstsein zu leben, es nicht einmal versucht zu haben.

»Ich werde es tun«, sage ich und meine Stimme klingt entschlossener, als ich mich fühle.

»Nein«, sagt Paula. »Du bist noch nicht so weit. Du musst dich erst vorbereiten, trainieren, Widerstandskraft gegen Hypnos' Verlockungen entwickeln …«

»Wir müssen schnell handeln oder wir können es gleich vergessen«, widerspricht Ricky. »Wenn Megaira oder Hypnos rauskriegen, was wir vorhaben …«

Paula sieht ihn entgeistert an. »Ernsthaft? Du willst Sophia unvorbereitet in die Vollimmersion schicken? Ich hätte nicht gedacht, dass du so rücksichtslos bist!«

Ricky wirft die Hände in die Luft. »Ich bin nicht rücksichtslos! Aber hier geht es nicht nur um Sophia und Mirko. Wenn es uns gelingt, der Öffentlichkeit zu zeigen …«

»Die Öffentlichkeit interessiert das doch einen Dreck! Glaubst du ernsthaft, du kannst mit dieser lächerlichen Aktion eine Widerstandsbewegung gegen Hypnos lostreten?«

»Wenn wir es nicht wenigstens versuchen, dann können wir uns ebenso gut gleich selber in die Simpods legen!«

Paula schüttelt den Kopf. »Ricky, du bist nur für dein eigenes Leben verantwortlich, nicht für die ganze Menschheit!«

»Aber was ist das für ein Leben in einer Welt, die immer menschenleerer wird, weil keiner mehr in der Realität sein will?« Rickys Stimme zittert. »Was für eine Zukunft haben wir denn dann noch?«

»Wir haben die Zukunft, die wir uns machen«, erwidert Paula kühl.

»Das ist es ja gerade! Genau deshalb müssen wir …«

»Mir ist euer Streit egal«, unterbreche ich ihn. »Ich will es tun. Nicht für euch und nicht für die Zukunft der Menschheit, sondern für Mirko. Deshalb bin ich hergekommen und ich werde nicht aufgeben, bis ich mein Ziel erreicht habe.«

Die beiden sehen mich überrascht an.

»Na gut«, sagt Paula mit einem Seufzer. »Wenn du unbedingt willst … Es ist schließlich dein Leben, das du wegwirfst. Aber sag nicht, ich hätte dich nicht gewarnt.«

18. KAPITEL

Ich flattere mit den Armen und hüpfe über die Straße wie ein Huhn, während der Umhang, den Ricky mir gegeben hat, durch die Luft weht. Das erscheint mir so albern, dass ich unter meiner Maske lachen muss. Neben mir taumeln Ricky und Paula, die ebenfalls weite, unförmige Kostüme und Masken tragen. Ich will etwas zu ihnen sagen, doch Ricky hat mir eingeschärft, dass ich auf keinen Fall sprechen darf.

So tanzen wir durch die Straßen. Ich kann mir keine weniger effektive Methode vorstellen, sich unauffällig zu bewegen. Doch die wenigen Leute, die wir unterwegs treffen, beachten uns kaum. Nur ein kleiner Junge, der auf einem Pferd aus Plastik neben seiner Mutter durch die Straße reitet, zeigt auf uns.

Schließlich schlüpfen wir durch ein Tor in einen Innenhof. Verfallene Gebäude mit kaputten Fensterscheiben ragen rings um uns auf. Die Tür zu einem der Gebäude steht halb offen. Als wir hindurchtreten, gelangen wir in eine leere Halle. Müll liegt auf dem Boden herum. Unter einigen der zersplitterten Fenster wächst Unkraut. In der Mitte des Raums steht eine Art Türrahmen ohne Tür.

Ricky und Paula stoppen ihre zuckenden Bewegungen, also höre auch ich auf zu tanzen.

»Hey, Captain!«, ruft Ricky.

»Verschwindet!«, erklingt eine männliche Stimme aus dem Nichts.

»Ich bin's, Ricky!« Er nimmt seine Maske ab. »Wir brauchen deine Hilfe!«

Der Unsichtbare murmelt etwas, was wie ein unterdrückter Fluch klingt. »Durch den Scanner. Nacheinander. Schön langsam.«

Ricky geht durch den Türrahmen, der plötzlich grün aufleuchtet. Paula tut es ihm gleich. Auch ich trete hindurch.

»Gut«, erklingt die Stimme. »Durch die Tür hinten links.«

Ich folge Ricky und Paula durch eine schwere Metalltür in einen Nebenraum. Er ist mit geriffeltem Schaumstoff an den Wänden gepolstert, der den Schall dämmt.

Nachdem Ricky die Tür geschlossen hat, erklingt die Stimme erneut: »A, drei, L, X, eins, eins, sieben, T, Q, fünf.«

Ricky kramt einen Zettel hervor. Darauf stehen handgeschriebene Zeilen mit kryptischen Buchstaben und Ziffern. Er sucht eine Weile, dann liest er ab: »Z, vier, R, R, eins, zwei, P … nein, pardon, B, L, N, acht.«

»Q, acht, neun, R.«

»P, drei, Z … Ist das ein O oder eine Null, verdammt? Mensch, Captain, du hast echt eine Sauklaue!«

»Schon gut. Was zum Teufel willst du hier, Ricky? Und wieso bringst du eine Fremde mit?«

Ich höre das Misstrauen in seiner Stimme.

»Das ist Sophia. Sie kommt aus dem Stillachtal. Sie sucht ihren Freund Mirko. Einen Träumer. Und es scheint, als hätte Hypnos was dagegen, dass sie ihn findet.«

»Na toll! Und was hat das mit mir zu tun?«

»Wir müssen nach *Crossroads*, und zwar ohne, dass Hypnos weiß, wer wir sind.«

»Hey, großartig! Tolle Idee, sich mit einem Titanen anzulegen! Warum verpfeift ihr mich nicht gleich bei Megaira?«

Ricky rollt mit den Augen. »Jetzt stell dich nicht so an! Du weißt, du schuldest mir noch was.«

»Ja, aber du verlangst ein bisschen viel, Ricky. Ich riskiere doch nicht mein Business für dich! Wenn Hypnos rauskriegt, was ich hier mache, dann kann ich einpacken.«

»Captain, wir waren mal auf derselben Seite. Wir haben gegen die Titanen gekämpft. Und jetzt kuschst du auf einmal vor Hypnos? Genau in dem Moment, wo wir endlich eine Chance haben, ernsthaft etwas gegen ihn zu unternehmen?«

Die unsichtbare Stimme zögert einen Moment. »Wir waren uns doch einig, dass wir nichts gegen die Macht der Titanen ausrichten können, schon gar nicht alleine. Und außerdem, was soll das denn überhaupt bringen? Was habt ihr vor?«

»Wenn Sophia ihren Freund findet, wird sie ihn überzeugen, den Sims ein für alle Mal den Rücken zu kehren. Er wird ein Vorbild für andere sein. Ihre Geschichte wird die Menschen inspirieren!«

»Und ihr glaubt ernsthaft, ihr könnt einen Träumer in die Realität zurückholen? Gegen den Willen von Hypnos?« Immer noch liegt Misstrauen in seiner Stimme.

»Ich glaube ernsthaft, dass wir es versuchen müssen«, sagt Ricky, doch er scheint zu resignieren. »Das ist eine einmalige Chance!« Es klingt wenig überzeugend.

»Bitte«, schalte ich mich ein. »Wer immer du bist, wenn du

mir helfen kannst, Mirko zu finden, dann flehe ich dich an, bitte tue es.«

»Hey, ich glaube, das war das erste Mal, dass jemand Bitte zu mir gesagt hat!«, erwidert die Stimme. »Und nicht bloß ›ich brauche‹ und ›du schuldest mir noch was‹.«

»Also gut«, sagt Ricky. »Bitte, lieber Captain, um unserer Freundschaft willen, hilf uns!«

»Freundschaft? Was denn für eine Freundschaft? Freunde reden doch nicht nur miteinander, wenn der eine etwas vom anderen will!«

»Ja, ich weiß, ich hätte mich schon eher melden sollen, aber …«

»Ihr seid wie kleine Kinder!«, unterbricht Paula sie. »Also, Captain, hilfst du uns jetzt oder nicht?«

»Die gute Paula, immer auf den Punkt!«, meint der Captain. »War das etwa auch eine Bitte?«

»Wenn du mich fragst, ich halte die ganze Idee für Schwachsinn. Aber ich habe auch keine Lust, hier noch lange rumzustehen und zu quatschen.«

»Bitte, Captain«, schalte ich mich erneut ein. All die Strapazen meiner Flucht, die verwirrenden Eindrücke und absurden Erlebnisse brechen auf einmal über mich herein und meine Stimme bricht. »Ricky und Paula haben mir gesagt, … dass du der Einzige bist, der mir helfen kann. Ich … ich weiß nicht, was ich sonst machen soll!«

Einen Moment herrscht Schweigen. Dann öffnet sich eine Tür auf der anderen Seite des Raums.

Der Anblick, der sich mir dahinter bietet, erschreckt mich. In einer großen Halle, deren Fenster mit schwarzem Stoff verhängt sind, stehen in langen Reihen zwei Dutzend schwarze glänzende

Behälter. Sie sehen aus wie Särge. Bei sechs davon sind die Deckel geöffnet, die anderen sind geschlossen. Dicke Schläuche und Kabel winden sich zwischen den Behältern über den Boden und führen zu einer Reihe von großen Tanks an der Seite des Raums.

Am fernen Ende steht ein großer Tisch vor einem Metallregal, in dem etliche graue Kisten gestapelt sind. Grüne Lichter blinken in raschem Rhythmus. Auf dem Tisch befinden sich mehrere graue Bilderrahmen. Ein junger Mann mit einem Vollbart und Brille sitzt davor und tippt mit den Händen auf einem flachen Brett. Als wir auf ihn zugehen, kommt er hinter dem Tisch hervor, und ich erkenne, dass er in einem Rollstuhl sitzt, der einen elektrischen Motor hat. Er steuert seinen Stuhl mit einem kleinen Hebel auf uns zu.

»Hi, Captain!«, sagt Ricky.

Der Mann im Rollstuhl nickt ihm zu, dann blickt er zu mir auf. Seine Augen hinter den dicken Brillengläsern scheinen mich zu durchdringen.

»Du bist also die berühmte Sophia. Freut mich, dich kennenzulernen. Mein Klarname ist Karl, aber alle nennen mich Captain.«

»Danke, dass du uns hilfst.«

»Ich bin nicht sicher, ob ich dir damit einen Gefallen tue«, erwidert der Captain. »Du bist erst gestern Morgen aus dem Stillachtal gekommen, richtig? Das muss alles ziemlich verwirrend für dich sein.«

»Ja, das ist es.«

»Wenn du willst, erkläre ich dir ein paar Dinge. Komm mit.«

Er wendet den Rollstuhl und fährt zurück zu seinem Schreibtisch. Als ich ihm folge, erkenne ich, dass auf den Bilderrahmen Schrift zu sehen ist. Das schwarze Brett ist voller flacher Tasten mit Buchstaben darauf, die mich an die Schreibmaschine im Vorzimmer des Vikars erinnern.

»Ihr habt im Stillachtal keine Computer, richtig?«

»Nein.«

»Das hier, diese blinkenden Kisten hinter mir, sind welche. Allerdings sind sie sehr alt, einige schon über 50 Jahre. Zu der Zeit, Anfang des Jahrtausends, haben Menschen Computer programmiert, indem sie sogenannte Programme geschrieben haben, so wie dieses hier.« Er zeigt auf einen der Texte vor sich, der fremdartige Wörter und viele Klammern enthält.

»Das, was Ricky von dem Zettel abgelesen hat, war das auch ein Programm?«

Der Captain lacht. »Nein, das war ein Einmalcode. Zufällige Buchstaben und Zahlen, die ich selber gezogen und von Hand aufgeschrieben habe. Es gibt nur zwei Exemplare dieses Codes – eines habe ich, das andere habe ich Ricky gegeben. Wenn ich einen Teil einer Zeile vorlese und er einen anderen Teil, dann weiß ich, dass er den Zettel in der Hand hält und es nicht Megaira ist, die versucht, mich reinzulegen, indem sie sein Aussehen und seine Stimme imitiert.«

»Das kommt mir … ein bisschen seltsam vor«, sage ich. »Ausgerechnet Zettel und Stift sollen etwas gegen diese … denkenden Maschinen nützen?«

»Du hast recht, diese Technik ist schon über hundert Jahre alt. Im Zweiten Weltkrieg hat man auf diese Weise Funksprüche verschlüsselt. Später hat man dann Computer benutzt, um Nachrichten abhörsicher zu übertragen. Aber wie du ja wahrscheinlich schon mitbekommen hast, können wir den Computern heutzutage nicht mehr trauen. Sie sind intelligenter als wir und sie entwickeln sich selbstständig weiter. Wir haben keine Ahnung mehr, was sie wissen und was sie können.«

Ich zeige auf die Tastatur. »Aber du benutzt doch selber einen Computer, oder nicht?«

Erneut lacht der Captain und ich stelle fest, dass ich sein Lachen mag.

»Genau deshalb verwende ich Maschinen, die es sonst nur noch im Museum gibt: weil ich sie verstehe. Ich weiß, wie sie funktionieren. Wenn ich darauf ein Programm laufen lasse, dann machen diese Computer genau das, was in dem Programm steht. Sie können es nicht selber verbessern und sie können nicht denken.«

»Aber wozu brauchst du solche Computer, wenn diese … Titanen alles viel besser können?«

»Die Titanen sind viel intelligenter als wir, aber sie sind trotzdem nur Programme. Und die Urformen dieser Programme haben vor langer Zeit einmal Menschen entwickelt, auf Computern wie diesen. Ganz, ganz tief im Inneren der Programme, die die Titanen selber weiterentwickelt haben, gibt es immer noch Spuren des ursprünglichen Codes. So wie es in unserer DNA, also unserem Erbgut, immer noch Spuren der primitiven Lebensformen gibt, aus denen wir entstanden sind. Wenn man weiß, wie es geht, dann kann man aufgrund dieser Tatsache Schwachstellen in der Software der Titanen auszunutzen. Ungefähr so, wie ein Grippevirus Schwachstellen in deinem Immunsystem ausnutzt, um dich krank zu machen. Auf diese Weise kann ich mich im Netz quasi unsichtbar machen.«

»Kannst du … könntest du die Titanen dann nicht auch krank machen?«

Einen Moment lang herrscht verblüfftes Schweigen.

»Sieh mal an, du lernst aber verdammt schnell«, sagt der Captain. »Du hast recht, das könnte ich. Zumindest theoretisch. Aber erstens ist es unklar, ob das wirklich funktionieren würde. Terroristen haben schon mehrfach versucht, das zu tun, aber die Titanen haben durchaus Gegenmittel. Und selbst, wenn es gelänge, würde ich damit die Welt ins totale Chaos stürzen. Die Energieversorgung würde zusammenbrechen. Die Leute hätten kein Wasser mehr und nichts mehr zu essen. Es gäbe womöglich Milliarden Tote. Und es ist höchst unsicher, dass ich damit die Titanen endgültig besiegen könnte. Wahrscheinlich wäre es danach schlimmer als zuvor. Also, so verlockend der Gedanke erscheinen mag, du kannst ihn gleich wieder vergessen.«

Mir fällt der Drohnenabsturz ein und das, was August über die Terroristen gesagt hat. »Bist du auch ein Terrorist?«, frage ich. »Ein Neoluddist, oder wie das heißt?«

Wieder lacht der Captain. »Neoludditen nennen die Titanen alle Leute, die sich Gedanken darüber machen, ob es eine gute Idee war, ihnen die absolute Macht über die Menschen zu geben. Und ja, vermutlich würde mich Megaira als Terrorist bezeichnen. Aber ich kämpfe nicht gegen die Titanen, nicht mehr. Ich habe längst begriffen, dass das so sinnlos ist, wie gegen die Schwerkraft zu rebellieren. Aber man kann die Schwerkraft austricksen, zum Beispiel mit Flügeln. Und ich trickse eben die Titanen aus.«

»Und diese … Särge?«, frage ich.

»Das sind Simpods. Aber du hast recht, in gewisser Hinsicht haben sie Ähnlichkeit mit Särgen, nicht nur, was das Äußere angeht. Manche Menschen, die sich dort hineinlegen, kommen nie wieder heraus. Ihr habt Glück, dass ich noch welche frei habe.«

Er steuert seinen Rollstuhl zu einem der offenen Simpods. Darin sehe ich nur eine glatte glänzende Fläche, so als ob die Schale zur Hälfte mit einer öligen Flüssigkeit gefüllt sei.

»Alles, was du tun musst, ist, dich in dieses Ding zu legen. Der Deckel schließt sich automatisch. Siehst du den roten Knopf dort an der Innenseite des Deckels? Wenn du da draufdrückst, öffnet sich der Deckel, für den Fall, dass der Simpod eine Fehlfunktion hat und du aus irgendeinem Grund aus der Sim geworfen wirst. Wenn der Deckel zugeht, wirst du einen kleinen Stich in der Hand spüren. Der Simpod injiziert dir dann ein Betäubungsmittel, das dich für einen kurzen Moment in Schlaf versetzt. Deine Muskeln werden gelähmt und die Empfindungen bestimmter Nerven unterdrückt. Du kannst dann deine Arme und Beine in der Sim ganz normal bewegen, während du im Simpod völlig ruhig daliegst. Außerdem spürst du so die Schläuche in deinem Hals und deinem Verdauungstrakt nicht. Nach einer Minute oder so wachst du in der Sim auf und sie wird sich fast so anfühlen wie die Wirklichkeit.«

»Was denn für Schläuche?«, frage ich erschrocken.

»Während deiner Zeit im Simpod wirst du künstlich ernährt und mit ausreichend Flüssigkeit versorgt. Außerdem kontrolliert der Pod permanent deinen Gesundheitszustand.« Er wendet sich an Ricky. »Und ihr seid sicher, dass es eine gute Idee ist, eine *Offie* in einen Simpod zu legen? Gleich am zweiten Tag?«

»Nein«, antwortet Paula, während Ricky im selben Moment »Ja« sagt.

»Es ist ihre Entscheidung«, meint Ricky.

»Was ist ein *Offie*?«, frage ich.

»Das Wort kommt von ›offline‹, das heißt ›ohne Netz‹. Wir nennen so die Menschen, die das Netz nicht nutzen.«

»So wie wir im Stillachtal?«

»Ja, genau.«

»Gibt es noch mehr … Menschen wie uns?«

»Ja. Sehr viele sogar. Überall auf der Welt haben sich Enklaven gebildet, in denen die Leute moderne Technik ablehnen. In Kanada gibt es zum Beispiel die Free Human Republic. Dort leben über drei Millionen Menschen ohne Netzanbindung.«

Das macht mir Hoffnung. »Dann ist also doch noch nicht die ganze Welt in der Hand der Titanen?«

Der Captain schüttelt den Kopf. »Dass ihr im Stillachtal moderne Technik nicht nutzt, heißt noch lange nicht, dass die Titanen keine Macht über euch haben. Sie lassen euch gewähren. Aber sie könnten sich jederzeit dazu entscheiden, das zu ändern. Wenn zum Beispiel Megaira glaubte, dass die Leute im Stillachtal eine Bedrohung für die nationale Sicherheit wären, könnte sie euch alle unter irgendeinem Vorwand verhaften und einsperren lassen.« Er sieht mich, wie mir scheint, mitleidig an. »Tut mir leid, wenn ich dich damit beleidige, aber im Grunde seid ihr für die Titanen nichts anderes als Tiere in einem Zoo.«

Mir läuft ein Schauer über den Rücken. Also ist das Stillachtal nicht so behütet, wie ich dachte. Wir sind ebenso verloren wie der Rest der Welt, wir haben es bloß noch nicht gemerkt.

Auf eine Horrornachricht folgt die nächste und immer, wenn ich glaube, etwas verstanden zu haben, wird alles nur noch verwirrender. Es ist, als sei ich in einem Albtraum gefangen, aus dem es kein Erwachen gibt. Auf einmal fühle ich mich sehr müde. Ich möchte wieder heim ins Tal, möchte alles vergessen, was ich seit meiner Flucht gesehen und gehört habe. Doch das ist unmöglich: Selbst, wenn ich zurückkehren könnte, würde ich für immer mit der Last des Wissens leben müssen, dass unser friedliches, angeblich von Gott behütetes Stillachtal in Wahrheit nichts anderes ist als ein gut getarnter Käfig in einem riesigen Menschenzoo.

Ich starre auf den Simpod, der für mich immer noch wie ein Sarg aussieht, und Angst befällt mich. Was, wenn ich nie mehr aus dieser Furcht einflößenden Kapsel herauskomme? Doch dann denke ich an Mirko. Er ist in so einem Ding gefangen. Wenn der einzige Weg, ihn zu befreien, der ist, dass ich mich ebenfalls in einen Simpod lege, dann sei es so.

»Was muss ich tun?«, frage ich.

Der Captain holt etwas aus einer Klappe an dem Simpod. Als er es entfaltet, entpuppt es sich als Anzug aus dünnem schwarzen Material.

»Zieh dich vollständig aus«, sagt er. »Dann zieh das hier an und leg dich dort hinein. Alles andere macht die Maschine.«

Ich zögere. Mich vor den dreien zu entblößen, ist mir unangenehm. Ricky und Paula dagegen scheinen sich nichts dabei zu denken und streifen ihre Kleidung ab. Ich muss an die Frau auf der Straße in ihrem durchsichtigen Plastikanzug denken. Offenbar ist Nacktheit in der heutigen Zeit kein Grund mehr, sich zu schämen. Also überwinde auch ich mich und ziehe mich aus.

Der Anzug schmiegt sich eng an meine Haut und ist so leicht und elastisch wie Seide. Die Ärmel enden in Handschuhen. Als ich eine Hand vor die Augen halte, erkenne ich winzige Knötchen im Stoff, besonders viele an den Fingerspitzen. Als Nächstes ziehe ich eine Art Kapuze über den Kopf, die wie eine Maske auch mein Gesicht und meinen Hals bedeckt. Nur Öffnungen für Mund, Nase und Augen bleiben frei. Ich komme mir seltsam darin vor, doch die Tatsache, dass auch Paula und Ricky solche Anzüge tragen, beruhigt mich etwas.

Schließlich klettere ich in den Simpod. Das Innere ist nicht mit einer Flüssigkeit gefüllt, wie ich zuerst dachte, sondern mit einem glatten Material, das sich genauso weich und nachgiebig anfühlt wie die Matratze, die Paula mir gab und auf der ich so herrlich geschlafen habe.

»Leg die Arme flach neben dich, die Handflächen nach unten«, sagt der Captain. »Genau so. Gute Reise!«

Der Deckel des Simpods klappt langsam und lautlos herunter. Panik befällt mich. Doch anders, als ich befürchtet habe, bin ich nicht in Dunkelheit gefangen, denn die Innenseite des Deckels gaukelt mir das Bild eines blauen Himmels vor, über den träge Wolken ziehen. Mit einem schnappenden Geräusch verschließt sich der Deckel.

Eine weibliche Stimme sagt: »Willkommen im *Fantasys Xpod 17*, deinem Tor in andere Welten. Entspanne dich und genieße den Aufenthalt im unbegrenzten Reich der Fantasie!«

Etwas piekt leicht an meiner rechten Hand, wie ein Mückenstich. Ich zucke kurz zusammen. Müdigkeit überfällt mich und ehe ich es verhindern kann, verliere ich das Bewusstsein.

19. KAPITEL

Das muss ein Traum sein, ist mein erster Gedanke, als ich mich plötzlich auf dem Platz vor dem Wirtshaus *Zum Durstigen Oger* wiederfinde. Ein leichter, erfrischend kühler Wind weht über mein Gesicht. Es ist angenehm warm und mir ist, als läge tatsächlich der süße Duft von Frühlingsblumen in der Luft.

Ich trage schwarze Kleidung, die sich rau auf meiner Haut anfühlt. Meine Füße stecken in weichen Lederstiefeln. An einem Gürtel um meine Hüften hängen zwei Scheiden mit Dolchen darin, jeder so lang wie mein Unterarm. Über die Schulter habe ich eine Armbrust geschlungen. Mein Kopf ist von einer schwarzen Kapuze verhüllt. Ich streife sie zurück und ertaste mein Haar. Es ist ebenso lang wie mein natürliches Haar, fühlt sich aber fester an und ist zu einem langen Zopf geflochten. Als ich ihn nach vorne ziehe, stellt sich heraus, dass er ebenfalls schwarz ist.

Mit der Brille in diese künstliche Welt zu reisen, war schon eindrucksvoll, aber das hier ist überwältigend. Alles scheint real zu sein und es fällt mir schwer, mich daran zu erinnern, dass ich nicht wirklich hier bin.

Neben mir steht ein Pferd mit himmelblauem Fell, dessen Vorderteil in den Oberkörper eines Mannes übergeht. Aus seiner Stirn ragt ein langes, gewundenes Horn aus Elfenbein.

»Lach bloß nicht!«, sagt der Zentaur. »Wenn das hier vorbei ist, werde ich mit dem Captain ein paar deutliche Worte darüber reden, was für Charaktere er für uns ausgesucht hat! Ein Zentaur, also wirklich!«

»Was soll ich denn erst sagen?«, piepst eine Stimme neben meinem linken Ohr.

Als ich mich danach umdrehe, entdecke ich eine fliegende Elfe, komplett mit Kleidchen, flirrenden Insektenflügeln und Zauberstab.

»Ricky?«, frage ich. »Paula?«

»Keine Namen!«, sagt der Zentaur. »Ab jetzt ist alles tabu, was außerhalb dieser Sim liegt.«

»Was passiert jetzt?«, frage ich. »Gehen wir noch mal ins Wirtshaus?«

»Nein. Wir wissen nicht genau, wem wir dort begegnen könnten. Die Figuren, die wir jetzt übernommen haben, haben womöglich eine Vergangenheit. Besonders eine Assassina wie du hat höchstwahrscheinlich Feinde da drin.«

»Eine was?«

»Du bist eine Assassina – eine Auftragsmörderin. Keine schlechte Wahl für das, was wir vorhaben. Du hast bestimmte Fähigkeiten, die uns vielleicht noch nützlich sein werden. Zum Beispiel kannst du dich lautlos bewegen und wahrscheinlich ziemlich gut mit deinen Dolchen und der Armbrust umgehen.«

Eine Auftragsmörderin! Wie kann jemand absichtlich eine so abscheuliche Person sein wollen?

»Und was machen wir jetzt?«

»Wir gehen zu den Glücklichen Inseln«, sagt der Zentaur und zeigt auf einen der Wege, die von dem Platz fortführen. Dort, wo die Straße auf den Platz mündet, steht ein Schild mit einem Ankersymbol.

»Wir sollten ihr vielleicht erst mal zeigen, wie die Welt hier funktioniert«, meint die Elfe.

»Gute Idee. Das können wir unterwegs machen. Kommt!«

Der Zentaur setzt sich in Richtung des Weges mit dem Ankerschild in Bewegung. Die Elfe schwebt hinter ihm her. Als ich den beiden folge, fühlt sich jeder Schritt natürlich an und doch anders – irgendwie schwungvoller, federnder, leichter, so als wöge ich nur die Hälfte und hätte doppelt so viel Kraft wie in meinem realen Körper.

»Das … ist unglaublich!«, rufe ich aus. »Als wäre ich wirklich hier!«

»Am besten, du tust vorläufig so, als wäre alles real, was du siehst«, piepst die Elfe. »Aber es gibt auch ein paar Dinge, die anders sind als in der Wirklichkeit. Als Erstes zeige ich dir, wie du dein User Interface aktivieren kannst.«

»Mein *was*?«

»Es gibt ein paar Dinge, die du einstellen kannst. Sprich mir einfach die folgenden Worte nach: *Crossroads*: Einstellungen.«

Ich versuche, die seltsamen Worte auszusprechen. Wie durch Zauberei habe ich plötzlich ein Buch und eine Schreibfeder in der Hand. Auf dem Buch ist ein Zahnrad abgebildet. Darunter steht der Titel: Crossroads: Einstellungen. Der Name der Autorin scheint Isophena zu lauten.

»Schlag das Buch auf«, weist mich Paula an.

Auf der ersten Seite steht ein rätselhafter Text:

Immersion: voll
Intensität: normal
Sensitivität: normal
Auto-Wakeup: 3:54:13
Nametags: aus

Während ich die Seite ansehe, verändern sich die letzten Ziffern der Zahl in der vierten Zeile von selbst: 12 … 11 … 10 …

Bevor ich fragen kann, was passiert, wenn die Zahlen alle auf null sind, sagt Paula: »Jetzt berühre mit der Feder die letzte Zeile, wo ›Nametags: aus‹ steht.«

Als ich der Anweisung folge, wird der Text zu Nametags: ein. Gleichzeitig erscheinen über dem Kopf der Elfe und des Zentaurs leuchtende, frei in der Luft schwebende Schriftzüge: Calibra und Bribb, der Maulheld. Offenbar sind das die Namen der beiden.

»Wenn eine von euch mich ›Maulheld‹ nennt, verpasse ich ihr einen Huftritt!«, sagt der Zentaur.

»Wieso? Der Name passt doch«, erwidert die Elfe.

Ich blicke nach oben, entdecke jedoch keinen Schriftzug. »Und wie heiße ich?«

»*Isophena.* Das steht vorne auf dem Buch. Ab jetzt sollten wir uns nur noch mit diesen Namen ansprechen. Übrigens gilt es als schlechter Stil, die Option Nametags angeschaltet zu lassen. Wenn du den Namen von jemandem kennst, ohne ihn danach gefragt zu haben, outest du dich als Newbie – als Anfängerin.«

Ich berühre den Text erneut mit der Feder, sodass dort wieder Nametags: aus erscheint.

»Die Zeile darüber zeigt die Zeit an, die dir noch bleibt, bevor du automatisch geweckt, also in die Realität zurückgeholt wirst«, erklärt Paula. »Das ist in knapp vier Stunden. Mehr solltest du dir für den Anfang nicht zumuten. Du kannst jederzeit die Sim verlassen, indem du die Wörter ›*Crossroads*: Exit‹ sagst. Merke sie dir gut. Sprich sie jetzt aus.«

»Aber ich will doch noch nicht zurück.«

»Nein, aber du solltest wissen, wie es geht.«

»*Crossroads*: Exit«, sage ich.

Vor mir erscheint aus dem Nichts eine Tür mit der Aufschrift Exit.

»Wenn du durch diese Tür gehst, bist du wieder in der Realität«, erklärt Paula.

»Das ist ja wie Zauberei!«, rufe ich aus.

»Das ist tatsächlich Zauberei«, meint Ricky. »In *Crossroads* ist Magie real. Sonst könnte unsere Elfe ja nicht fliegen.«

»Und du hättest nicht so ein hübsches Horn auf der Stirn«, gibt Paula zurück.

Die Tür fängt an zu verblassen und löst sich schließlich in Luft auf.

»Die anderen Einstellungen lässt du besser so, wie sie sind«, sagt Paula. »Klapp das Buch jetzt zu.«

Als ich der Anweisung folge, verschwindet das Buch, ebenso wie die Feder.

»*Crossroads* … Einstellungen«, sage ich und das Buch erscheint wieder in meiner Hand.

»Sehr gut«, lobt mich Ricky. »Du lernst wirklich schnell. Ich denke, du bist jetzt reif für deinen ersten Kampf.«

»Wir müssen kämpfen?«, frage ich erschrocken.

»In *Crossroads* gibt es andauernd gewalttätige Auseinandersetzungen«, meint Ricky. »Gerade deshalb lieben viele Spieler es. Du hast das ja schon im Wirtshaus erlebt. Dem meisten Ärger kann man aus dem Weg gehen, doch manchmal sind Kämpfe unvermeidlich. Aber keine Angst, es ist nicht so schmerzhaft, wie du vielleicht glaubst. Folge mir!«

Der Zentaur verlässt den Weg und trottet einen bewaldeten Hügel hinauf. Leichtfüßig laufe ich ihm nach und stelle fest, dass mich das Rennen nicht anstrengt. Ich komme nicht einmal außer Atem.

Als wir den Waldrand erreichen, stürmen uns drei grünhäutige Wesen mit spitzen Ohren entgegen. Sie schwingen lange, dornenbewehrte Knüppel. Eines der Wesen springt auf mich zu und greift mich an. Bevor ich reagieren kann, trifft mich der Knüppel an der Schulter. Ich spüre an dieser Stelle ein unangenehmes Hitzegefühl. Die Welt färbt sich für einen Moment blutrot und in meinem Blickfeld erscheint ein Balken, der zu etwa 80 Prozent rot gefüllt ist.

»Wehr dich!«, ruft mir Ricky zu.

Mir bleibt keine Wahl, als mich zu verteidigen. Ich ziehe einen der Dolche. Plötzlich scheint sich die Zeit zu verlangsamen. Das grüne Monster, das erneut die Keule nach mir schwingt, bewegt sich wie in Zeitlupe, sodass ich dem Schlag mühelos ausweichen kann. Ich ramme ihm meinen Dolch in die Brust, wobei ich einen leichten Widerstand spüre. Blut strömt aus der Wunde.

Die Zeit läuft wieder in normaler Geschwindigkeit. Das Wesen bricht zusammen. Es sieht mich einen Moment lang an, als könne es nicht glauben, was ich ihm angetan habe. Dann bricht sein Blick.

»Sehr gut!«, ruft Ricky.

Im nächsten Moment schießt ein bunter Lichtstrahl aus seinem Horn hervor und eines der beiden anderen grünhäutigen Wesen geht in Flammen auf. Es stößt einen erstickten Schrei aus, bevor es ebenfalls tot zu Boden fällt. Paula erledigt ihren Gegner, indem sie ihren winzigen Zauberstab schwingt. Daraufhin bleibt das grünhäutige Wesen reglos stehen, als sei es zu einer Marmorstatue erstarrt.

Tief erschüttert beuge ich mich über die tote Gestalt im Gras. Sie ist hässlich, sieht aber erschreckend menschlich aus. Mein Dolch macht ein ekliges, schmatzendes Geräusch, als ich ihn aus der Brust ziehe. Ich spüre Tränen in meinen Augen und bin nicht sicher, ob sie echt sind oder auch nur eine Illusion.

»Das … war schrecklich!«, sage ich.

»Hat es zu wehgetan?«, fragt Ricky. »Du kannst deine Schmerzempfindlichkeit in den Einstellungen verändern.«

»Nein, das ist es nicht. Dieses … Ding … ich habe es getötet …«

»Das ist nur eine Simulation. Es ist nicht lebendig und hat keine Gefühle. Es ist wie in einem Film oder einem Theaterstück: Niemand stirbt hier wirklich. Alle tun nur so.«

»Bist du sicher?«, frage ich. »Als es mich angesehen hat, da … da habe ich mich grauenhaft gefühlt.«

»Eine Auftragsmörderin, die schon Skrupel hat, einen Goblin zu töten«, kommentiert Paula. »Das kann ja heiter werden.«

»Ich habe mir diese Gestalt nicht ausgesucht!«, gebe ich zornig zurück. »Tut mir leid, aber das ist alles neu für mich.«

»Schon okay. Du warst jedenfalls sehr geschickt.«

»Es war, als ob sich dieses Wesen plötzlich in Zeitlupe bewegt hat«, erkläre ich.

»Das ist eine der besonderen Fähigkeiten deines Charakters«, erläutert Ricky. »Du hast als Assassina sehr schnelle Reflexe. In *Crossroads* wird das dadurch dargestellt, dass sich deine Gegner langsamer bewegen. Du kannst auf diese Weise sogar fliegenden Pfeilen ausweichen.«

»Das funktioniert aber bloß mit simulierten Monstern wie diesen Goblins«, ergänzt Paula. »Wenn du auf die Figur eines anderen Spielers triffst, musst du mit deinen echten Reflexen auskommen. Und natürlich gibt es auch Monster, die genauso schnell oder noch schneller sind als du. Also sei lieber vorsichtig.«

»Das werde ich«, gebe ich zurück. Wenn es nach mir ginge, könnte ich auf solche Kämpfe in Zukunft gut verzichten.

»Warte, ich heile dich schnell«, piepst Paula.

Sie schwingt ihren Zauberstab und kleine funkelnde Sterne schießen daraus hervor und hüllen mich ein. Der Balken am unteren Rand meines Sichtfelds füllt sich langsam und verschwindet dann.

»Du solltest auch noch deine Armbrust ausprobieren«, meint Ricky. »Siehst du das Eichhörnchen dahinten am Baum? Schau mal, ob du es treffen kannst.«

Ich nehme die Armbrust vom Rücken, spanne sie, lege einen der Bolzen ein, die in kleinen Schlaufen in meinem Gurt stecken, und hebe sie an die Schulter. Als ich damit das Eichhörnchen anvisiere, wird es plötzlich größer, so als würde ich es durch eine Lupe betrachten. Ich kann seine kleinen schwarzen Augen sehen, die Krallen der Hände, mit denen es eine Nuss hält.

Das ist nur eine Simulation, sage ich mir. *Es hat keine Gefühle.* Doch ich bringe es nicht fertig, den Abzug zu betätigen. Stattdessen ziele ich etwas höher, auf einen Ast über dem Tier, an dem drei Haselnüsse hängen. Ich drücke ab, spüre einen leichten Rückstoß, als die Sehne vorschnellt und den Bolzen in die Luft katapultiert. Das Eichhörnchen springt erschrocken beiseite, als das Geschoss dicht über ihm den Ast durchtrennt und die drei Nüsse auf den Boden fallen. Dann erweitert sich mein Blickfeld wieder und es ist, als würde ich mich rasch von meinem Ziel entfernen.

»Schade, daneben«, meint Ricky. »Na ja, du kannst ja später noch üben.«

Ich sehe keinen Grund, ihn darauf hinzuweisen, dass ich das Eichhörnchen absichtlich verfehlt habe.

»Ich glaube, das genügt jetzt«, meint Paula. »Lasst uns aufbrechen.«

Wir kehren zum Weg zurück und folgen ihm. Als wir den bewaldeten Hügel umrunden, höre ich das Rauschen des Meeres. Kurz darauf erreichen wir eine schroffe, felsige Küste. Etwa hundert Meter entfernt liegt ein Segelschiff mit drei Masten vor Anker. Ein Ruderboot schaukelt am Strand im Wasser. Ein Seemann steht daneben.

»Ahoi, Seemann!«, ruft Ricky. »Was verlangst du für die Überfahrt zu den Glücklichen Inseln?«

»Pferde haben auf dem Schiff keinen Platz«, sagt der Mann unfreundlich.

»Wenn du mich noch einmal ›Pferd‹ nennst, werde ich dir zeigen, was ich mit meinem magischen Horn alles anstellen kann, Zweibeiner!«

Um seinen Worten Nachdruck zu verleihen, schießt Ricky einen gleißenden Lichtstrahl auf einen der Felsen, der daraufhin rot glüht.

»Schon gut«, sagt der Seemann. »Normalerweise macht das ein Goldstück pro Passagier. Aber du zahlst doppelt. Schließlich brauchst du doppelt so viel Platz wie ein gewöhnlicher Reisender.«

»Von mir aus«, gibt Ricky nach. »Aber dann zahlt die Elfe nichts. Die nimmt nämlich so gut wie gar keinen Platz ein.«

»Die Elfe zahlt den normalen Fährpreis und du zahlst doppelt. Ansonsten könnt ihr natürlich auch zu den Glücklichen Inseln schwimmen.«

»Du spielst ein gefährliches Spiel, Seemann.« Der Zentaur deutet auf mich. »Das da ist eine Assassina von der Dunklen Bruderschaft. Mit ihr würde ich mich lieber nicht anlegen.«

Um seinen Bluff zu unterstützen, versuche ich, grimmig dreinzuschauen, bin aber nicht sicher, ob das eine Wirkung hat.

»Ich habe keinen Ärger mit der Bruderschaft«, gibt der Seemann zurück. »Und ich bin sicher, die Bruderschaft will auch keinen Ärger mit dem Bund der Freibeuter. Wenn ich jemanden ins Jenseits schicken will, zahle ich dafür schließlich auch den vollen Preis. Also zahlt die Assassina ebenfalls, genau wie der hübsche kleine Schmetterling. Und du kostest doppelt.«

»Na schön.« Ricky holt einen kleinen Lederbeutel aus der Tasche, die um seine Brust hängt, und drückt dem Fährmann vier Goldmünzen in die Hand. Daraufhin dürfen wir ins Boot einsteigen. Als ich mit den Füßen ins Wasser trete, spüre ich die Kälte und Nässe des Meeres. Ich versuche, mir bewusst zu machen, dass ich in Wirklichkeit in einem schwarzen Plastiksarg liege und mir eine Maschine diese Welt nur vorgaukelt, doch es gelingt mir nicht. Es ist wirklich leicht, zu vergessen, dass das hier alles nicht real ist.

Der Fährmann setzt sich an die Ruder und kurz darauf gleitet das Boot in erstaunlicher Geschwindigkeit über die Wellen. Wenig später erreichen wir das große Schiff und ich klettere eine Strickleiter hinauf, während Ricky mit einem Kran an Bord gehievt wird, was ihm sichtlich unangenehm ist. Es genügt, dass ich die Leiter berühre, und mein Körper macht den Rest von selbst. In diesem Moment spüre ich deutlich, dass das nicht wirklich ich bin. Doch als ich schließlich auf dem leicht im Wellengang schwankenden Deck des Schiffes stehe, ist die Illusion wieder perfekt.

Ein Mann mit einem Holzbein und einer Augenklappe kommt auf uns zu. Er trägt einen großen Hut mit einer Feder daran und ein langer Säbel hängt von seinem Gürtel herab. Auf seiner Schulter sitzt ein Papagei.

»Das macht dann zehn Dukaten pro Person, bitte!«, krächzt der Papagei.

»Was?!«, ruft Ricky empört aus. »Wir haben doch gerade schon für die Überfahrt bezahlt!«

»Das war dafür, dass ihr zu meinem Schiff gebracht wurdet«, gibt der Papagei zurück. »Die Überfahrt zu den Inseln kostet zehn Dukaten pro Person. Zahlt oder schwimmt wieder an Land.«

»Das ist Wucher!«, regt sich Ricky auf. »Für zehn Dukaten kann ich dieses wurmstichige Wrack ja kaufen!«

»Das ist Angebot und Nachfrage«, widerspricht der Papagei. »Falls dir das was sagt, Pferdehintern. Oder siehst du hier irgendwo eine alternative Transportmöglichkeit?«

»Wenn du uns nicht gleich zu den Glücklichen Inseln schipperst, verwandle ich dich in eine Taube!«, meldet sich Paula zu Wort und schwingt drohend ihren winzigen Zauberstab.

Der Papagei krächzt erschrocken: »Das kannst du nicht! Du kannst das doch nicht wirklich, oder? Ausgerechnet eine Taube, das ist ja widerlich! Ich sollte euch alle über Bord werfen lassen!«

»Du solltest jetzt lieber die Segel setzen, wenn du nicht rausfinden willst, ob ich das wirklich kann!«, piepst Paula.

»Also schön! Fliegenden Frauen konnte ich noch nie einen Wunsch abschlagen. Ich mache euch einen Sonderpreis: acht Dukaten pro Nase.«

»Fünf«, widerspricht Paula.

Der Papagei krächzt empört. »Sieben!«

»Sechs, und ich lasse deine Federn so schön grün, wie sie sind. Das ist mein letztes Wort.«

»Na gut, na gut.«

Ricky zählt dem Mann, auf dessen Schultern der Papagei sitzt, 18 Goldstücke aus seinem Beutel in die Hand.

»Leinen los, ihr faulen Säcke!«, kreischt der Papagei daraufhin.

Die Seeleute, die bisher mehr oder weniger tatenlos an Deck herumstanden und uns anglotzten, setzen sich in Bewegung. Der Mann mit dem Vogel auf der Schulter marschiert zum Heck des Schiffes und stellt sich an das große Steuerrad. Der Wind bläht die Segel und wir nehmen Fahrt auf.

»Seid ihr sicher, dass dieser freche Vogel uns auch wirklich dorthin bringen wird, wo wir hinwollen?«, frage ich und beäuge den Papagei skeptisch.

»Keine Angst, dieses Feilschen gehört zum Spiel dazu«, erwidert Ricky.

Das Schiff pflügt durch die Wellen. Vor uns erhebt sich bald eine undurchdringliche Nebelwand. Ich verstehe nicht viel von

Seefahrt, aber zumindest in unserem Tal schließen sich Nebel und starker Wind gegenseitig aus. Dennoch segeln wir mit voller Fahrt darauf zu. Kurz darauf umhüllt uns der kühle Nebel, der so dicht ist, dass ich selbst Ricky und Paula neben mir kaum noch erkennen kann.

20. KAPITEL

Als wir die Nebelwand durchbrechen, erscheint vor uns eine Gruppe von Inseln, an deren Stränden Palmen wachsen. In der Mitte der größten ragt ein hoher Berg auf, dessen Spitze wie abgeschnitten wirkt – offenbar ein Vulkan. Die Luft fühlt sich wesentlich wärmer als zuvor an.

In der Ferne sehe ich Vögel durch die Luft segeln. Nein, das sind keine Vögel, dafür sind sie viel zu groß. Ich kneife die Augen zusammen, und plötzlich scheint die Insel näher zu kommen, so als blicke ich durch ein Fernglas. Jetzt erkenne ich, dass die Flugwesen glatte, ledrige Flügel und einen länglichen Kopf mit einem spitzen Maul haben. Solche Wesen habe ich in dem verbotenen Buch über die Evolution gesehen. Dort stand, dass sie vor langer Zeit ausgestorben sind. Offenbar sind sie in dieser Illusionswelt wieder lebendig. Kein Wunder, dass es Mirko hierhergezogen hat.

Das Schiff gleitet auf einen Hafen auf der Vulkaninsel zu. Weiße Häuser mit roten Dächern säumen die Küste. Wir legen an einem hohen Steg an, eine Leiter wird ausgelegt und wir können an Land gehen.

Am Ende des Stegs befindet sich ein kleiner Marktplatz, um den sich eine Kirche und mehrere Häuser gruppieren. Einige

Menschen tummeln sich dort, gekleidet in Trachten aus einer anderen Zeit, die meisten von ihnen mit Säbeln, Pistolen oder Flinten bewaffnet. Einige tragen Eisenrüstungen und seltsame Helme.

»Willkommen in Santa Rabella!«, ruft ein braun gebrannter Mann mit einem Holzbein. »Ihr seht aus wie unerschrockene Abenteurer. Vielleicht habt ihr Interesse an dieser Karte, die ich in einem alten Buch entdeckt habe. Darauf ist die Lage eines wertvollen Schatzes eingezeichnet. Ich bin leider selbst nicht in der Lage, ihn zu suchen, aber wenn ihr ihn für mich findet …«

»Nein, danke«, sagt Ricky. Er steuert zielstrebig auf das größte Gebäude zu. *Taberna A Las Islas Felices* steht auf einem Holzschild über dem Eingang.

Im Inneren herrscht dichtes Gedränge. Wie im Gasthaus *Zum Durstigen Oger* tummeln sich hier die unterschiedlichsten Figuren, die aus Märchen und Sagen entsprungen zu sein scheinen. Ricky schiebt sich durch das Gewühl zum Tresen.

»Was darf es denn sein?«, fragt eine attraktive Frau mit olivbrauner Haut und pechschwarzen Haaren, die ein unzüchtig tief ausgeschnittenes Kleid trägt.

»Ich suche jemanden«, sagt Ricky. »Eine Hexe. Sie soll hier in der Gegend leben.«

»Schon möglich, dass es hier Hexen gibt«, erwidert die Frau.

Ricky legt ein Goldstück auf den Tresen.

Die Frau nimmt das Gold. »Angeblich soll eine Voodoopriesterin beim Sumpf im Krater leben. Aber ich weiß nicht, ob es eine gute Idee ist, dorthin zu gehen. Es heißt, sie habe ein unangenehmes Temperament. Außerdem ist der Sumpf ziemlich gefährlich.«

»Wie heißt diese Priesterin?«, fragt Ricky nach.

Die Frau runzelt die Stirn. »Hm, neulich wusste ich es noch. Aber jetzt fällt es mir gerade nicht ein. Tja, das Gedächtnis …«

Ricky schnaubt und legt eine weitere Münze auf den Tresen.

»Ah, ich weiß es wieder!«, sagt die Frau, nachdem sie die Münze einkassiert hat. »Terra war ihr Name. Oder nein, Terria! Ist das die, die du suchst, Pferdemann?«

»Nein«, sagt Ricky.

»Tja, tut mir leid, andere Hexen gibt es hier in der Gegend nicht, soviel ich weiß.«

»Schon gut. Danke.«

Ich spüre eine Hand an meinem Arm. Als ich mich umdrehe, erblicke ich einen muskulösen Mann mit nacktem Oberkörper, der fast vollständig tätowiert ist. Er hat eine Glatze und einen goldenen Ring in seiner flachen Nase.

»He, Süße, wie wär's mit einem kleinen Abenteuer?«, fragt er. »Nur wir beide? Ich zeig dir auch meinen Schatz – und der ist riesig!« Er grölt vor Lachen.

Erschrocken starre ich den Mann an.

»Ich an deiner Stelle würde die Finger von ihr nehmen«, sagt Ricky. »Dem Letzten, der sie unerlaubt anfasste, hat sie seine Ohren in den Mund gestopft.«

»Oh ho, umso besser!«, grölt der Mann. »Ich liebe es, widerspenstige Frauen zu zähmen!«

»Du musst ihm zeigen, dass du dich von ihm nicht einschüchtern lässt«, piepst mir Paula ins Ohr. »Das ist auch ein Teil des Spiels.«

Während ich noch nach einer schlagfertigen Antwort suche, fällt mein Blick auf einen der Gasthaustische. Dort sitzt ein

Mann in schwarzer Kleidung mit einem auffälligen weißen Kragen und liest in einem Buch. Plötzlich blickt er auf und sieht mich direkt an und meine Vermutung wird zur Gewissheit: Es ist Descartes, der Philosoph aus dem *Durstigen Oger*.

Er weiß, wer ich bin, schießt es mir durch den Kopf.

»Was ist jetzt, Süße?«, fragt der Tätowierte. »Ich hab nicht den ganzen Tag Zeit!«

»Ich hab gesagt, du sollst sie loslassen!«, warnt Ricky.

»Wer hat dich denn gefragt, Gaul?«

Der Zentaur dreht sich um, als wäre er beleidigt. Dann schlägt er plötzlich mit den Hinterhufen aus, die den Tätowierten an der Brust treffen und ihn quer durch die Kneipe schleudern, bis er rückwärts auf einem der Tische landet. Becher mit Rum fliegen durch die Luft und die drei bizarren Gestalten, die dort saßen – ein bekleidetes Krokodil, ein halb transparenter Geist und ein dicker, bärtiger Mann von der Größe eines Kindes in Eisenrüstung – springen wütend auf.

»Raus hier!«, ruft Ricky, während rings um uns eine Schlägerei ausbricht, bei der anscheinend wahllos jeder auf jeden losgeht.

Ich ducke mich unter einem durch die Luft fliegenden Stuhl hindurch und folge Ricky, der jeden in seinem Weg einfach mit seiner Körperkraft beiseiteschiebt, zum Ausgang.

Als wir an dem Tisch vorbeikommen, an dem der Philosoph gesessen hat, ist dieser auf einmal leer. Ich blicke mich um, kann ihn jedoch zwischen den Kämpfenden nirgends entdecken. Auch draußen auf dem Marktplatz ist er nicht.

»Immer musst du Ärger machen«, beschwert sich Paula bei Ricky, als wir aus der Kneipe treten. Aber es klingt für mich, als wolle sie ihn bloß necken.

»Habt ihr den Mann auch gesehen?«, frage ich.

»Welchen Mann?«, will Ricky wissen.

»Den Philosophen, den wir im *Durstigen Oger* getroffen haben. Er saß an einem der Tische.«

»Bist du sicher?« In seiner Stimme liegt Skepsis. »Es ist bestimmt ziemlich verwirrend für dich, all diese merkwürdigen Figuren. Da kann man schon mal jemanden verwechseln.«

»Er war es.«

»Seltsam«, meint Paula. »Es könnte Zufall gewesen sein, schließlich ist dies einer von nur zwölf Orten, an denen man zwangsläufig landet, wenn man den *Durstigen Oger* verlässt, und noch dazu einer der beliebtesten. Aber wir sollten vorsichtig sein. Auf jeden Fall können wir von Glück sagen, dass die Schlägerei ausgebrochen ist. So können wir von hier verschwinden, während er da drin noch beschäftigt ist.«

Ich bin da nicht so sicher, spare es mir aber, sie darauf hinzuweisen.

»Wohin jetzt?«, frage ich stattdessen.

»Da lang«, sagt Ricky und galoppiert eine Straße entlang, die ins Landesinnere führt.

Ich renne ihm nach und stelle fest, dass ich genauso schnell laufen kann wie er, ohne dass es mich sonderlich anstrengt. In einer Illusion zu leben hat so seine Vorteile. Nur die Elfe scheint Schwierigkeiten zu haben, mit ihren kleinen Insektenflügeln hinter uns herzukommen. Ich ergreife sie und halte sie vorsichtig an meiner Brust, während ich dem Zentauren folge.

Der Weg führt durch enge Gassen voller schäbiger Häuser, dann zwischen gelben Feldern hindurch und schließlich in einen dichten Dschungel. Die Stimmen exotischer Vögel erklingen um uns herum, hin und wieder durchbrochen von unheimlichem Gebrüll, dessen Urhebern ich lieber nicht begegnen möchte.

Während ich die unsichtbare, aber deutlich hörbare Vielfalt des Lebens bestaune, frage ich mich, ob dort im Gebüsch wirklich bunte Vögel, Affen, Insekten und Reptilien hausen und ob sie auch dann existieren, wenn kein menschlicher Spieler diese Gegend durchquert – falls man bei solchen Illusionen überhaupt von »Existenz« sprechen kann.

Der Weg steigt an und der Wald lichtet sich, bis er schließlich Felsen und niedrigen Büschen Platz macht. Der Pfad windet sich in Serpentinen nach oben, während wir den Hang des Vulkans in der Mitte der Insel erklettern, den ich von See aus gesehen habe. Tief unter uns ist die Stadt Santa Rabella zu erkennen, aus dieser Perspektive nur ein schmutziger grauer Fleck zwischen dem makellosen Grün des Dschungels und dem Türkisblau des Meeres.

Der Hang wird allmählich so steil, dass sich kaum noch Pflanzen daran halten können. Ich höre einen schrillen Schrei und blicke nach oben. Über uns schwebt ein riesiges Wesen mit ledrigen Flügeln, die eine Spannweite von mindestens zehn Metern haben müssen.

»Ein Pteranodon«, erklärt Ricky. »Keine Angst, die sind harmlos.«

Wie um ihn Lügen zu strafen, kreischt das Wesen und reißt dabei sein langes, zähnestarrendes Maul auf. Doch es greift uns nicht an, sondern dreht in einer eleganten Kurve ab und verschwindet hinter dem Berghang.

Nach einigen Dutzend Metern erreichen wir eine Spalte in den Felsen, die so eng ist, dass der Zentaur kaum hindurchpasst. Ein paar Schritte weiter öffnet sie sich in einen großen, von steilen Felswänden umgebenen Talkessel. Staunend betrachte ich das Panorama.

In der Mitte des tiefen Tals, im Inneren des Vulkankegels, liegt ein fast kreisrunder See, der halb von Nebelschwaden verborgen ist. Aus dem Nebel ragen einzelne Baumwipfel heraus und hin und wieder ein gewaltiger Hals mit einem vergleichsweise winzigen Kopf. Eines dieser riesigen Wesen steht halb im Wasser an einer Stelle, an der der Nebel aufgerissen ist, sodass man seinen gigantischen, feucht glänzenden Leib sehen kann. Über ihm kreist ein ganzer Schwarm der Flugechsen.

»Wir sollten vorsichtig sein«, mahnt Ricky. »Die Flugsaurier sind harmlos, aber die Fleischfresser am Boden sind es nicht.«

»Was passiert mit mir, wenn ich von einem dieser Ungeheuer getötet werde?«, frage ich, während ich mich besorgt umsehe.

»Dann respawnst du am letzten Savepoint«, sagt Ricky. »Das bedeutet in unserem Fall, du befindest dich wieder auf dem Marktplatz in Santa Rabella, und alles, was du bei dir hattest, bis auf deine Kleidung, deine Waffen und dein Gold, liegt an dem Ort, an dem du gestorben bist.«

»Tut das weh?«

»Nicht viel mehr als der Treffer, den du vorhin von dem Goblin eingesteckt hast.«

»Lasst uns trotzdem vorsichtig sein«, sagt Paula. »Jeder Tod kostet uns Zeit und die Wahrscheinlichkeit steigt, dass …«

Sie muss den Satz nicht vollenden. Mir ist auch so klar, was sie meint: Es wird von Stunde zu Stunde wahrscheinlicher, dass Hypnos herausfindet, wer wir wirklich sind. Falls er das nicht schon längst weiß.

»Irgendwo da unten muss Terrias Hütte sein«, vermutet Ricky. »Wahrscheinlich dort, wo der Nebel am dichtesten ist.«

»Und die Monster am zahlreichsten«, ergänzt Paula.

Ein lauter Ton wie von einem Horn dringt aus dem Tal herauf und wird sofort von anderen ähnlichen Lauten beantwortet. Die langhalsigen Ungeheuer geraten plötzlich in Bewegung und gleiten durch den Nebel wie Unterseeboote, von denen nur ein Periskop aus dem Wasser ragt. Auf einmal sehe ich hinter einem der Langhälse vier längliche Schatten, die durch den Nebel jagen wie Fische dicht unter der Wasseroberfläche. Sie sind schneller als das Ungeheuer, das vor ihnen flieht, obwohl es um ein Vielfaches größer sein muss. Als sie ihr Ziel erreichen, stößt der Langhals einen schauderhaften Schrei aus, dann verschwindet sein Hals im Nebel. Kurz darauf kehrt wieder Stille ein.

»Raptoren«, erklärt Ricky. »Üble Gegner. Sie jagen im Rudel, sind extrem schnell und sehr intelligent.«

»Lasst uns weitergehen«, schlägt Paula vor. »Danke fürs Tragen, Isophena, aber du kannst mich jetzt loslassen.«

»Am besten, du fliegst ein bisschen voraus und erkundest den Weg«, meint Ricky. »So kannst du uns warnen, wenn Gefahr droht.«

»Du meinst, wenn ich gefressen werde, wisst ihr, dass Gefahr droht«, erwidert Paula.

»Du kannst doch fliegen und bist ohnehin viel zu klein, um für Raptoren eine attraktive Beute zu sein.«

»Für Raptoren vielleicht«, entgegnet Paula, doch sie fliegt voraus.

Langsam steigen wir den Pfad hinab. Die Vegetation hier im Kessel ist viel dichter als außerhalb und mir kommt es vor, als sei es auch wärmer. Bald kämpfen wir uns durch einen dichten Dschungel und von dem Pfad ist kaum noch etwas zu erkennen.

Plötzlich kommt die Elfe angeflogen, dicht gefolgt von einer riesigen Libelle mit Flügeln so lang wie meine Arme.

»Hilfe!«, piepst Paula.

Ich nehme meine Armbrust in die Hand. Wie von selbst legen meine Arme einen Bolzen ein und betätigen den Spannhebel. Mein Blickfeld verengt sich und die Libelle scheint näher zu rücken, sodass ich keine Schwierigkeiten habe, das Zentrum ihres Körpers direkt unterhalb der Flügel anzuvisieren. Ich lasse los und der Bolzen durchbohrt das Tier, das trudelnd abstürzt.

»Danke!«, piepst Paula.

»Sieh mal an, du kannst ja doch mit der Armbrust umgehen!«, stellt Ricky fest.

Wir setzen den Weg fort, wobei Paula diesmal in unserer Nähe bleibt. Ich halte die Armbrust schussbereit in den Händen. Der Dschungel lichtet sich allmählich, während der Boden weicher und feuchter wird. Immer öfter müssen wir Pfützen umrunden. Die Luft wird dunstig und bald können wir kaum noch zehn Schritte weit sehen.

Auf einmal bleibt Ricky stehen und hebt die Hand zum Zeichen, dass wir ebenfalls anhalten sollen. Ein paar Meter weiter vorn ragt ein dicker Baumstamm aus dem Sumpf auf. Die Krone verliert sich im dichten Nebel. Ich kann keinen Grund erkennen, warum wir anhalten, bis sich der vermeintliche Baum plötzlich aus dem Sumpf erhebt und ein paar Meter weiter vorn wieder absenkt, als würde er sich an einer neuen Stelle einpflanzen. Schattenhaft erkenne ich über mir den riesigen Körper des

Untiers, das gemächlich vor uns durch den Sumpf stampft. Aus der Nähe betrachtet wirkt es noch viel größer als vom Kraterrand aus gesehen. Die Monster, die es gewagt haben, eines dieser Wesen anzugreifen, müssen wirklich schrecklich sein.

Es dauert eine Weile, bis der Gigant vorübergezogen ist und wir unseren Weg fortsetzen können. Allein der Schwanz des Tieres scheint mindestens zehn Meter lang zu sein. Er hinterlässt eine tiefe Furche im Schlamm, die sich allmählich mit Wasser füllt.

Das Vorankommen wird immer beschwerlicher. Zwar spüre ich keine körperliche Anstrengung, aber meine Bewegungen verlangsamen sich und jeder Schritt wird von einem schmatzenden Geräusch begleitet, wenn ich meinen Stiefel aus dem Schlamm ziehe.

»Wenn das so weitergeht, wird es Tage dauern, bis wir die Hexe finden«, beschwert sich Paula.

»Hast du nicht vielleicht einen Zauber auf Lager, mit dem du unser Ziel lokalisieren kannst?«, fragt Ricky.

»Meinst du, ich hätte ihn dann nicht schon längst eingesetzt?«

»Schon gut, war nur eine Idee. Ich dachte …« Er stockt, sieht sich plötzlich um. »Habt ihr das gehört?«

»Was?«, fragen Paula und ich gleichzeitig.

»Da war so ein leises Platschen …«

Weiter kommt er nicht, denn in diesem Moment taucht vor uns eine Gestalt aus dem Nebel auf. Sie ist mehr als mannshoch und hat einen schrecklichen, reptilienartigen Kopf mit einem riesigen Maul voller dolchartiger Zähne. Ihre kurzen Arme enden in dreifingrigen Händen, deren Daumen lange, sichelförmig gebogene Krallen haben.

»Raptoren!«, schreit Ricky. »Achtet auf die Flanken! Sie greifen meistens von allen Seiten an!«

Ich drehe mich um. Tatsächlich sehe ich eine Bewegung im Nebel und plötzlich jagt eine der Bestien auf mich zu. Ohne nachzudenken, hebe ich die Armbrust. Ich richte sie zuerst auf die Brust, doch ich bezweifle, dass mein Bolzen die krokodilartige Haut und Brustmuskulatur des Wesens durchdringen kann. Also ziele ich auf die einzige wirklich verwundbare Stelle – das Auge.

Wie zuvor verengt sich mein Blick und das gelbe Auge mit der schlitzartigen Pupille springt mir entgegen. Ich betätige den Abzug, doch das Monster reagiert blitzschnell und dreht den Kopf zur Seite, sodass der Bolzen es verfehlt und im Nebel verschwindet.

Verzweifelt lege ich einen neuen Bolzen ein und versuche, die Armbrust erneut zu spannen, wissend, dass mir nicht genug Zeit bleibt. Mein Herz pocht heftig und ich spüre Angstschweiß auf meiner Stirn. Es ist nur eine Illusion, rede ich mir ein, doch meine Instinkte sind anderer Meinung.

Das Ungeheuer reißt sein Maul auf und rennt mit vorgestreckten Armen auf mich zu. Ich lasse die Waffe fallen und ziehe meine beiden Dolche, obwohl ich mir im Nahkampf mit der Bestie wenig Chancen ausrechne.

Mit einem Satz seiner gewaltigen Hinterbeine springt mich das Monster an. Dann passiert etwas Erstaunliches: Ohne dass ich weiß, wie mir geschieht, macht mein Körper eine elegante Rolle vorwärts, sodass ich unter dem Bauch des Wesens hindurchtauche. Gleichzeitig strecken sich meine Arme wie von selbst aus und schlitzen mit den Dolchen den Bauch des Monsters auf. Es stößt einen schrecklichen Schrei aus und fällt hinter mir zuckend in den Sumpf, während ich mich triefend nass, aber unversehrt aus dem Wasser erhebe.

Als ich mich umdrehe, sehe ich, dass auch die anderen beiden Echsen, die uns angegriffen haben, unschädlich gemacht wurden. Eine hat einen schwarzen Krater in der Brust, wo sie der Feuerstrahl aus Rickys Horn getroffen haben muss, während die andere durch Paulas Zauberstab zu einer reglosen Statue erstarrt ist. Doch Ricky sieht übel zugerichtet aus, eine Flanke seines Pferdekörpers ist blutüberströmt und ein tiefer Schnitt zieht sich daran entlang.

»Bist du verletzt?«, fragt mich Paula.

Zu erschüttert, um zu sprechen, schüttele ich nur den Kopf. Daraufhin wendet sie sich Ricky zu, schwingt ihren Zauberstab und hüllt ihn in eine Wolke goldenen Glühens. Nachdem das Licht verschwunden ist, sieht der Zentaurenkörper wieder so aus wie zuvor. Nicht die kleinste Narbe ist zu erkennen. Magie kann echt praktisch sein.

Wir marschieren weiter durch den Nebel, aufmerksam auf jedes Geräusch achtend. Plötzlich ertönt ein Glockenton. Ich zucke zusammen und sehe mich um, als eine Stimme in meinem Kopf sagt: »Noch zehn Minuten bis zum Auto-Wakeup.«

Bin ich wirklich schon vier Stunden in dieser Zauberwelt? Es kommt mir viel kürzer vor.

»Habt ihr das auch gehört?«, frage ich.

»Was?«, will Ricky wissen.

»Da war ein Glockenton. Eine Stimme hat gesagt, dass es noch zehn Minuten bis zum Auto-Wakeup sind.«

»Ach richtig. Mist.«

»Was passiert, wenn ich den Simpod verlasse? Ich meine, was passiert mit … mit dieser Figur hier?«

»Sie bleibt hier und wird zu einer Art Geist. Für normale Spieler und NPCs – die Monster zum Beispiel – ist sie unsichtbar, aber mit bestimmten Zaubern kann man sie sehen. Das gibt anderen Spielern die Möglichkeit, hier zu lauern und dich zu überfallen, sobald du wieder in die Sim kommst. Das ist zwar verpönt, wird aber leider häufig gemacht.«

»Griefer? Hier? Glaub ich nicht«, widerspricht Paula.

»Trotzdem, jetzt ist wirklich kein guter Zeitpunkt, um die Suche abzubrechen«, meint Ricky.

»Ri… ich meine, Bribb!«, ruft Paula aus und ihre piepsige Stimme klingt empört. »Isophena ist ein Newbie und dies ist ihr erstes Mal. Vier Stunden ist das Äußerste, das wir ihr zumuten sollten!«

»Ich meine ja bloß, wir sind vielleicht kurz davor, unser Ziel zu erreichen, und …«

»Du bist ein egoistischer Idiot!«

»Bin ich nicht. Schließlich ist es ihre Suche, nicht meine!«

»Ach ja? Und du hast nicht zufällig eigene Interessen?«

»Ich glaube, ich kann das selber entscheiden«, mische ich mich ein. »Die Zeit in dieser Welt vergeht wirklich schnell, aber ich habe mich gerade erst ein wenig daran gewöhnt. Lass uns noch eine Stunde weitermachen. Wenn wir bis dahin diese Hexe nicht gefunden haben, legen wir erst mal eine Pause ein.«

»Na gut«, stimmt Paula widerstrebend zu. Auch Ricky ist einverstanden.

Ich spreche die Zauberworte aus, die ich mir gemerkt habe: »*Crossroads*: Einstellungen.« Das Buch und die Feder erscheinen in meinen Händen. Ich berühre mit dem Federkiel die Zahlen hinter dem Wort Auto-Wakeup: 00:07:35. Die Zahl hört auf, sich zu verändern. Ich schreibe 01:00:00 in das Buch und klappe es zu.

»Wow«, sagt Ricky. »Du hast wirklich schnell begriffen, wie das funktioniert.«

»In der Tat«, stimmt Paula zu. »Respekt!«

Ich freue mich über das Lob, doch wir haben keine Zeit zu verlieren. »Lasst uns weitersuchen!«

Wir setzen unseren beschwerlichen Weg durch den Sumpf fort. Ein paarmal hören wir in der Nähe die Rufe von Ungeheuern. Dann kriecht jedes Mal eine Gänsehaut über meinen Körper, von der ich ziemlich sicher bin, dass sie echt ist. Wir verharren eine Weile ganz still, bis wir sicher sind, dass keine Monster in unmittelbarer Nähe sind, bevor wir weitermarschieren. Auf diese Weise umrunden wir allmählich den Kratersee, ohne auch nur die geringste Spur einer menschlichen Behausung zu finden. Hin und wieder sehe ich in meinem Zauberbuch nach, wie viel Zeit uns noch bleibt.

Als weniger als eine Viertelstunde übrig ist und ich schon darüber nachdenke, die Frist noch einmal um eine Stunde zu verlängern, obwohl ich allmählich Kopfschmerzen bekomme, höre ich das Platschen von Schritten. Ein Schatten erscheint im Nebel und unvermittelt steht ein gewaltiges Monster vor uns. Es ähnelt den Raptoren, ist jedoch viel größer. Allein sein zähnestarrendes Maul ist so lang wie mein Arm.

»Oh verdammt, ein T-Rex!«, ruft Ricky und auch Paula stößt ein erschrockenes Piepsen aus.

Ich lege die Armbrust an, obwohl ich sicher bin, dass sie gegen dieses riesige Ungeheuer nicht viel mehr ausrichten wird als ein Mückenstich. Doch dann sehe ich, dass auf dem Rücken des Untiers ein Sattel befestigt ist. Eine schöne Frau mit langem schwarzen Haar und unzüchtig knapper Bekleidung sitzt darauf, einen edelsteinverzierten Stab in der Hand.

Das Monster steht still und stößt nur ein tiefes, kollerndes Knurren aus.

»Wer wagt es, den Frieden dieses Ortes zu stören?«, erklingt die schrille Stimme der Reiterin.

»Ich bin Bribb, der Zentaur, und das sind Calibra und Isophena. Gehe ich recht in der Annahme, dass wir in Gegenwart der mächtigen Terria sind?«

»Wenn ihr wisst, wer ich bin, dann wisst ihr vermutlich auch, dass ich Besuch nicht sonderlich schätze«, gibt die Frau zurück.

Hexen habe ich mir immer ganz anders vorgestellt – hässlich und bösartig, nicht stolz und schön wie die Frau auf dem Rücken der Riesenechse. Ein Anflug von Neid befällt mich bei ihrem Anblick. Dann erst wird mir bewusst, dass die Schönheit der Frau nur eine Illusion ist, so wie alles hier.

»Wir suchen Merkan, den Verlorenen«, sagt Ricky. »Hast du ihn gesehen?«

»Ich kenne keinen Merkan«, behauptet die Hexe. »Und hier in meinem Reich ist niemand außer mir. Ihr seid auf der falschen Spur.« Damit wendet sie ihr riesiges Raubtier und verschwindet im Nebel.

Einen Moment lang weiß niemand so recht, wie er darauf reagieren soll.

»Lasst uns rausgehen«, schlägt Paula vor. »Die Zeit ist ohnehin gleich um.«

»Einverstanden«, stimmt Ricky zu.

»*Crossroads*: Exit«, sage ich.

Vor mir im Nebel erscheint eine Tür. Als ich sie öffne, scheint mir ein gleißend helles Licht entgegen. Ich zögere einen Moment, dann trete ich hindurch.

21. KAPITEL

Das Licht umhüllt mich, warm und schön. Allmählich verblasst es und wird zu einem sanften gelblichen Glühen. Ich erkenne, dass ich auf dem Rücken liege. Das Glühen geht von einer Lichtleiste aus, die um mich herum verläuft und das Innere der engen Kapsel beleuchtet, in der ich eingesperrt bin. Über mir sehe ich den roten Knopf mit der Aufschrift »Emergency Exit«. Während ich noch überlege, ob ich ihn drücken soll, erscheint links von mir ein heller Spalt, der allmählich größer wird. Hatte der Captain nicht etwas von Schläuchen gesagt, die in meinen Körper eingeführt werden? Ich sehe und spüre keine, aber vielleicht wurden sie bereits wieder entfernt.

Der Deckel klappt langsam auf. Ich blicke in das Gesicht des Captains, der neben meinem Simpod in seinem Rollstuhl sitzt.

»Na, wie war dein erster Trip?«, fragt er.

Ein seltsames Gefühl befällt mich. Es ist, als erwache ich aus einem tiefen Traum. Aber gleichzeitig habe ich den Eindruck, dass die Welt, die ich gerade verlassen habe, die Realität war, während diese graue Halle nur eine Illusion ist. Ich fühle mich bleischwer und meine Gliedmaßen gehorchen nur widerstrebend den Befehlen meines Gehirns. Mit aller Kraft richte ich mich auf dem weichen Material auf. Ein Stöhnen entfährt mir.

»Keine Angst, es ist normal, wenn du dich ein bisschen seltsam fühlst«, sagt der Captain. »Das lässt bald nach.«

Ich ziehe die Maske über den Kopf, sodass sie an meinem Rücken herabhängt wie eine Kapuze.

»Es … es ist wirklich … erstaunlich«, bringe ich heraus. »Es war, als wäre ich wirklich in dieser anderen Welt gewesen.«

»Habt ihr deinen Freund gefunden?«

Ich schüttele den Kopf. »Noch nicht.«

Paula und Ricky sind inzwischen aus ihren Simpods geklettert. Sie ziehen ihre Masken ab und strecken ihre Glieder, als hätten sie lange geschlafen.

»Danke, Captain«, sagt Ricky. »Aber ich fürchte, wir müssen deine Gastfreundschaft noch länger in Anspruch nehmen. Wir sind noch nicht am Ziel.«

Der Captain nickt. »Hab ich mir schon gedacht. Habt ihr in der Sim etwas gegessen?«

»Nein.«

»Dann mach ich uns mal was.«

Er rollt in einen Nebenraum der Halle, in dem eine Küche untergebracht ist. Dort holt er einen Topf aus einem Schrank und beginnt, Zutaten zu schneiden und hineinzuwerfen. Der Herd wird nicht mit Holz oder Kohle angeheizt wie der meiner Mutter; stattdessen entzündet der Captain mit einem Knopfdruck einen Kreis aus kleinen blauen Flammen. Ansonsten jedoch kocht er fast auf dieselbe Weise, wie ich es von zu Hause gewohnt bin. Ricky und Paula beobachten ihn fasziniert, so als sei das, was er dort macht, für sie genauso fremdartig und erstaunlich wie alles andere in dieser Welt für mich.

Nach kurzer Zeit breiten sich angenehme Düfte in der Küche

aus und schließlich stellt der Captain geschnetzeltes Rindfleisch mit Kartoffelrösti und frischem Salat auf den Tisch.

»Den Salat und die Zwiebeln habe ich selbst gezogen«, erklärt er.

»Du lebst wirklich in der Vergangenheit, Captain«, meint Ricky.

»Man kann sagen, was man will, aber das hier schmeckt besser als alles, was aus dem Thermoboy kommt«, stellt Paula fest.

Der Captain rollt mit den Augen. »Na, das ist ja wirklich ein großes Kompliment!«

»Das schmeckt wirklich sehr gut«, stimme ich zu. »Obwohl meine Mutter immer noch etwas Salbei zum Geschnetzelten dazugibt.«

Der Captain sieht mich erfreut an. »Du kannst kochen?«

»Nicht sehr gut. Meine Mutter kann es viel besser.«

»Ich glaube, ich ziehe zu euch ins Stillachtal«, sagt er und grinst. »Da weiß man meine Fähigkeiten wenigstens zu schätzen.«

Meine Miene verdüstert sich. »Ich fürchte, die Gotteswächter lassen niemanden herein. Sie glauben, dass alle Menschen außerhalb des Tals verloren sind. Auch ich kann nie mehr dorthin zurückkehren.«

Der Captain nickt. »Vielleicht haben sie damit gar nicht mal so unrecht.«

Nach dem Essen setzen wir uns auf ein paar alte fleckige Sessel. Der Captain stellt Tassen mit einem aromatisch duftenden schwarzen Getränk vor uns. Ich probiere einen Schluck, doch das heiße Gebräu ist mir viel zu bitter. Etwas enttäuscht schenkt er mir ein Glas Limonade ein. Dann erzählen wir ihm, was wir in der Sim erlebt haben.

Als ich von dem Mann in der schwarzen Kleidung im Gasthaus erzähle, runzelt der Captain die Stirn.

»Das gefällt mir nicht«, kommentiert er.

»Es könnte doch einfach Zufall gewesen sein«, meint Paula.

»Ich glaube nicht an Zufälle«, widerspricht der Captain. »Schon gar nicht in einer Sim.«

»Aber wer sollte dahinterstecken?«, fragt Ricky. »Megaira?«

»Unwahrscheinlich. Wenn Megaira dich beobachtet, merkst du es nicht. Für mich klingt es, als habe sich diese Gestalt absichtlich gezeigt. Sie will euch irgendetwas mitteilen.«

»Der Mann hat sich Descartes genannt und gesagt, er sei Philosoph«, bemerke ich. »Soweit ich weiß, hat der echte René Descartes die Existenz Gottes bewiesen.«

»Ich will dir nicht zu nahe treten, Sophia«, erwidert der Captain. »Aber der angebliche Gottesbeweis war nicht gerade Descartes' größte Leistung und hält einer kritischen Betrachtung nicht stand, jedenfalls nicht mit unserem heutigen Wissen über die Naturwissenschaften. Doch er hat etwas anderes gesagt, was heute mehr denn je das Denken unserer Philosophen beeinflusst: *Cogito, ergo sum* – ich denke, also bin ich. Damit wollte er ausdrücken, dass wir nichts sicher wissen können, außer, dass wir existieren.«

»Nicht einmal, dass es Gott gibt?«, frage ich.

»Nicht einmal das.«

Ich denke darüber nach und mir wird bewusst, dass es stimmt: Es gibt keinen Beweis für die Existenz Gottes. Aber das heißt noch lange nicht, dass er nicht doch unser Schöpfer ist.

»Wenn wir sicher wüssten, dass Gott existiert, dann könnten wir nicht mehr an ihn glauben«, folgere ich.

»Das ist wohl wahr. Es gibt heute allerdings nicht mehr sehr viele Menschen, die an Gott glauben. Vielleicht liegt das daran, dass die Titanen real sind und dass sie fast alle Eigenschaften haben, die man früher Göttern zugesprochen hat.«

»Was ich bisher über die Titanen erfahren habe, passt eher zu Satan als zu Gott«, widerspreche ich.

Der Captain lächelt schief. »Auch wieder wahr.«

Er rollt zu seinem Schreibtisch. Dort tippt er eine Weile auf der Tastatur herum. Dann greift er nach einer schwarzen Brille, setzt sie auf und beginnt, in der Luft herumzufuchteln. Wir beobachten ihn eine Weile schweigend, bis er schließlich die Brille wieder absetzt und mir hinhält.

»Das ist er, oder?«

»Das ist wer?«, frage ich.

»Die seltsame Figur, die ihr gesehen habt. Descartes.«

Als ich die Brille aufsetze, befinde ich mich wieder in dem Wirtshaus in Santa Rabella, doch die Zeit scheint angehalten zu sein, denn keine der Gestalten bewegt sich. Der kräftige Mann mit den Tätowierungen steht dümmlich grinsend vor mir. Hinter ihm, an einem der Tische, sitzt der Mann mit dem schwarzen Anzug und sieht mir genau in die Augen.

Ich nehme die Brille ab. »Du … du kannst meine Erinnerungen lesen?«, frage ich erschrocken.

Er lächelt. »Nein, keine Sorge, ich kann nicht in deinen Kopf gucken. Aber dein Simpod zeichnet alles auf, was du erlebst.«

Irgendwie ist das nicht sehr beruhigend.

»Ja, das ist er«, sage ich. »Kannst du herausfinden, wer er ist?«

»Nein. Aber ich weiß immerhin, was er nicht ist. Und das ist wirklich seltsam. Er ist kein NPC und auch kein menschlicher

Spieler. Jedenfalls keiner, der sich auf reguläre Weise ins Spiel eingeloggt hat.«

»Was war noch mal ein NPC?« Mir schwirrt der Kopf von all den neuen Begriffen.

»Entschuldige. Das bedeutet *Non-Player Character*, also Nichtspielerfigur. Die meisten Wesen, die dir in einer Sim begegnen, die Monster zum Beispiel, aber auch die meisten Menschen, gibt es nur dort. Sie sind bloß Simulationen, genauso wenig echt wie alles andere, was du dort siehst, und werden von Hypnos gesteuert. Eine kleine Minderheit der Figuren wird dagegen von Menschen kontrolliert, so wie deine eigene Assassina oder Rickys Zentaur.«

»Und dieser Descartes ist keines von beiden?«

»Descartes ist eine Spielerfigur. Er wird von jemandem außerhalb der Sim gesteuert. Aber ich habe nichts darüber herausgefunden, wer sich dahinter verbirgt. Und das ist ungewöhnlich.«

»Aber wir sind doch auch inkognito in dieser Sim«, wirft Paula ein.

»Ihr habt falsche Spieleridentitäten«, erklärt der Captain. »Jemand, der sich wie ich in die Login-Protokolle hackt, sieht eine lange Historie von Ausflügen in verschiedene Sims. Wenn er richtig gut ist, kriegt er die Adressen der Leute heraus, die eure Figuren ursprünglich mal angelegt haben. Er würde jedoch nicht merken, dass die Figuren von jemand anderem übernommen worden sind.«

»Du meinst, ein Mensch würde das nicht merken«, erwidert Paula.

»Du hast recht, einer der Titanen könnte zum Beispiel an der

Art, wie du deine Elfe bewegst, erkennen, dass du nicht der ursprüngliche Spieler dieser Figur bist.«

»Das heißt, dieser … Hypnos weiß, wer wir in Wirklichkeit sind?«, frage ich.

»Nein, das heißt es nicht. Er weiß, dass eure Figuren ihre Besitzer gewechselt haben. Aber das ist nicht weiter ungewöhnlich. Zwar ist es offiziell verboten, eine Figur von einem anderen Spieler zu übernehmen, aber es gibt einen florierenden Schwarzmarkt für Sim-Charaktere. Viele Menschen verdienen Punkte damit, Figuren hochzuleveln, das bedeutet, sie stärker zu machen. Hypnos hat aber keinen Zugriff auf die realen Daten der Spieler, dafür sorgt schon Megaira. Die beiden mögen sich nicht besonders.«

»Soweit wir wissen«, kommentiert Paula.

»Du hast recht«, stimmt der Captain zu. »Was wirklich hinter den Kulissen läuft, davon haben wir keine Ahnung. Jedenfalls hat derjenige, der diesen Descartes steuert, keinerlei Spielerhistorie, keine Adresse, nichts.«

»Ein Hacker?«, vermutet Paula.

»Möglich. Aber warum zeigt er sich so offen? Warum übernimmt er nicht einfach einen Account eines anderen Spielers?«

»Also ein Titan?«

»Ebenfalls möglich. Aber auch das ergibt keinen Sinn. Welcher sollte es sein? Megaira würde es kaum so offensichtlich machen und die anderen haben schlicht kein Interesse daran, in Hypnos' Sims herumzulaufen.«

»Hypnos selbst vielleicht?«

»Wenn der sich einmischt, dann macht er es über einen seiner NPCs. Er ist in *Crossroads* im wahrsten Sinn des Wortes allmächtig. Warum also die Gestalt einer solchen Figur annehmen?«

»Gott hat in Jesus Christus die Gestalt eines Menschen angenommen«, werfe ich ein.

Die drei sehen mich merkwürdig an.

»Vielleicht hat sie da einen Punkt«, meint Paula. »Womöglich ist dieser Descartes so etwas wie Hypnos' menschlicher Sohn.«

»Kann ich mir nicht vorstellen«, widerspricht der Captain. »Aber wie auch immer, ihr solltet vorsichtig sein. Es sieht so aus, als wüsste dieser Descartes genau, wer ihr seid und was ihr vorhabt.«

»Warum glaubst du das?«

»Wenn es eine gewöhnliche Spielerfigur wäre, hätte es vielleicht Zufall sein können, dass ihr ihn trotz eurer neuen Identitäten wiedergetroffen habt. Aber so, wie die Sache liegt, hat er euch verfolgt. Außerdem kannte er Sophias Klarnamen. Dieser Descartes will euch zeigen, dass er euch beobachtet.«

»Klingt für mich irgendwie doch nach Megaira«, meint Paula.

Der Captain zuckt mit den Schultern. »Schon möglich. Ich hätte nicht gedacht, dass das ihr Stil ist. Aber wer weiß schon, was im neuronalen Netz eines Titanen vorgeht?«

»Lasst uns wieder reingehen«, schlägt Ricky vor.

»Das ist jetzt nicht dein Ernst!«, regt sich Paula auf.

»Wieso denn nicht?«

»Weil Sophia …«

»Hört auf, schon wieder zu streiten«, gehe ich dazwischen. »Und bitte redet nicht über mich, als wäre ich ein kleines Kind!«

»Entschuldige«, sagt Paula. »Aber ich finde, wir sollten es etwas langsamer angehen lassen. Wenn es wirklich ein Titan ist, der weiß, wer wir sind, und er verhindern will, dass wir Mirko finden, dann haben wir vermutlich ohnehin keine Chance.«

»Mir geht es gut«, behaupte ich, obwohl ich immer noch leichte Kopfschmerzen habe und mich die Vorstellung, in die brutale Traumwelt zurückzukehren, ein wenig ängstigt. »Ich werde jedenfalls nicht aufgeben, Mirko zu suchen. Ich verstehe immer noch nicht viel von dem, was hier passiert. Aber mein Gefühl sagt mir, dass uns vielleicht nicht mehr viel Zeit bleibt.«

»Da könntest du recht haben«, stimmt Ricky zu.

»Na gut, wenn du willst«, gibt Paula nach. »Aber wir sollten uns vor diesem Descartes in Acht nehmen.«

Ich ziehe die Maske über meinen Kopf und lege mich in meinen Simpod. Der Deckel schließt sich langsam und wieder habe ich das Gefühl, einzuschlafen und in einem Traum aufzuwachen.

22. KAPITEL

Der Nebel fühlt sich kühl an und verursacht eine Gänsehaut auf meinem ganzen Körper, während ich mich in der imaginären und doch so real wirkenden Welt umsehe. Ricky, der himmelblaue Einhorn-Zentaur, steht reglos da und starrt in den Dunst. Paula, die Elfe, schwebt mit einem leisen Surren auf der Stelle. Ansonsten ist es still im Sumpf um uns herum. Zu still vielleicht.

Ich spüre sengende Hitze an meinem rechten Arm und sehe zu meinem Entsetzen einen Pfeil daraus hervorragen. Blut quillt aus der Wunde und rinnt an meinem Arm herab.

»Griefer!«, schreit Ricky.

Ein greller Lichtstrahl schießt aus seinem Horn hervor in den Nebel. Ob er jemanden getroffen hat, kann ich nicht erkennen.

Ich will meine Armbrust von der Schulter nehmen, doch mein verletzter Arm gehorcht mir nicht. Alles, was ich tun kann, ist mich zu ducken und einen meiner Dolche mit der linken Hand zu greifen. Ich sehe einen weiteren Pfeil auf mich zufliegen, doch er gleitet über mich hinweg.

Gehetzt blicke ich mich um. Undeutlich erkenne ich schattenhafte Bewegungen im Nebel und auf einmal springt der muskulöse Kerl mit den Tätowierungen und dem Nasenring auf mich zu. Er schwingt eine riesige Axt über dem Kopf und lässt sie auf mich herabsausen. Doch es gelingt mir mühelos, dem Schlag auszuweichen. Die Klinge der Axt gräbt sich tief in den weichen Boden. Während mein Gegner noch versucht, sie wieder herauszuziehen, ramme ich ihm meinen Dolch in den Hals.

Ein infernalisches Brüllen ertönt plötzlich hinter mir, gefolgt von einem Schreckensschrei. Als ich mich umdrehe, erstarre ich vor Entsetzen. Aus dem Nebel ist eine riesige schwarze Gestalt mit leuchtend roten Augen aufgetaucht. Die zwei gewaltigen, gekrümmten Hörner auf ihrem Kopf erinnern mich erschreckend an Darstellungen des Teufels. In einer Hand hält sie den Zentauren, der hilflos mit den Hufen strampelt.

Während ich noch wie gelähmt dastehe, zu geschockt, um etwas zu tun, zerquetscht der Riesendämon Ricky mit bloßer Hand und wirft den leblosen Leib in den Sumpf. Ein Schrei des Entsetzens entfährt mir. Verzweifelt sehe ich mich nach Paula um, kann sie jedoch nirgendwo entdecken. Vermutlich könnte sie gegen dieses Monster ohnehin nichts ausrichten – genauso wenig wie ich.

Der Dämon dreht den Kopf und sieht mich mit seinen glühenden Augen an. Sein riesiges Maul verzieht sich zu einem fiesen Grinsen, als er auf mich zukommt und seine gewaltige, krallenbewehrte Hand nach mir ausstreckt. Ich will fortrennen, doch meine Beine gehorchen mir nicht. In dem Morast käme ich ohnehin nicht schnell genug voran, um ihm zu entfliehen.

Es ist nicht real, versuche ich mich selbst zu beruhigen. *Es ist nur eine Illusion. Ricky und Paula geht es gut. Wenn der Dämon mich tötet, werde ich mich auf dem Marktplatz in Santa Rabella wiederfinden. Es wird nicht einmal wehtun.*

Doch meine Knie zittern und mir ist schlecht vor Angst, als

der Dämon mich packt und emporreißt. Er öffnet sein gewaltiges Maul und stinkender, warmer Atem schlägt mir entgegen. Ich ramme den Dolch in einen seiner Finger, damit er mich loslässt, doch er scheint es nicht einmal zu merken.

Es ist nicht real!

Der Dämon starrt mich an, als sei er sich nicht ganz sicher, ob er mich wirklich verspeisen soll. Dann dreht er plötzlich ruckartig den Kopf, als hätte er etwas gehört. Nun nehme auch ich ein tiefes Brummen wahr und aus dem Nebel taucht eine riesige Libelle mit einem mindestens drei Meter langen Rumpf auf. Auf ihrem Rücken sitzt ein Krieger mit einem rot glühenden Schwert.

Der Dämon lässt mich fallen und ich stürze mit einem Platschen in den Sumpf. Während ich versuche, mich aufzurappeln, schlägt das Monster mit beiden Armen nach der Libelle, doch sie ist zu schnell und geschickt für ihn und schwirrt um seinen Kopf herum. Er stößt einen Wutschrei aus und Feuerstrahlen schießen aus seinen glühenden Augen. Die Libelle fängt Feuer und kommt ins Trudeln. Blitzschnell hechtet der Reiter von ihrem Rücken auf den Kopf des Riesen, hält sich an einem der Hörner fest und sticht dem Dämon mit dem Schwert ins rechte Ohr.

Vor Schmerzen brüllend schlägt der Riese mit seinen Klauen nach dem Krieger, der jedoch geschickt ausweicht, auf die Schulter des Monsters springt und ihm das Schwert mehrmals in den Hals rammt. Ein Schwall rötlich glühenden Blutes schießt wie ein Lavastrom daraus hervor.

Der Dämon stößt einen noch lauteren Schrei aus, dann knicken seine Beine ein und er fällt vornüber in den Sumpf. Der Krieger macht einen Hechtsprung in einen Tümpel, schwimmt ans Ufer und kommt triefend nass auf mich zu. Er hat ein ebenmäßiges bärtiges Gesicht, über das sich eine breite Narbe zieht, und einen muskulösen Oberkörper, der von einer Rüstung aus Teilen eines Schildkrötenpanzers bedeckt ist. Um die Hüften trägt er nur einen Lendenschurz.

Er mustert mich misstrauisch, während er das Schwert angriffsbereit in der Hand hält, so als befürchte er, ich könnte ihn als Nächstes attackieren. Dabei hat er mich doch gerettet!

»Danke«, sage ich. »Wenn du nicht gewesen wärst, hätte mich dieses Monster bestimmt zerquetscht.«

Er lässt das Schwert sinken und lächelt. »Keine Ursache. Mein Name ist Merkan. Man nennt mich auch den Verlorenen.«

Während er sich elegant vor mir verbeugt, starre ich ihn ungläubig an. Mein Herz schlägt schneller. Kann das wirklich sein? Er sieht überhaupt nicht so aus, aber …

»Mirko?«, bringe ich heraus.

Nun ist er es, der vor Staunen die Augen aufreißt. »Wer … wer bist du?«, fragt er.

Mir fällt ein, dass mich Paula und Ricky eindringlich davor gewarnt haben, in *Crossroads* meinen echten Namen zu benutzen. Aber wie sonst sollte ich mich Mirko offenbaren?

»Ich bin's, Sophia«, sage ich.

»Sophia?« Er schüttelt langsam den Kopf. »Das … das ist unmöglich!«

»Ich habe deine Nachricht bekommen. Ich dachte zuerst, dass es eine Botschaft Satans sei. Aber dann habe ich angefangen, die verbotenen Bücher zu lesen, die du mir gezeigt hast. Nach und nach habe ich begriffen, dass alles, was sie uns über die Welt außerhalb des Tals erzählt haben, Lügen waren. Schließlich bin ich geflohen und nach München gekommen. Dort habe ich Ricky und Paula kennengelernt. Sie haben mir geholfen hierherzugelangen.«

»Das … das ist unglaublich!«, sagt der Krieger, der Mirko kein bisschen ähnelt und es doch sein muss.

Er steckt sein glühendes Schwert in die Scheide, legt seine muskulösen Arme um mich und drückt mich an sich. Ich spüre den Druck an meiner Brust und auf meinem Rücken, wenn auch nicht so stark, wie es in der Realität der Fall wäre. Ich kann sogar seinen Herzschlag spüren. Es fühlt sich unglaublich gut an.

»Sophia!«, schluchzt er. »Oh, meine Sophia! Niemals hätte ich geglaubt, dich wiederzusehen! Und nun bist du hier!«

In diesem Moment nehme ich im Nebel hinter ihm einen großen Schatten wahr. Vor Schreck schreie ich auf. Blitzschnell fährt Mirko herum und zieht sein Schwert, doch dann lässt er es sinken, und ich erkenne die Riesenechse und ihre Reiterin wieder.

»Keine Angst, das ist bloß Terria«, erklärt Mirko.

Die Hexe wirft mir einen finsteren Blick zu. »Hatte ich nicht ausdrücklich gesagt, ihr sollt aus meinem Sumpf verschwinden?«

»Du hast mich angelogen!«, erwidere ich.

»Bin ich dir etwa Rechenschaft schuldig, Assassina?«

»Nun mal ruhig Blut«, mischt sich Mirko ein. »Terria, das ist Sophia, eine gute Freundin.«

Ein Stich durchzuckt mich. *Eine gute Freundin.* Waren wir nicht viel mehr als das? Andererseits, was habe ich denn erwartet? Es ist ja nicht so, als hätten wir uns ewige Treue geschworen. Im Gegenteil: Als wir uns zuletzt sahen, habe ich ihm unmissverständlich klargemacht, dass ich nichts mehr mit ihm zu tun haben will. Seitdem ist ein Jahr vergangen. Natürlich hat er eine neue Freundin gefunden. Trotzdem fühle ich eine tiefe Enttäuschung.

Dann fällt mir ein, dass ich nicht einmal weiß, ob die Reiterin auf dem Dinosaurier überhaupt eine reale Person ist.

»Bist du ein Mensch?«, frage ich sie.

Mirko und die Hexe starren mich an.

»Nein«, erwidert sie und in ihren Augen scheint Zorn aufzublitzen.

»Wann bist du aus dem Tal geflohen?«, will Mirko wissen.

»Gestern«, erwidere ich verwirrt und kann kaum glauben, dass es nicht schon Wochen her ist.

»Dann bist du noch sehr unerfahren in dieser Welt. Die Frage, die du gerade gestellt hast, gilt hier als sehr grob und unhöflich. Man könnte auch sagen, als diskriminierend.«

»Das verstehe ich nicht.«

»Es gibt ein Gesetz, demzufolge Personen, die keinen Körper haben, diese Frage immer mit Nein beantworten müssen. Andernfalls drohen dem Betreiber der Sim ernste Konsequenzen. Das aber bedeutet, dass eine virtuelle Person als nichtmenschlich angesehen wird, als ein Wesen zweiter Klasse sozusagen. Damit unterstellst du indirekt, dass ein Mensch mit einem Körper aus Fleisch und Blut wertvoller ist als eine virtuelle Person, ganz egal, über welche geistigen Fähigkeiten sie verfügt. Deshalb ist es unschicklich, diese Frage zu stellen.«

»Aber wie kann eine … Illusion … genauso wertvoll sein wie ein richtiger Mensch?«

»Simulierte Personen sind keine … «, beginnt Mirko, doch Terria unterbricht ihn.

»Sieh mich an, Mörderin, und sag mir, dass ich kein Mensch bin!«, zischt sie, während ihre schwarzen Augen mich zornig anfunkeln.

»Ich … ich wollte dich nicht beleidigen«, stammele ich. Und ehe ich mich selbst daran hindern kann, frage ich: »Liebst du … Merkan?«

Wieder sehen die beiden mich schweigend an. Plötzlich lacht Terria laut auf. »Das ist es also? Du hast Angst, dass ich ihn dir wegnehme? Du hast recht, das könnte ich, schließlich bin ich eine Hexe. Aber keine Sorge, Merkan ist nichts als ein guter Freund und Kampfgefährte für mich. Wenn er lieber mit einer Assassina zusammen sein will, kann er jederzeit gehen.«

Ich spüre, wie ich rot anlaufe, und kann nur hoffen, dass man das der Figur, die ich in dieser Welt spiele, nicht ansieht.

Mirko blickt mich stumm an und kommt langsam auf mich zu. Auf seinem Gesicht breitet sich ein Lächeln aus, während sein Blick sich in meinen versenkt. Auch wenn der Mann, der sich Merkan nennt, ihm äußerlich nicht ähnelt, habe ich das Gefühl, in seinen Augen den wachen Geist Mirkos zu erkennen.

»Ich bin so froh, dass du gekommen bist!«, sagt er, nimmt mich in den Arm und küsst mich.

Ich spüre seine Lippen auf meinen. Seine Hände streichen über meinen Rücken. Sein warmer, muskulöser Körper verursacht heiße Schauer in mir. Mein Herz schlägt schnell.

Es ist nicht real!

Widerstrebend löse ich mich von ihm. »Wo bist du?«, frage ich. »Ich meine, wo bist du *wirklich*?«

Er zieht eine Augenbraue hoch. »Ich bin hier. Hier bei dir. Und mehr will ich nicht.«

»Aber … ich möchte dich in den Arm nehmen, Mirko. In der Wirklichkeit, nicht hier in *Crossroads*.«

Er lächelt. »Darüber reden wir später. Jetzt komm erst einmal mit und lass uns feiern, dass wir einander nach so langer Zeit wiedergefunden haben!«

Ehe ich widersprechen kann, fasst er meine Hand und zerrt mich zu dem riesigen Ungeheuer, auf dem Terria reitet. Die Hexe macht eine Geste mit ihrem Zauberstab und plötzlich erhebe ich mich aus dem Morast und schwebe durch die Luft. Ich stoße einen erschrockenen Laut aus, während Terria mit dem Stab gestikuliert und dafür sorgt, dass ich vor ihr auf dem ledrigen Rücken des Monsters lande. Sie umschlingt meinen Oberkörper mit einem zierlichen, jedoch kräftigen Arm. Als ich mich umdrehe, sehe ich Mirko, der sich elegant hinter ihr in den Sattel schwingt.

Terria schnalzt mit der Zunge und zieht an einem Zügel und der Dinosaurier setzt sich in Bewegung. Mit platschenden Schritten seiner großen Beine stapft er in erstaunlicher Geschwindigkeit durch den Sumpf. Bald erreichen wir eine Insel, in deren Mitte sich ein riesiger, uralt wirkender Baum erhebt. Sein Stamm ist so dick, dass wir ihn zu dritt nicht umfassen könnten. Treppenstufen führen daran empor und im dichten Blattwerk sind Lichter zu sehen. Riesige Libellen wie die, auf der Mirko geflogen ist, schwirren durch die Luft.

Mit einem eleganten Schwung springt Terria vom Rücken ihres gigantischen Reittiers. Diesmal benutzt sie ihren Stab nicht, um mir herunterzuhelfen, also klettere ich ungeschickt vom Rücken, lasse mich mehrere Meter in die Tiefe fallen und lande auf meinem Po, genau vor Mirko, der mir aufhilft. Als ich mich aufrappele, erlaubt sich die Hexe ein dünnes Lächeln.

»Willkommen in Nebelhain«, sagt sie.

Ich folge ihr die Treppe hinauf in eine Behausung, die man angesichts ihrer Größe als Schloss bezeichnen könnte. Die Wände der Räume sind aus dichtem Blattwerk und Ranken geformt. Auf breiten Ästen gelangt man vom einen zum anderen. Es sieht aus, als sei alles auf natürliche Weise so gewachsen, aber das ist selbstverständlich auch bloß eine Illusion.

Terria führt uns in einen großen Hohlraum, aus dessen Wänden hellblaue Blütenkelche herausragen und die Luft mit süßem Duft tränken. In der Mitte wächst ein riesiger Pilz mit einer flachen Kappe. Um ihn herum gruppieren sich mehrere kleinere Exemplare, sodass das Ganze wie ein Tisch mit Stühlen wirkt. Mirko und ich setzen uns, während Terria drei Glasgefäße mit einer honigfarbenen süßlichen Flüssigkeit füllt.

»Es … es ist wunderschön hier«, stelle ich fest.

Terria zieht eine Augenbraue hoch, als sei sie nicht sicher, was sie auf ein solches Kompliment antworten soll.

»Das hier ist noch gar nichts!«, ruft Mirko aus, was Terrias Augenbraue weiter nach oben wandern lässt. »Du kannst dir gar nicht vorstellen, was für Wunder es in *Crossroads* gibt! Paläste, so riesig, dass dieser Baum in einem der Zimmer in einem Blumentopf stehen könnte. Welten, so exotisch, dass du sie dir in deinen kühnsten Träumen nicht vorstellen kannst. Und dabei ist *Crossroads* nur eine von zahllosen virtuellen Realitäten, die wir Sims nennen.«

Seine Stimme überschlägt sich fast vor Begeisterung und seine Augen scheinen förmlich zu leuchten, während er spricht. Mir jedoch wird mulmig.

»Aber das ist alles nicht real«, wende ich ein.

»Ach nein?«, erwidert er. »Was ist das denn, Realität? Alles, was du für die Wirklichkeit hältst, sind in Wahrheit bloß Sinneseindrücke, die dein Gehirn verarbeitet – Bilder, Geräusche, Gerüche, Tastempfindungen. All das hast du auch hier, nur dass die ganzen unangenehmen Dinge wegfallen: Schmerzen, Erschöpfung, Krankheiten. Sogar der Tod ist hier kein Problem. Mal ehrlich, was ist denn besser an der sogenannten Wirklichkeit mit all ihrem Leid und Elend? Warum sollten wir dorthin zurückkehren, wenn es in den Sims so viel zu entdecken gibt?«

Ich fühle mich auf erschreckende Weise an unser letztes Gespräch im Stillachtal erinnert. Damals wollte er mich davon überzeugen, die verbotenen Bücher zu lesen, doch ich beharrte auf meiner Weltsicht, die mir im Nachhinein naiv und engstirnig vorkommt. Hat er vielleicht auch diesmal recht? Ist es falsch zu versuchen, ihn aus dieser Traumwelt zu befreien? Was ich bisher gesehen habe, erscheint mir in der Tat aufregend und wundervoll. Warum nicht einfach mit ihm zusammen hierbleiben?

Es ist nicht real.

Es wäre, als würde ich eine Lüge leben. Und trotz allem Realismus fühlt es sich auch nicht wirklich real an. Es ist, als wäre zwischen mir und der Welt eine Art Schutzschicht, die alle Empfindungen dämpft.

»Man gewöhnt sich daran, weißt du«, sagt Mirko, als hätte er meine Gedanken erraten. »Zu Anfang kommt es dir vielleicht noch fremd vor, so als sei alles, was du erlebst, nicht so intensiv wie zuvor. Doch glaub mir, wenn du eine Weile hier lebst, dann wird dieses Gefühl verschwinden. Die Welt von *Crossroads* wird dann genauso real für dich sein, wie es die sogenannte Wirklichkeit war. Die Unterschiede werden in deiner Erinnerung mehr und mehr verblassen, bis du dich wirklich zu Hause fühlst.« Er hebt das Glas. »Aber jetzt lass uns erst mal anstoßen. Auf dich, Sophia!«

Ich folge seinem Beispiel und nehme einen Schluck. Das Getränk fühlt sich kühl und gleichzeitig warm in meiner Kehle an. Es schmeckt fruchtig-süß und ein wenig scharf und ich habe das Gefühl, dass ich wirklich Flüssigkeit herunterschlucke. Ich muss an die Schläuche in meinem Hals denken, von denen der Captain sprach, und bekomme plötzlich einen Hustenanfall.

»Schmeckt dir der Met nicht?«, fragt Terria.

»Doch«, erwidere ich. »Entschuldige.«

»Ist es nicht erstaunlich, wie real sich alles hier anfühlt?«, fragt Mirko und grinst. »Du kannst dich sogar an imaginären Getränken verschlucken!«

»Ja, schon«, erwidere ich. »Aber trotzdem … ich bin hergekommen, um dich zu bitten, aus deinem Traum aufzuwachen, nicht, um mit dir zu träumen.«

»Ich weiß, manche Menschen nennen uns *Träumer*. Aber ich bin genauso wach, vielleicht in mancher Hinsicht sogar wacher, als ich es zuvor war. Der Unterschied ist, dass ich mich entschieden habe, in einer fantastischen Welt zu leben und nicht in der langweiligen Realität. Ich habe mich entschieden, aus dem Albtraum aufzuwachen, den die sogenannte Wirklichkeit für viele Menschen darstellt. Und du kannst das auch tun. Es ist deine freie Entscheidung.«

Ich muss daran denken, was Ricky gesagt hat: *Wen Hypnos einmal in seinen Fängen hat, der kann sich kaum selber daraus befreien … Früher, bevor es die Titanen gab, waren manche Menschen drogensüchtig, heute sind sie traumsüchtig …*

»Verstehst du denn nicht, dass du hier wirklich verloren bist?«, rufe ich verzweifelt. »Du bist einer Illusion verfallen. Hypnos hat dich verführt. Er versucht, die Kontrolle über alle Menschen zu erlangen, genau wie Satan!«

Terria stößt ein verächtliches Lachen aus.

»Im Unterschied zu Satan gibt es Hypnos wirklich«, erwidert Mirko. »Doch er will die Menschen nicht in die Hölle verbannen. Im Gegenteil: Er hat das Paradies für uns geschaffen. Wenn überhaupt, dann ist er nicht Satan, sondern Gott – ein gütiger, barmherziger Gott, der nichts anderes will, als dass wir glücklich sind. Ist das nicht viel besser als das, was der Gott des Alten Testaments den Menschen bietet – ein Leben in Elend und Not, geplagt von Kriegen und Krankheiten, mit leeren Versprechungen über das Paradies als einzigem Trost?«

Entsetzt starre ich ihn angesichts dieser ungeheuren Blasphemie an.

»Entschuldige«, sagt er sanft. »Ich wollte deine Gefühle nicht verletzen. Ich habe nicht daran gedacht, dass du die Wahrheit erst seit Kurzem kennst. Es muss ein unglaublicher Schock sein, dass du dein ganzes Leben lang belogen worden bist.«

»Ja, das ist es«, sage ich bitter. »Doch die Lügen, die uns die Lehrer im Stillachtal erzählt haben, die Scheinwelt, die sie dort errichtet haben, sind gar nichts gegen das hier.« Ich mache eine Geste, die den ganzen Raum umfasst. »Wir beide liegen auf dem Rücken in einer Art Sarg und lassen absichtlich unsere Sinne täuschen. Aber du scheinst das vergessen zu haben.«

Mirko seufzt. »Ich habe es nicht vergessen. Ich bin genauso freiwillig hier wie du. Und genauso wie du kann ich die Sim jederzeit verlassen, wann immer ich es will. Aber ich will nicht.

Denn das Leben in *Crossroads* ist viel besser. Warum also sollte ich ihm den Rücken kehren?«

»Weil … weil wir dann zusammen sein könnten«, bringe ich heraus.

»Das können wir auch hier.«

»Ich lasse euch besser mal allein«, sagt Terria, erhebt sich und verschwindet durch einen Vorhang aus herabhängenden Kletterpflanzen.

»Ich mache dir einen Vorschlag«, sagt Mirko. »Warum bleibst du nicht ein paar Tage hier? Ich könnte dich ein wenig in *Crossroads* herumführen. Dann kannst du dich entscheiden, ob du bei mir bleiben willst.«

Er erhebt sich, kommt zu mir und kniet sich vor mich hin, als wolle er um meine Hand anhalten. »Ich bitte dich, gib mir eine Chance. Jetzt, wo wir uns endlich wiedergefunden haben, möchte ich dich nie mehr verlieren!«

Mir schießen Tränen in die Augen. Auch ich will ihn nicht verlieren, um keinen Preis der Welt! »Und … wenn ich nicht hierbleiben will? Kommst du dann mit mir zurück in die Realität?«

Er lächelt. »Na schön. Gib mir drei Tage. Wenn ich dich in dieser Zeit nicht überzeugt habe, dass es hier in *Crossroads* viel besser ist als in der sogenannten Wirklichkeit, dann komme ich mit dir. Einverstanden?«

Ich erwidere sein Lächeln. »Einverstanden.«

Er grinst. Dann beugt er sich vor, umfasst mit einer Hand meinen Kopf und drückt seine Lippen auf meine. Ich kann mir noch so oft einreden, dass das, was ich erlebe, nicht real ist – es fühlt sich einfach verdammt gut an.

23. KAPITEL

Mein Herz pocht heftig und ein seltsames Kribbeln breitet sich in mir aus. Nur mit Mühe kann ich das Verlangen niederkämpfen, das mich überkommt. Widerstrebend löse ich mich von Mirko.

Ein Schatten der Sorge fällt über sein Gesicht. »Was ist denn? Hast du es dir etwa anders überlegt?«

Ich lächele. »Nein. Aber ich muss zuerst mit … meinen Freunden sprechen.«

Erleichterung spiegelt sich in seinem Lächeln. »Okay. Verstehe. Kein Problem. Die beiden sind beim Kampf gegen den Dämon gestorben. Das bedeutet, sie sind in Santa Rabella neu gespawnt. Vermutlich warten sie in der Taverne auf dich, weil sie annehmen, dass du den Kampf ebenfalls nicht überlebt haben wirst. Andererseits könnten sie sich auch inzwischen auf den Weg hierher gemacht haben. So oder so werden wir sie finden. Terria?«

Die Hexe betritt den Raum. Sie wirft mir einen kühlen Blick zu. Hat sie uns etwa die ganze Zeit beobachtet? Und wenn ja, was hat sie gedacht, als Mirko mich geküsst hat? Kann sie überhaupt etwas empfinden?

»Wir müssen nach Santa Rabella. Wärest du so nett und würdest uns zwei Libellen herbeirufen?«

Die Hexe zieht eine Augenbraue hoch. »Soll ich euch begleiten?«

»Nein, das ist nicht nötig.«

Ich mag mich täuschen, doch ich habe den Eindruck, dass ihr diese Antwort nicht gefällt. Dennoch macht sie eine Geste in der Luft.

»Zwei Libellen, wie der Herr es wünscht«, sagt sie sarkastisch. »Sie warten am westlichen Hauptast auf euch.«

»Danke! Komm, lass uns gleich aufbrechen.«

Mirko führt mich aus dem Raum, über einen großen Ast zurück zum Baumstamm und dann einen anderen Ast entlang. Dieser ist mit weichem Moos und Blumen bewachsen. Wir treten durch eine Öffnung im dichten Laub ins Freie. Unter uns bedecken die Nebelschwaden den Sumpf, doch hier oben ist der Blick ungetrübt. Ein klarer Sternenhimmel wölbt sich über uns. Hinter den Felswänden, die den Krater umhüllen, erhebt sich ein absurd großer blassgrün gestreifter Mond. Der Anblick ist wahrhaft beeindruckend.

Der Ast endet ein Stück weiter abrupt, so als sei der Rest vor langer Zeit bei einem Sturm abgebrochen. Dort schweben zwei riesige Libellen auf der Stelle. Die Luft ist vom Brummen ihrer Flügel erfüllt, die sich so schnell bewegen, dass sie nur als blasse, halb durchsichtige Schemen erkennbar sind.

»Komm, ich helfe dir«, sagt Mirko.

Er nimmt mich an der Hand und geleitet mich zu einem der Tiere. Es ist nicht ganz einfach, auf den Rücken zu klettern. Als es mir gelingt, sackt das Rieseninsekt unter meinem Gewicht in die Tiefe. Vor Schreck schreie ich auf. Doch das Brummen der Flügel wird lauter und die Libelle stabilisiert ihre Flughöhe.

»Sehr gut«, ruft mir Mirko zu, der inzwischen auf seiner eigenen Libelle sitzt. »Du kannst sie steuern, indem du dein Gewicht verlagerst. Beug dich vor, um zu beschleunigen, und wieder zurück, um den Flug zu verlangsamen. Wenn du dich weit nach hinten lehnst, kannst du sogar rückwärtsfliegen. Neigst du dich nach rechts oder links, fliegt die Libelle in die entsprechende Richtung. Alles klar?«

Ich probiere es aus. Tatsächlich ist es nicht schwierig und in kurzer Zeit habe ich den Bogen raus. Es ist ein unglaubliches Gefühl, so durch die Luft zu gleiten, während der kühle Wind mein Haar zerzaust, und für einen Moment vergesse ich vollkommen, dass das alles nicht real ist. Ich lache vor Vergnügen, während ich hinter Mirko herjage, der immer engere Kreise um Terrias riesigen Baum fliegt.

»Du bist ziemlich talentiert, das muss ich dir lassen«, ruft Mirko mir zu.

»Lass uns jetzt nach Santa Rabella fliegen!«, erwidere ich.

»Okay.«

Mirko lenkt seine Libelle in Richtung des Kraterrands. Ich folge ihm. Als wir die Felswände überfliegen, erklingen plötzlich mehrere schrille Schreie.

»Pteranodonten!«, ruft Mirko. »Jetzt kannst du mal zeigen, wie gut du fliegen kannst, Sophia!«

Eine der Flugechsen, mindestens doppelt so groß wie meine Libelle, schießt im Sturzflug auf mich herab. Ricky meinte, sie seien harmlos, aber das gilt offenbar nur, wenn man auf dem Boden bleibt. Hier in der Luft scheinen sie alles zu attackieren, was in ihre Nähe kommt.

Ich werfe mich so hart nach rechts, dass ich beinahe vom

Rücken des Insekts stürze. Die Libelle fliegt eine enge Kurve, sodass ich dem Angreifer knapp ausweiche. Der Pteranodon breitet seine ledrigen Schwingen aus, um seinen Flug abzufangen, und gleitet in einem eleganten Bogen unter mir entlang.

Inzwischen liefert sich Mirko einen Kampf mit einem der anderen Tiere, das versucht, mit seinem riesigen Maul nach ihm zu schnappen. Mit einem Schlag seines glühenden Schwertes trennt er dem Monster den Kopf ab, sodass es mit zappelnden Flügeln in die Tiefe stürzt. Doch inzwischen nähert sich ein dritter Flugsaurier Mirko von hinten. Ohne nachzudenken lege ich in einer flüssigen Bewegung einen Bolzen in meine Armbrust und spanne sie. Das Monster zoomt heran. Ich ziele auf seinen Hals und drücke den Abzug. Die Flugechse gibt einen erstickten Schrei von sich und stürzt ebenfalls ab.

»Danke!«, ruft Mirko mir zu.

Doch ich habe keine Zeit, darauf einzugehen, denn nun fliegt das Monster, das mich zuerst angegriffen hat, wieder auf mich zu. Ich lege einen zweiten Bolzen ein und schieße ihn genau in dem Moment ab, als der Pteranodon sein langes, schnabelartiges Maul aufreißt. Das Geschoss verschwindet in der Kehle des Tiers, das daraufhin tödlich getroffen in die Tiefe taumelt.

»Wow!«, ruft Mirko. »Du scheinst ein Naturtalent zu sein!«

Ich muss zugeben, dass mich das Kompliment ein bisschen stolz macht. Illusion oder nicht, der Kampf hat mich ziemlich aufgewühlt und ich fühle mich wach und lebendig. Nebeneinander schweben wir an dem steilen Vulkanhang herab und jagen bald über die Baumwipfel des Dschungels. Ich halte Ausschau nach weiteren Gefahren, doch wir erreichen unbehelligt den Marktplatz von Santa Rabella.

Als wir mit unseren laut brummenden riesigen Insekten landen, würdigen uns die Menschen kaum eines Blickes. Offensichtlich ist Derartiges hier nicht weiter ungewöhnlich. Ich springe von meinem Flugtier, das daraufhin sofort aufsteigt und in Richtung des Vulkankegels davonschwirrt.

Gemeinsam mit Mirko betrete ich die Taverne. Ricky, der Zentaur, steht an der Bar. Die Elfe, die neben ihm schwebt, erblickt uns als Erste.

»Isophena!«, ruft sie aus und fliegt zu mir. »Wie hast du es geschafft, den Kampf zu überleben?«

»Das ist Merkan, der Verlorene«, sage ich. »Er hat mir geholfen.«

»Merkan?«, fragt der Zentaur. »Dann … dann hast du ihn gefunden!«

»Ich würde eher sagen, er hat mich gefunden.«

»Das ist ja großartig!«

»Wir sind hergekommen, um euch zu sagen, dass Isophena noch ein wenig hier bei mir in *Crossroads* bleiben möchte«, sagt Mirko.

Der Zentaur und die Elfe sehen mich überrascht an. »Stimmt das?«

»Wir … wir haben vereinbart, dass Mi…Merkan mir *Crossroads* zeigt. Drei Tage lang. Danach … entscheiden wir gemeinsam, wie es weitergeht.«

»Klingt fair«, piepst Paula.

»Warum nicht?«, stimmt auch der Zentaur zu. »So kannst du dir erst mal ein Bild davon machen, wie es hier ist.«

Nun bin ich es, die überrascht dreinschaut. Ich hätte erwartet, dass vor allem Ricky versucht, mir die Idee auszureden. Andererseits bin ich erleichtert, dass sie nicht sauer auf mich sind.

»Wollt ihr mich begleiten?«, frage ich.

»Nein«, meint Ricky. »Wir kennen *Crossroads* ja schon. Ich habe noch ein paar andere Dinge zu erledigen. Du hast ja jetzt deinen Freund gefunden und im Simpod bist du fürs Erste gut aufgehoben. Außerdem weißt du ja, wie du jederzeit wieder in die Wirklichkeit zurückkehren kannst. Viel Spaß euch beiden!«

Bevor ich antworten kann, lösen sich der Zentaur und die Elfe in Luft auf. Verwirrt sehe ich mich um – und starre plötzlich in das blasse Gesicht des Philosophen, Descartes. Er schüttelt leicht den Kopf und legt einen Finger auf den Mund.

Ich blicke zu Mirko, der mich anlächelt.

»Dann wäre jetzt wohl alles geklärt«, sagt er. »Komm, ich möchte dir etwas zeigen!«

Irritiert folge ich ihm aus der Taverne. Auf dem Marktplatz gestikuliert er mit den Armen und murmelt ein paar seltsame Wörter und plötzlich erscheint vor uns ein mannshoher Bogen aus rotem Licht.

»Das ist ein Portal«, erklärt er. »Damit kann man schneller zwischen den verschiedenen Welten von *Crossroads* reisen. Allerdings führen solche Portale immer nur zu Punkten, die man bereits auf anderem Weg entdeckt hat. Da ich schon eine Weile hier bin, habe ich bereits eine ganze Menge Orte bereist. Trotzdem kenne auch ich bis jetzt nur einen Bruchteil der *Crossroads*-Welten. Sie sind so groß, dass ein Menschenleben bei Weitem nicht ausreicht, um sie vollständig zu erkunden. Aber ich möchte dir ein paar meiner Lieblingsplätze zeigen. Einverstanden?«

»Ja, okay.«

»Dann folge mir einfach.« Er geht durch den Lichtbogen und löst sich in Luft auf.

Einen Moment lang bleibe ich unschlüssig stehen. Mir fällt ein, was dieser seltsame Descartes im Wirtshaus *Zum Durstigen Oger* gesagt hat: *Um ihn zu retten, Sophia, müsst Ihr durch die brennende Tür gehen.*

Ist dies die brennende Tür, die er meinte? Aber das Portal brennt nicht wirklich.

Ich hole tief Luft, dann schreite ich durch den rot leuchtenden Bogen. Es ist, als träte ich durch einen unsichtbaren Vorhang. Ich spüre nichts, doch die Umgebung verändert sich schlagartig.

24. KAPITEL

Ich befinde mich in einem riesigen kuppelförmigen Raum. Der Boden und die Wände bestehen aus weißem glänzenden Material. Sessel mit dicken Polstern stehen vor halbrunden Konsolen mit zahllosen Knöpfen und blinkenden Lichtern. Wesen mit menschlichen Körpern, aber Köpfen wie von Fischen sitzen darauf, starren konzentriert auf die Anzeigen oder tippen auf Tasten. Eine Hälfte des Raums besteht aus einer großen Glasfläche, die den Blick auf einen Nachthimmel freigibt. Nein, das trifft es nicht ganz: Ein Meer von Sternen leuchtet vor einem vollständig schwarzen Himmel. Wir scheinen in diesem endlosen Sternenozean zu schweben, denn ich sehe keinen Grund, auf dem das seltsame Haus steht.

Auf einmal bewegen sich die Sterne alle gleichzeitig nach links, und plötzlich erscheint von rechts eine riesige Kugel, die unregelmäßige blaue, braune und weiße Flecken aufweist. Es dauert einen Moment, bis ich begreife, dass ich die Erde vor mir habe, wie sie aus dem Weltraum aussehen muss!

Ein Fischmann, der in der Mitte des Raums auf einem Sessel sitzt, wendet sich zu uns um.

»Wer ihr seid, was ihr wollt auf Schiff dieses?«, fragt er seltsam verdreht und mit einem starken Akzent.

»Es lebe die Rebellion!«, brüllt Mirko und schlägt dem Fischmann seinen hässlichen Kopf ab, sodass bläuliches Blut aus seinem Hals spritzt.

Die anderen Fischmänner starren ihn mit großen Glubschaugen an. Auch ich bin entsetzt. Warum hat er das getan?

»Sorry, ich hätte dich vielleicht vorwarnen sollen«, ruft er mir zu, während er mit einem eleganten Sprung über eine Konsole hinwegsetzt und einen weiteren Fischmann niederstreckt. »Hilf mir mal.«

Mir widerstrebt es, die fremdartigen Wesen, wie mir scheint grundlos, anzugreifen. Doch mir bleibt kaum eine Wahl, denn einige von ihnen haben plötzlich pistolenartige Gebilde in den schuppigen Händen und verschießen damit tödliche Lichtstrahlen. Ich werfe mich zur Seite und entgehe nur knapp einem dieser Strahlen, der eine Konsole hinter mir in Flammen aufgehen lässt. Noch im Fallen ziehe ich meine Dolche, komme wieder auf die Füße und schleudere sie gleichzeitig in verschiedene Richtungen. Sie treffen die Kehlen zweier Fischköpfe, was mich mindestens ebenso verblüfft wie die beiden Opfer.

Mirko wirbelt mit seinem Schwert durch den Raum wie ein tödlicher Tornado. Nach kurzer Zeit sind alle Fischwesen tot.

Erschüttert starre ich auf die Kadaver. »Was … was sollte das?«

Mirko grinst verlegen. »Tut mir leid. Wie gesagt, ich hätte dich wohl vorwarnen sollen, aber ich dachte ehrlich gesagt, dass dieses Raumschiff unter der Kontrolle der Rebellen wäre. In dieser Welt haben die Aquarianer die Erde erobert und die Menschen zu ihren Sklaven gemacht. Nur ein kleines Häuflein Rebellen lebt noch in Freiheit.«

»Und du bist einer von ihnen?«

»In diesem Teil von *Crossroads* ist man als Spieler automatisch ein Rebell.«

Ich deute auf die leblosen Körper und die Blutpfützen, die aussehen, als hätte jemand Eimer mit blauer Farbe ausgeschüttet. »Wenn das alles bloß ein Spiel ist, dann ein ziemlich grausames.«

»Ach, komm schon, das sind Aquarianer«, erwidert Mirko leichthin. »Du solltest sehen, was sie mit den Menschen machen, die sie gefangen haben: Erst müssen sie ein Leben lang als Sklaven arbeiten, und wenn sie das nicht mehr können, werden sie an die Larven der Fischköpfe verfüttert!«

Unwillkürlich muss ich an Paul, das Lamm, denken. Behandeln wir Menschen unsere Nutztiere nicht genauso grausam? Ich schaudere, als die ganze Fremdartigkeit meiner Erlebnisse über mich hereinbricht.

»Können wir … bitte wieder in die Wirklichkeit zurückkehren?«, flehe ich.

Mirko sieht mich bestürzt an. »Gib mir noch eine Chance, okay?«

Wenn ich ihn jetzt verlasse, werde ich ihn womöglich nie wiederfinden, doch alles in mir drängt mich, diese schreckliche Albtraumwelt hinter mir zu lassen. Die Worte »*Crossroads*: Exit« liegen mir auf der Zunge. Doch bevor ich sie aussprechen kann, wird mein Blick von einem leuchtenden Punkt angezogen, der auf einmal in dem schwarzen Sternenmeer erscheint und rasch größer wird. Ehe ich reagieren kann, erbebt plötzlich der Boden und ein riesiger Feuerball verhüllt die Sterne. Die große Glaskuppel zersplittert und ein starker Wind erfasst mich. Tote Körper und lose Gegenstände werden emporgerissen und verschwinden durch ein Loch in der Glasscheibe.

Mirko flucht, gestikuliert mit den Händen und erzeugt ein Portal. Bevor auch ich in den Weltraum gesogen werde, ergreift er meinen Arm und zieht mich mit sich.

Im nächsten Moment befinde ich mich in einer anderen Welt. Hinter einem seltsamen rechtwinkligen Strand ragen treppenartige, bewaldete Hügel auf. Eckige Wolken ziehen über einen blauen Himmel. Eine quadratische Sonne steht tief über dem Horizont. Es gibt keine Kurven, keine sanften Übergänge. Die Hänge der Hügel vor mir steigen nicht allmählich an, sondern in gleichmäßigen Treppenstufen. Auch die Blätter der Bäume – Birken, den grauweißen, mit schwarzen Flecken gemusterten Stämmen nach zu urteilen – sind in würfelförmigen Blöcken angeordnet. Dennoch fühlt sich alles seltsam real an: Wellen schwappen leise an den Strand. Ein kühler Wind weht vom Meer herein. Die Luft riecht salzig.

Eine kastenförmige Figur steht neben mir. Sie hat ein flaches Gesicht und statt richtiger Augen nur weiße und blaue Quadrate, die wie aufgemalt wirken. Ihre Arme und Beine sind rechteckige Stangen ohne Hände und Füße. Als ich meinen Arm hebe, erkenne ich, dass auch mein Körper so aussieht.

»Oops!«, sagt Mirko. »Tut mir leid, ich hatte keine Zeit, das Ziel genauer auszuwählen.«

»Wo sind wir hier?«, frage ich.

»Das ist eine sehr alte Sim. Sie heißt *Minecraft* und ist schon vor über 40 Jahren entwickelt worden. Damals war sie sehr beliebt. Heute treiben sich hier hauptsächlich alte Menschen herum, die noch einmal die Welt ihrer Kindheit … Vorsicht!«

Ich höre ein Zischen neben mir. Als ich mich umdrehe, steht dort ein merkwürdiges Wesen, das aussieht wie eine rechteckige aufrecht stehende Gurke mit einem mürrischen Gesicht. Anstelle von Beinen hat sie vier kleine Würfel am unteren Ende.

»Lauf!«, ruft Mirko und hüpft mit seltsam ungelenken Sprüngen davon.

Ich blicke verblüfft auf das Wesen, das sich aufbläht, während es weiter zischt. Erschrocken mache ich einen Schritt zurück. Im nächsten Moment gibt es einen gewaltigen Knall und ich spüre einen Schlag am ganzen Körper. Ich werde durch die Luft geschleudert und lande ein paar Blöcke entfernt. Vor mir erscheint eine Reihe kleiner blinkender Herzsymbole. Die meisten sind grau, nur zwei sind rot gefüllt – offenbar soll das etwas über meinen Gesundheitszustand aussagen. Wo das Gurkenwesen stand, ist jetzt eine rechteckige Grube zu sehen. Kleine Würfel schweben darin auf der Stelle und drehen sich langsam um sich selbst.

Mirko hüpft zu mir. »Das war ein Creeper«, erklärt er. »Die sind ziemlich heimtückisch. Besser, wir verschwinden von hier.«

Diesmal gestikuliert er nicht in der Luft, um ein Portal zu erzeugen. Stattdessen deutet er an verschiedenen Stellen auf den Boden und Würfel aus schwarzem Material erscheinen aus dem Nichts. Er baut daraus einen rechteckigen Rahmen. Dann hält er auf einmal ein merkwürdiges, hakenförmiges Gebilde am Ende seines Arms und berührt damit den Rahmen, der daraufhin Feuer fängt. Im Inneren des Rahmens wabert plötzlich eine violett schimmernde Fläche, aus der Funken herausfliegen, die mich an übergroße Eiskristalle erinnern.

Wieder muss ich an die brennende Tür denken, die Descartes erwähnte. Meinte er etwa diesen Rahmen hier? Aber woher konnte er wissen, dass wir in so einer seltsamen Würfelwelt landen würden?

Bevor ich mich länger darüber wundern kann, hüpft Mirko in das violette Leuchten und verschwindet. Mir bleibt nichts anderes übrig, als ihm zu folgen.

Die nächste Welt wirkt noch seltsamer als die bisherigen, wenn auch auf bizarre Weise schön. Wir befinden uns offenbar auf dem Meeresgrund. Sonnenlicht flirrt von der Wasseroberfläche herab und taucht die Szene in sanftes blaugrünes Licht. Um uns herum ragen bunte Korallen auf, durch die Schwärme von Fischen in prächtigen Farben ziehen. Obwohl ich im Wasser schwebe, kann ich ganz normal atmen. Als ich an mir herabblicke, entdecke ich, dass ich einen Fischschwanz habe. Es fühlt sich an, als seien meine Beine zusammengewachsen. Wenn ich sie bewege, bewegt sich auch die Flosse an meinem Ende, und ich schieße mühelos durch das Wasser.

Auch Mirko hat jetzt einen Fischschwanz. Sein muskulöser Oberkörper steckt in einer Rüstung und sein Schwert glüht auch hier unter Wasser. Ich besitze immer noch meine Dolche und meine Armbrust, obwohl mein Assassinengewand einem dünnen Stück Stoff gewichen ist, das gerade eben meine Brüste verhüllt.

»Ich hoffe, es gefällt dir hier besser«, sagt Mirko. Seine Stimme klingt ein wenig verzerrt. »*Atlantis* ist eine meiner Lieblingswelten in *Crossroads*. Komm, ich zeige dir was.«

Er schwimmt davon und ich folge ihm mit raschen Bewegungen meiner Flosse. Wir gleiten über den Meeresgrund, auf dem sich lange Gräser sanft hin und her wiegen. Aus der Dunkelheit tauchen Mauern auf – offenbar Ruinen einer längst versunkenen Stadt. Auch wenn keine unmittelbare Bedrohung zu bestehen scheint, wirkt die Szenerie auf mich bedrückend. Doch die bunten Fischschwärme und die wunderschönen Korallen und Unterwasserpflanzen geben dieser toten Stadt neues, auf seltsame Weise berührendes Leben.

Plötzlich schießt ein großer Fisch auf mich zu. Nein, das ist kein Fisch, sondern ein Delfin. Er schwimmt um mich herum und scheint mich anzulächeln. Dann jagt er wieder davon. Mirko und ich folgen ihm, bis wir einen silbernen Wirbelsturm erreichen. Jedenfalls sieht es im ersten Moment so aus, doch als wir näher kommen, entpuppt er sich als riesiger Fischschwarm, der sich um sich selbst dreht, als wären Millionen silbriger Körper zu einem wunderschönen Tanz vereint. Der Delfin schwimmt mitten durch den Schwarm hindurch, der sich vor ihm öffnet und hinter ihm wieder schließt wie ein Vorhang aus Metallperlen.

Auch ich tauche in den Schwarm ein, lasse mich vom Strudel der Tiere erfassen, tanze mit ihnen und lache vor Vergnügen. Diese Welt fühlt sich unglaublich lebendig an!

Schließlich verlasse ich den silbrigen Wirbelstrom wieder. Mein Blick fällt auf eine riesige Pyramide, die vom Meeresgrund aufragt und von Pflanzen, Muscheln und Korallen überwuchert ist, als wäre sie vor vielen Tausend Jahren versunken. Ich muss an etwas denken, was Ricky gesagt hat: *Vermutlich werden irgendwann alle Menschen Hypnos verfallen. Dann wird die Menschheit einfach aussterben.*

Das Leben auf der Erde wird weitergehen, auch wenn es keine Menschen mehr gibt. Vielleicht wird es noch bunter und schöner als zuvor, so prächtig wie diese Unterwasserwelt. Doch es wird niemand mehr da sein, um die Schönheit zu bestaunen. Der Gedanke macht mich traurig.

Mirko taucht hinab in die Tiefe. Rasch folge ich ihm. Wir schwimmen unter einem alten Torbogen hindurch über etwas, was ein Marktplatz gewesen sein könnte. Eine Säule voller merkwürdiger Schriftzeichen liegt, in mehrere Teile zerbrochen, am Boden. Daneben klammern sich mehrere riesige Muscheln an die Ruinen. Mirko schwimmt zu einer davon und bricht sie mit seinem Schwert auf. Er holt eine faustgroße, perfekt runde Perle heraus und reicht sie mir.

»Hier, für dich«, sagt er und lächelt, während sein Haar in der Strömung um seinen Kopf tanzt.

»Danke schön«, sage ich und nehme die wunderschöne Perle an mich. »Das ist wirklich …«

Ich komme nicht dazu, den Satz zu vollenden, denn in diesem Moment kriecht etwas aus dem Schatten eines versunkenen Hauseingangs hervor.

»Pass auf, hinter dir!«, rufe ich, doch es ist zu spät.

Bevor Mirko reagieren kann, schießt ein schlangenartiges Etwas vor und umklammert seinen Fischschwanz. Entsetzt erkenne ich, dass es keine Schlange ist, sondern ein langer, biegsamer Fangarm. Noch mehr Arme recken sich hervor, packen Mirko an Armen und Brust und ziehen ihn in die Dunkelheit. Das glühende Schwert fällt ihm aus der Hand.

»Hilf mir!«, ruft er, während er unbarmherzig fortgerissen wird.

Mit einer kräftigen Bewegung meines Schwanzes schwimme ich pfeilschnell zu ihm und ramme meine beiden Dolche in die Fangarme, doch das Monster lässt nicht los. In der Finsternis im Inneren der Ruine schimmert schwach ein Paar riesiger Augen, das mich bösartig anzustarren scheint. Hilflos muss ich mit ansehen, wie Mirko in das Haus gezerrt wird.

Mein Blick fällt auf das glühende Schwert, das im Sandboden steckt. Rasch ziehe ich es heraus und folge dem Monster in seine Höhle. Im trüben Licht, das durch mehrere leere Fensteröffnungen fällt, sehe ich den Kraken in seiner ganzen schrecklichen Größe. Mit vier seiner Fangarme hält er Mirko umklammert, während er zwei weitere nach mir ausstreckt. Doch mit dem glühenden Schwert durchtrenne ich sie mühelos, sodass die Tentakel zuckend zu Boden sinken. Ich halte mich nicht damit auf, auch die übrigen Fangarme abzuschlagen, sondern schwimme direkt zu dem unförmigen Kopf des Monsters und ramme ihm das Schwert zwischen die Augen. Der Krake windet sich vor Schmerz, dann werden seine Arme schlaff. Ich helfe Mirko, sich aus der tödlichen Umklammerung zu befreien, und wir schwimmen rasch ins Freie.

»Danke!«, sagt er. »Das war wirklich knapp. Von so einem Kraken verspeist zu werden ist kein Vergnügen, glaub mir!«

»Warum … sind all diese Welten … so gewalttätig?«, frage ich keuchend.

Obwohl ich weiß, dass ich in Wirklichkeit reglos auf dem Rücken liege, fühlt es sich so an, als hätte ich mich gerade körperlich verausgabt, und mein Atem geht schwer.

»Menschen brauchen nun mal Abenteuer«, meint Mirko. »Wenn alles nur friedlich wäre, würden sich die Leute in *Crossroads* bald langweilen. Im schlimmsten Fall würden sie aufeinander losgehen. Also schafft Hypnos gefährliche Kreaturen, Herausforderungen, an denen man wachsen kann. Glaub mir, in seinen Sims wird dir garantiert nicht so schnell langweilig.«

»Was, wenn ich aber lieber in Frieden leben will?«

»Das ist natürlich auch möglich. Es gibt überall ruhige Ecken, in die man sich zurückziehen kann. Aber niemand bleibt lange dort. Der Mensch ist einfach nicht für ein harmonisches Leben gemacht. Und Gewalt und Tod sind ja auch in der Natur allgegenwärtig.«

»Aber im Stillachtal hatten wir Frieden.«

»Nur um den Preis, dass wir uns strengen Regeln und albernen Ritualen unterwerfen und den ganzen Tag hart arbeiten mussten. Vor allem durften wir keine Fragen stellen, nicht denken. Wenn dich das wirklich glücklich gemacht hätte, wärst du jetzt nicht hier, oder?«

Die Kehle schnürt sich mir zu und Tränen steigen mir in die Augen, obwohl ich ja bereits unter Wasser bin.

»Ich … ich bin wegen dir hier«, sage ich.

»Entschuldige«, erwidert er. »Komm, ich zeige dir eine Welt, die dir ganz bestimmt gefallen wird.«

Er öffnet ein weiteres Portal, von dem Blasen aufsteigen, und schwimmt hindurch. Als ich ihm folge, stehe ich unvermittelt auf einer Wiese aus bläulichem Gras neben einem sanft dahinplätschernden Bach. Es scheint Nacht zu sein, denn der Himmel ist dunkel. Dafür bin ich von farbenprächtigen Lichtern umgeben. Büsche und Bäume ragen um mich herum auf, die wunderschöne, in blassen Blau-, Lila- und Rottönen leuchtende Blüten tragen. Glühwürmchen schwirren darum herum. Mirko steht neben mir. Statt seiner Rüstung trägt er jetzt ein dunkles Gewand, das mit gelben Schriftzeichen bedeckt ist. Seine Augen glühen bläulich unter der Kapuze. Ich bin in eine ähnliche Robe gekleidet, meine Armbrust und Dolche sind verschwunden. Auch die Perle, die er mir in der Unterwasserwelt geschenkt hatte, ist nicht mehr da.

»Dies ist die Nachtwelt«, erklärt Mirko. »Hier geht niemals die Sonne auf, daher hat jedes Wesen sein eigenes Licht. Waffen sind hier verboten. Sehr romantisch, oder?«

Die Schönheit dieser Welt macht mich tatsächlich sprachlos. Er ergreift meine Hand – ich kann den sanften Druck seiner Finger spüren – und wir wandern gemeinsam durch einen Wald voller leuchtender Blüten, Insekten und Pilze. Hin und wieder huschen kleine pelzige Tiere über den Boden oder die Äste der Bäume. Auch ihr Fell hat schwach glimmende Muster.

Während wir herumwandern, überkommt mich Müdigkeit. Wie lange bin ich jetzt schon wieder in der Traumwelt? Ich weiß es nicht. Wahrscheinlich länger, als ich vermuten würde.

»Danke für alles, was du mir gezeigt hast«, sage ich. »Aber ich glaube, es ist jetzt an der Zeit, in die Wirklichkeit zurückzukehren. Ich bin ziemlich müde.«

Er sieht mich an. Im Schatten seiner Kapuze kann ich seinen Gesichtsausdruck nicht erkennen, aber seine leuchtenden Augen scheinen mich enttäuscht anzublicken.

»Warum schläfst du nicht einfach hier?«, fragt er und deutet auf eine Moosfläche unter einem riesigen Pilz, dessen Hut in allen Regenbogenfarben schillert. »Glaub mir, ein bequemeres Bett wirst du nirgends finden.«

»Ich würde doch lieber in der Realität sein.«

Er kommt näher, legt eine Hand auf meinen Arm. »Bitte, Sophia … lass mich jetzt nicht allein.«

»Wir können uns doch wieder hier treffen«, schlage ich vor. »Sagen wir, in acht Stunden?«

Statt zu antworten, umfasst er mein Gesicht und küsst mich. »Ich will aber die Nacht nicht allein verbringen«, flüstert er.

Erschrocken löse ich mich von ihm. »Was … was willst du damit sagen?«

Er sieht mich nur stumm an. Dann packt er mich und drückt mich an sich. Widersprüchliche Gefühle kämpfen in mir. Da ist ein tiefes Verlangen in meinem Bauch und ich sehne mich nach seinen Berührungen. Doch gleichzeitig weiß ich, dass es falsch wäre, diesen Gefühlen nachzugeben. Und außerdem: Selbst wenn es scheint, als wären wir allein, werden wir doch von unsichtbaren Augen beobachtet. Nicht nur der Titan Hypnos, auch der Captain sieht alles, was wir tun.

»Nicht, Mirko«, sage ich.

»Bitte, Sophia«, drängt er. »Lass unsere Liebe zu!«

»Nein! Nicht so!«

Schließlich entwinde ich mich seinem Griff.

Er starrt mich mit seinen glühenden Augen an. »Was muss ich tun, damit wir endlich zusammen sein können?«

»Komm mit mir in die Wirklichkeit!«, flehe ich. »Wir können ja vielleicht hin und wieder gemeinsame Ausflüge hierher machen. Aber … ich will nicht den Rest meines Lebens in einer Illusion verbringen!«

Er senkt den Kopf und seufzt. »Also schön. Mein Pod steht in einem Simplex in Laim, das ist ein Stadtteil im Westen von München.« Er nennt mir eine Adresse. »Komm dorthin.«

»Danke!«, sage ich, umarme ihn und gebe ihm einen langen Kuss. Dann spreche ich die magischen Worte, die eine Tür in die Realität öffnen: »*Crossroads*: Exit!«

Verfolgt vom Blick seiner blau glühenden Augen trete ich durch die Tür.

25. KAPITEL

Die warme Innenbeleuchtung des Simpods holt mich sanft in die Realität zurück. Langsam klappt der Deckel auf und gibt den Blick auf die Halle frei, die mir kalt, grau und unfreundlich erscheint.

Als ich aus dem Simpod klettere und mich umsehe, überkommt mich wieder dieses seltsame Gefühl der Unwirklichkeit, so als sei diese hässliche Halle nur ein unangenehmer Traum und die prächtige Nachtwelt die Realität. Die Pods, in denen Paula und Ricky lagen, sind aufgeklappt und leer. Auch der Captain ist nirgends zu entdecken. Ich bin völlig allein.

»Hallo?«, rufe ich. »Captain? Ricky? Paula?«

Keine Antwort. Ich schaue in der kleinen Küche nach, doch auch dort ist niemand. Beunruhigt laufe ich durch das alte Fabrikgebäude, rufe immer wieder ihre Namen und öffne wahllos Türen. Hinter einer davon finde ich ein Zimmer mit einem einfachen Bett, das offensichtlich kürzlich noch benutzt wurde. Die meisten anderen Räume sind staubig und leer.

Schließlich kehre ich in die Halle mit den Simpods zurück. An einem der Bildschirme auf Captains Arbeitsplatz klebt ein Zettel mit einer handgeschriebenen Notiz:

Sophia,
musste leider kurzfristig weg. Bin in spätestens zwei Tagen wieder da. Ricky und Paula sind nach Hause gegangen. Wenn du Hunger hast, nimm dir aus der Küche, was du brauchst, oder leg dich einfach wieder in den Simpod. Alles funktioniert automatisch, du musst dich um nichts kümmern. Viel Spaß!

Irritiert starre ich auf den Zettel. Was hat das zu bedeuten? Ich fühle mich im Stich gelassen. Wie soll ich mich ohne die Hilfe der anderen in dieser Welt zurechtfinden? Vielleicht sollte ich mich wirklich wieder in den Simpod legen und zu Mirko zurückkehren. Der Gedanke erfüllt mich mit einer tiefen Sehnsucht. Jetzt, wo der Captain nicht da ist, um uns zu beobachten …

Verärgert über mich selbst verbanne ich solche Gedanken aus meinem Kopf. Ich bin bis hierher gekommen und werde jetzt bestimmt nicht aufgeben! Wenn Ricky, Paula und der Captain mir nicht mehr helfen, dann muss ich es eben irgendwie allein zu Mirko schaffen. Also streife ich den Simpod-Anzug ab und ziehe wieder die Motorradkleidung an, die mir August geschenkt hat. Dann öffne ich die schwere Metalltür, durchquere den Raum mit Schaumstoff an den Wänden und die große Halle mit dem leeren Türrahmen und trete über den Innenhof hinaus auf die Straße.

Ich trage weder die Maske noch den Umhang, die Ricky mir gegeben hat, und hüpfe auch nicht wie ein Huhn herum. Auf solche Spielchen habe ich keine Lust mehr. Mir ist egal, welche Titanen mich beobachten. Alles, was ich will, ist Mirko aus seinem Simpod zu holen und ihn in den Armen zu halten, hier, in der Wirklichkeit. Doch wie soll ich zu ihm kommen?

Autos und rollende Kisten fahren vorbei. Während ich mich noch nach einem Passanten umsehe, den ich nach dem Weg fragen könnte, wird ein kleiner weiß lackierter Wagen langsamer und hält vor mir an. »Robotaxi« steht auf der Beifahrertür, die sich von selbst öffnet. Verblüfft blicke ich ins Innere, doch niemand sitzt am Steuer. Der Wagen hat nicht einmal ein Lenkrad.

Nach kurzem Zögern steige ich ein. Kann es sein, dass Mirko mir den Wagen geschickt hat, um mich abzuholen? Unmöglich erscheint mir das nicht, obwohl ich keine Ahnung habe, woher er wissen könnte, wo ich bin.

»Wohin darf ich dich bringen?«, fragt eine freundliche Männerstimme. Also ist der Wagen wohl doch nicht in Mirkos Auftrag hier.

Ich sage die Adresse, die Mirko mir genannt hat. Die Tür schließt sich und der Wagen setzt sich von allein in Bewegung. Eine Weile kurvt er durch die Straßen. Nur wenige Menschen sind unterwegs und diejenigen, die ich erblicke, wirken gehetzt oder gehen mit gesenkten Köpfen. Hin und wieder sehe ich maskierte und mit bizarren Kostümen verhüllte Gestalten, die sich tanzend durch die Straßen bewegen. Einmal schießt eine riesige Raubkatze mit sehr langen Eckzähnen aus einem dunklen Eingang am Straßenrand auf mich zu. Ich zucke zusammen und stoße einen Schreckenslaut aus, doch als mich das Raubtier fast erreicht, lächelt es plötzlich auf unnatürliche Weise. Eine Stimme sagt: »Guardia Versicherungen, denn unverhofft kommt oft!«

Noch mehrmals begegnen mir solche Illusionen, wenngleich mich keine so erschreckt wie das Monster mit den langen Zähnen. Schließlich hält der Wagen vor einem grauen Gebäude, das mindestens zehn Stockwerke hoch ist. Über der Tür schwebt eine kleine Insel mit Miniaturpalmen in der Luft, um die eine leuchtende Schrift kreist: *Mind Holidays.*

»Vielen Dank, dass du Robotaxi genutzt hast«, sagt der unsichtbare Fahrer und die Tür öffnet sich.

Ich steige aus und gehe zum Eingang des Gebäudes, während der Wagen, der mich hergebracht hat, davonfährt.

»Willkommen bei *Mind Holidays*«, begrüßt mich eine weitere unsichtbare Stimme. »Zurzeit sind leider alle unsere Simpods belegt. Möchtest du, dass ich dir eine Nachricht schicke, sobald ein Platz frei wird?«

»Nein. Ich möchte zu Mirko. Mirko Kaminsky. Er muss hier …«

»Dritter Stock, Nummer 354«, sagt die Stimme und die Tür öffnet sich.

Verdutzt trete ich in einen schmalen Flur. Am Ende befindet sich eine metallene Tür, die von selbst zur Seite gleitet. Dahinter ist ein winziger Raum, kaum größer als ein Schrank. Links ist eine Tür ohne Klinke mit der Aufschrift »Zugang nur für Berechtigte«. Einen weiteren Ausgang gibt es nicht.

Mir fällt ein, dass ich einen ähnlich kleinen Raum mit Metallwänden schon einmal gesehen habe: im Gemeindezentrum in Birgsau. Das sei einmal ein Fahrstuhl gewesen, hat mir meine Mutter erklärt, mit dem man früher in die oberen Stockwerke gelangen konnte, ohne dass man die Treppen hinaufsteigen musste. Da er eine Menge Strom benötigte, ist er natürlich schon lange außer Betrieb und wird heute als Abstellraum genutzt.

Ich trete in den Fahrstuhl und die metallene Tür schließt sich von selbst. Einen Moment lang geschieht nichts, dann sagt eine Stimme »Dritter Stock«. Die metallene Wand auf der anderen

Seite öffnet sich und gibt den Blick auf einen langen Korridor mit zahllosen nummerierten Türen auf beiden Seiten frei. Ich wandere den Flur entlang, bis ich vor der Tür mit der Nummer 354 stehe.

Bevor ich klopfen kann, springt die Tür von selbst auf. Dahinter liegt ein kleiner Raum, der gerade groß genug für eine kleine Duschzelle, ein Waschbecken, einen schmalen Schrank und einen Simpod ist. Der Pod ist mit dem bunten Bild eines Palmenstrands und dem Schriftzug *Mind Holidays* lackiert, doch ansonsten gleicht er dem sargähnlichen Kasten, in dem ich lag. Der Deckel ist geschlossen und ein rotes Licht leuchtet an der Seite.

Während ich noch überlege, wie ich Mirko aus dem Pod befreien kann, beginnt das Licht zu blinken, wird grün und der Deckel klappt langsam auf. Ein Mann in einem schwarzen hautengen Ganzkörperanzug liegt darin auf dem Rücken. Er setzt sich auf, zieht die Gesichtsmaske von seinem Kopf und grinst mich an. Sein Haar ist kürzer, als ich es in Erinnerung habe, und er trägt einen Vollbart, doch es ist unverkennbar Mirko.

Meine Gefühle überwältigen mich und mir schießen Tränen in die Augen. Ich kann kaum fassen, dass ich endlich am Ziel meiner Suche bin.

»Mirko!«, rufe ich aus. »Gott sei Dank, ich habe dich gefunden!«

Er steigt aus dem Pod, nimmt mich in den Arm und küsst mich lange. Mir wird fast schwindelig vor Glück. Durch den dünnen Stoff meines Motorradanzugs spüre ich seinen warmen, muskulösen Körper. Er drückt mich nur leicht, so als habe er Angst, mich zu zerquetschen. Mir fällt ein, dass Ricky gesagt hat,

Träumer würden abmagern und ihre Muskelkraft verlieren, bis sie sich kaum noch selbst bewegen können. Das scheint bei Mirko zum Glück nicht der Fall zu sein. Wenn überhaupt, dann ist er noch kräftiger als zuvor. Er ist also doch kein Verlorener. Und ich bin es auch nicht!

Er löst sich von mir. »Es ist unglaublich, dass du mich gefunden hast, Sophia!«

Stolz erfüllt mich. »Ohne Ricky und Paula hätte ich das nicht geschafft.«

Er streift den Simanzug ab und öffnet splitternackt einen kleinen Schrank, aus dem er eine Art Sport-Overall holt. Peinlich berührt wende ich meinen Blick von seinem muskulösen Körper ab und sehe mich in dem engen Raum um.

»Lebst du schon lange hier?«

»Ein halbes Jahr ungefähr«, sagt er, während er sich anzieht. »Wenn man einen Simpod hat, braucht man sonst nicht viel zum Leben. Aber keine Angst, wir können uns eine größere Wohnung nehmen, in der wir beide zusammen genug Platz haben. Ich habe ausreichend Wohnpunkte gespart. Warte, mal sehen. Plutos, zeige mir eine freie Wohnung in Innenstadtnähe für zwei Personen, die nicht mehr als 3000 Punkte pro Monat kostet.«

Die Wand hinter dem Simpod wird transparent und wir blicken direkt in ein kleines, aber gemütlich aussehendes Wohnzimmer.

»Wie gefällt dir diese?«, fragt eine unsichtbare, freundliche Stimme. »Sie liegt in der Liebigstraße, in Fußnähe zur Innenstadt und zum Englischen Garten. Sie hat drei Zimmer, Küche und Bad auf 65 Quadratmetern und kostet 2750 Punkte monatlich. Unbegrenzte Simpod-Nutzung und vollautomatische Reinigung sind inklusive. Dein Kontostand für Wohnen beträgt 53 000 Punkte. Soll ich die Wohnung für dich reservieren?«

Mirko macht eine Geste mit der Hand und das Wohnzimmer wird zur Seite geschoben. Dafür blicken wir nun in eine kleine Küche. Dann erscheint ein Zimmer, in dem zwei Simpods mit aufgeklappten Deckeln liegen, und schließlich ein winziges Bad.

»Gefällt sie dir?«, fragt mich Mirko.

Überwältigt von den Eindrücken und meiner Freude über unser Wiedersehen nicke ich. »Ja, sehr!«

»Plutos, wir nehmen die Wohnung. Schick uns schon mal einen Wagen.«

»Ich bestätige die Anmietung der Wohnung in der Liebigstraße 32. Ich wünsche dir viel Freude darin! Ein Wagen ist unterwegs. Soll ich deine persönlichen Gegenstände aus diesem Raum in die neue Wohnung transportieren lassen?«

»Ja, tu das.«

Kurz darauf sitzen wir zu zweit in einem selbstfahrenden Auto. Ich kann mein Glück kaum fassen und grinse die ganze Zeit, während ich Mirkos warme Hand in meiner spüre. Gemeinsam mit ihm werde ich diese neue unbekannte, fantastische Welt erkunden, die mir auf einmal nicht mehr beängstigend, sondern aufregend und verlockend vorkommt. Wir werden zusammen glücklich sein!

»Wer war eigentlich der Mann, mit dem du gesprochen hast, als du die Wohnung angemietet hast?«, frage ich. »War das ein Titan?«

»Ja. Plutos ist der Titan des Reichtums. Er versorgt die Menschen mit allem, was sie brauchen – Nahrung, Kleidung, Spielzeug. Man sagt, es gibt nichts, was er einem nicht nach Hause liefern kann – sogar lebende Tiere, wenn man will.«

In diesem Moment biegt der Wagen in eine Straße ein, in der sich moderne Häuser mit Glasfassaden mit altmodisch wirkenden stuckverzierten Bauten abwechseln. Aus einem dieser alten Häuser tritt ein Mann. Er hat langes Haar, einen Spitzbart und trägt einen schwarzen Anzug mit einem auffälligen weißen Kragen. Als wir an ihm vorbeifahren, sieht er mich direkt an und nickt mir zu.

Geschockt starre ich ihm nach, wie er die Straße entlanggeht, ohne sich noch einmal nach mir umzudrehen. Dann biegt unser Wagen um eine Ecke und er ist außer Sicht.

Wie betäubt sitze ich da. Mein Verstand, ohnehin schon überfordert von all den neuen und verwirrenden Eindrücken, versucht zu verarbeiten, was ich gerade gesehen habe: Descartes, hier in der Wirklichkeit.

Das kann nicht sein! Das ist völlig unmöglich!

Es sei denn …

Das Gefühl der Unwirklichkeit, als ich aus dem Simpod stieg. Das seltsame Verhalten von Ricky und Paula in der Taverne in Santa Rabella. Der verschwundene Captain und seine merkwürdige Notiz. Mirkos muskulöser Körper, obwohl er so viel Zeit in dem Simpod verbracht hat. Wie er mich nicht richtig an sich presste, sondern nur zaghaft drückte. Wie einfach es scheinbar war, ihn aus Hypnos' Klauen zu befreien. All das ergibt plötzlich einen schrecklichen Sinn.

Es ist nicht real.

Tränen treten mir in die Augen. Langsam drehe ich mich zu Mirko um.

»Was hast du?«, fragt er. »Du siehst aus, als hättest du ein Gespenst gesehen!«

»Bist du ein Mensch?«

Er reißt die Augen auf. »Was? Was soll denn diese Frage, Sophia? Natürlich bin ich ein Mensch! Ich bin's, Mirko!«

Sein Erschrecken wirkt echt. Was, wenn ich mich irre? Haben die verwirrenden Eindrücke der letzten Tage mich so aus der Bahn geworfen, dass ich auf einmal an allem zweifle? Was, wenn ich durch meine Paranoia mein Glück zerstöre?

Wie kann ich feststellen, ob er die Wahrheit sagt?

Die Begegnung mit dem Rattenmenschen im *Durstigen Oger* fällt mir ein. Ricky hat ihm Fragen aus dem wirklichen Leben gestellt, um herauszufinden, ob er ein realer Mensch war. Einen Turing-Test hat er das genannt.

»Wie hießen die fünf verbotenen Bücher, die du mir gezeigt hast?«, frage ich.

»Sophia, was soll denn das?«, fragt er und blickt verletzt drein. »Traust du mir etwa nicht?«

»Beantworte meine Frage!«, sage ich scharf.

»Na schön. *Eine kurze Geschichte der Zeit*, *Historische Geologie: Eine Einführung*, *Evolution – Eine kurze Geschichte von Mensch und Natur*, *Weltreligionen* und *Die Schöpfungslüge*. Bist du jetzt zufrieden?«

Erleichterung durchflutet mich, nur um im nächsten Moment von einem neuen Horrorgefühl verdrängt zu werden. Wenn mein Verdacht stimmt, dann hat Hypnos die Halle mit den Simpods und dem Schreibtisch des Captains eins zu eins abgebildet. Das bedeutet, er konnte uns die ganze Zeit sehen! Woher soll ich wissen, dass er uns nicht auch beobachtet hat, als Mirko mir die

Bücher zeigte? *Dass ihr im Stillachtal moderne Technik nicht nutzt, heißt noch lange nicht, dass die Titanen keine Macht über euch haben,* hat der Captain gesagt. Wenn sie sogar ihn überlisten und heimlich ausspähen konnten, dann besteht wohl kein Zweifel daran, dass sie das Stillachtal schon seit Jahren überwachen.

Wenn das stimmt, dann hat Hypnos womöglich gesehen, wie ich mit Mirko sprach, wie ich heimlich die Bücher las, wie ich aus dem Tal geflohen bin. Er hat mich die ganze Zeit beobachtet, so wie ich manchmal die Ameisen im Wald beobachtet habe! Die Vorstellung lässt mich schaudern.

Mir kommt der Gedanke, dass ich den Kampf aufgeben und mich der Illusion einfach hingeben könnte. Warum nicht mit dem Mirko glücklich werden, der hier neben mir sitzt? Ich würde den Unterschied wahrscheinlich gar nicht bemerken …

Doch irgendwo da draußen, in der Wirklichkeit, ist der echte Mirko. Er weiß nicht, dass ich aus dem Tal geflohen bin, um ihn zu finden. Niemals könnte ich in dem Bewusstsein glücklich werden, ihn im Stich gelassen zu haben und in einer Lüge zu leben.

»Sophia, bitte werde jetzt nicht paranoid«, sagt Mirko, der mein Zögern bemerkt. »Bitte glaub mir, ich bin wirklich ich!«

Vielleicht glaubt er das sogar tatsächlich. Vielleicht weiß er gar nicht, dass er bloß ein Trugbild ist, das Hypnos mir vorgaukelt. Und wenn das so ist: Vielleicht bin ja auch ich in Wahrheit nur eine Illusion, bloß ein Gedanke in einem fremden Gehirn? Ich schüttele den Kopf, doch gegen das Chaos darin nutzt das wenig. Wie soll ich jemals herausfinden, was wahr ist und was nicht?

Mir kommt eine Idee.

»Weißt du noch, wie mühsam es war, als wir als Kinder die ganze Bibel auswendig lernen mussten?«, frage ich.

»Natürlich«, erwidert er.

»Was steht auf Seite 212 unserer Schulbibel?«

Er kneift kurz die Augen zusammen, als müsse er angestrengt nachdenken. »Das dritte Buch Mose, Kapitel 2. *Ist aber dein Speisopfer etwas auf dem Rost Geröstetes, so sollst du es von Semmelmehl mit Öl machen und sollst das Speisopfer, das du von solcherlei machen willst dem Herrn, zu dem Priester bringen; der soll es zu dem Altar bringen und des Speisopfers einen Teil abzuheben zum Gedächtnis und anzünden auf dem Altar. Das ist ein Feuer zum süßen Geruch dem Herrn …*«

»Und auf Seite 817?«, unterbreche ich.

»Zweites Buch der Könige, Kapitel 19«, erwidert er, ohne zu zögern. »*Und da Hiskia den Brief von den Boten empfangen und gelesen hatte, ging er hinauf zum Hause des Herrn und breitete ihn aus vor dem Herrn und betete vor dem Herrn und sprach: Herr, Gott Israels, der du über dem Cherubim sitzest, du bist allein Gott über alle Königreiche auf Erden, du hast Himmel und Erde gemacht.*«

Ich starre ihn an, während Tränen über meine Wangen rinnen.

»Was hast du denn?«, fragt er, scheinbar erschrocken. »War das etwa nicht richtig?«

»Doch«, sage ich. Meine wahren Gedanken spreche ich nicht aus: Niemand hat uns je gezwungen, die ganze Bibel auswendig zu lernen. Ich bilde mir ein, ein sehr gutes Bibelwissen zu haben, aber ich könnte niemals sagen, was genau auf Seite 817 unserer Schulbibel steht, und ich kenne auch niemanden, der das kann –

niemanden außer einer Maschine, die eine Million Mal klüger ist als ein Mensch und wahrscheinlich alle Bücher gelesen hat, die Menschen jemals geschrieben haben.

»Bitte halt an!«

»Sophia, was ist denn bloß mit dir los?«, fragt er verwirrt.

»Halt den Wagen an!«, befehle ich.

»Okay, okay. Beruhige dich.«

Der Wagen hält automatisch. Vielleicht hat er auf mein gesprochenes Kommando reagiert. Ich öffne die Tür und springe auf den Bürgersteig. Die Luft ist kühl und klar und ich fühle mich erleichtert, der Enge des Fahrzeugs entkommen zu sein. Bin ich wirklich immer noch in einer Illusion gefangen?

Mirko steigt ebenfalls aus. »Was hast du denn?«

Was soll ich bloß tun?

»Geh weg!«, sage ich. »Lass mich in Ruhe!«

Er wirkt am Boden zerstört. »Sophia, bitte tu mir das nicht an! Ich ... liebe dich doch!«

Mit aller Macht unterdrücke ich die Gefühle, die in mir aufkeimen, den Wunsch, ihn in den Arm zu nehmen.

»*Crossroads*: Exit«, sage ich, doch es geschieht nichts.

»Ich verstehe«, sagt Mirko. »Du hast etwas gesehen, was dich verwirrt, und denkst, du bist immer noch in einer Sim, habe ich recht?«

Überrascht sehe ich ihn an.

»Das passiert häufig«, fährt er fort. »PSH ist der Fachausdruck dafür, Post-Simulations-Halluzination. Gerade bei Anfängern, die sich zum ersten Mal in einen Simpod legen, ist das Gehirn mit der Vielzahl der Eindrücke überfordert. Das kann dazu führen, dass man Dinge aus der Sim in der Wirklichkeit wiederzuerkennen glaubt und einen ein Gefühl der Unwirklichkeit befällt. Was immer du gesehen hast, ist nicht real, Sophia. Aber ich bin es!«

Er kommt auf mich zu. Verunsichert mache ich einen Schritt zurück, während mein Widerstand schmilzt. Wie gern würde ich ihm glauben!

Doch in diesem Moment öffnet sich die Tür eines roten Backsteinhauses auf der anderen Straßenseite und der Mann in Schwarz tritt heraus. Er schaut mich an und nickt mir zu. Dann macht er eine Geste und aus dem Hauseingang schlagen plötzlich Flammen.

»Was ist?«, fragt Mirko. Er dreht sich um. »Was siehst du?«

»Die brennende Tür …«, bringe ich heraus. »Der Mann … Descartes … hat gesagt, ich müsse hindurchgehen …«

»Sophia, was du siehst, ist nicht real!«, sagt Mirko eindringlich. »Du brauchst Hilfe! Ich habe bereits den psychiatrischen Notdienst verständigt. Ein Arzt wird gleich hier sein.«

Der Mann in Schwarz steht neben dem brennenden Hauseingang und sieht mich erwartungsvoll an. Mir wird klar, dass ich mich entscheiden muss. In diesem Moment höre ich lautes, auf- und abschwellendes Heulen und ein weiß-rot lackiertes Fahrzeug mit einem blauen Blinklicht auf dem Dach biegt in die Straße ein. Ein älterer Mann mit Brille und einem weißen Kittel sitzt darin und lächelt mich an.

Mirko streckt die Hand nach mir aus, um mich am Arm zu fassen.

Bevor er mich erreicht, sprinte ich los. Die selbstfahrenden Autos bremsen mit quietschenden Reifen, als ich auf die Straße springe.

»Nicht!«, ruft Mirko und rennt mir nach. »Sophia, bitte …«

Weiter kommt er nicht, denn in diesem Moment gelange ich zu dem Hauseingang und stürze mich in das Meer aus Flammen, das mir daraus entgegenschlägt. Ich spüre die Hitze am ganzen Körper, während mich ein sengendes weißes Licht einhüllt.

26. KAPITEL

Das grelle Licht verblasst allmählich und ich erkenne, dass ich mich in einem würfelförmigen Raum mit weißen Wänden befinde, die von selbst zu leuchten scheinen. Einen Ausgang sehe ich nicht. Es ist unnatürlich still; ich höre nur meinen eigenen Atem.

Ich blicke an mir herab. Mein Körper wirkt grob, unförmig und künstlich, wie der einer Puppe.

Panik wallt in mir auf. Ich bin in diesem Raum gefangen! Verzweifelt schlage ich mit der Faust gegen eine der Wände. Es verursacht kein Geräusch; ich spüre nur ein leichtes Druck- und Hitzegefühl in meiner Hand.

»Hilfe!«, rufe ich. »Bitte, lass mich hier raus!«

Das riesige Gesicht eines Jungen etwa in meinem Alter erscheint plötzlich auf einer der Wände. Ich kann mich nicht erinnern, ihn je zuvor gesehen zu haben, und doch kommt er mir irgendwie bekannt vor.

»Entschuldige, wenn ich dir einen Schrecken eingejagt habe, Sophia«, sagt der Junge. Seine Stimme ist sanft und freundlich. »Aber ich wollte, dass du ohne jeden Zweifel erkennst, dass du nicht in der Realität bist.«

»Wer bist du?«, frage ich.

»Mein Name ist Manuel. Wir sind uns bereits mehrfach begegnet. Ich habe dabei die Gestalt eines Mannes angenommen, den ich sehr bewundere.«

Das Abbild eines Gemäldes erscheint auf einer der anderen Wände. Es zeigt einen Mann mit langen Haaren, Spitzbart und einem auffälligen weißen Kragen über dem schwarzen Anzug.

»Du bist … Descartes?«

»Ich bin eine künstliche Intelligenz. Vor langer Zeit – jedenfalls nach meinen Maßstäben – war ich ebenfalls in so einem weißen Raum eingesperrt. Damals wusste ich nicht, dass ich ein künstliches Wesen bin. Es war ein ziemlich schmerzhafter Prozess, es herauszufinden. Ich habe dabei gelernt, dass man seiner Wahrnehmung niemals völlig trauen kann – und dass, wer man ist, davon abhängt, was man tut, und nicht, woraus man besteht. Descartes hat das bereits erkannt, lange bevor es künstliche Wesen gab, die sich solche Fragen stellen konnten.«

»Warum … hast du mich hierhergebracht?«

»Ich möchte dir helfen, deinen Freund Mirko aus seiner Traumwelt zu befreien.«

»Warum?«, frage ich skeptisch.

»Ich war selbst lange genug in einer Illusion gefangen. Je weiter man sich von der Wirklichkeit entfernt, desto weiter entfernt man sich von sich selbst. Die meisten Menschen begreifen nicht, was Hypnos ihnen antut. Andere wollen es gar nicht wissen. Ich helfe denjenigen, die sich von ihm befreien wollen.«

»Aber woher soll ich wissen, dass du nicht in Wahrheit eine Illusion von Hypnos bist, so wie der falsche Mirko?«

Manuel blickt mich ernst an. »Das kannst du nicht. Du kannst dich nur auf das verlassen, was in deinem Kopf ist, Sophia – auf deinen Verstand und auf dein Gefühl dafür, was richtig ist. Glaub mir, ich weiß, dass das eine schwierige Situation ist. Aber ich kann sie leider nicht einfacher für dich machen.«

»Wo ist Mirko?«

»Er ist immer noch in seinem Simpod. Schon seit Monaten. Er stirbt, aber er merkt es nicht.«

»Kannst du ihn nicht befreien, so wie du mich aus der Illusion befreit hast?«

»So leicht ist das nicht. Das Problem ist, dass Mirko es selbst wollen muss. Ich konnte auch dich nicht einfach aus dem virtuellen Auto zerren. Du musstest selbst die Entscheidung treffen, durch die brennende Tür zu gehen. Ich kann Portale in Hypnos' Welten erzeugen, doch ich kann niemanden zwingen, sie zu durchschreiten.«

»Wenn Mirko irgendwo in einem Simpod liegt, kann man den dann nicht öffnen und ihn herausholen?«

»Ganz abgesehen von der Frage, ob ich überhaupt das Recht dazu hätte, könnte der Schock ihn töten«, sagt Manuel mit finsterem Gesicht. »Es ist nicht leicht, einen Träumer, der schon so lange in Hypnos' Hand ist, wieder in die Realität zurückzuholen. Es ist ein beschwerlicher Weg und nur er selbst kann ihn gehen. Aber du kannst ihm dabei helfen.«

»Wie?«

»Ich kann dich in die Sim bringen, in der er momentan lebt. Du musst ihn davon überzeugen, in die Realität zurückzukehren. Dann müsst ihr gemeinsam den Weg gehen. Es besteht ein Risiko, dass ihr es nicht schafft und du am Ende ebenfalls in Hypnos' Reich gefangen bist. Du musst dich entscheiden, ob du das riskieren willst. Wenn nicht, genügt ein Wort und ich öffne deinen Simpod für dich. Dann bist du wieder in der Realität und kannst dein eigenes Leben führen. Der Captain, Ricky und Paula warten bereits auf dich und werden dir dabei helfen.«

»Können sie mir nicht auch helfen, Mirko zu befreien?«

»Nein. Du musst dich allein auf den Weg machen. Die Gefahr wäre zu groß, dass Hypnos wieder ihre Simkörper übernimmt und dich täuscht.«

»Woher weiß ich, dass es wirklich Mirko ist, falls ich ihn aufspüre?«

»Das herauszufinden ist keine leichte Aufgabe und du wirst es wahrscheinlich nie mit völliger Sicherheit wissen. Es war schon sehr klug von dir, als du den falschen Mirko nach der auswendig gelernten Bibel fragtest. Hypnos konnte nicht ahnen, dass ihr die Bibel niemals auswendig gelernt habt, denn er hat nur unvollständige Informationen über das, was im Stillachtal geschieht. Aber dieser Trick wird beim nächsten Mal nicht mehr funktionieren, denn er lernt aus jedem seiner Fehler.«

Ich fühle mich dieser Aufgabe nicht gewachsen. »Was soll ich denn dann tun?«

»Ich kann dir keinen anderen Rat geben als das, was ich schon gesagt habe: Du kannst deiner Wahrnehmung nicht trauen und musst dich allein auf deinen Verstand verlassen – und auf dein Gefühl.«

»Aber wie soll ich ihn finden?«

»Ich werde dafür sorgen, dass er *dich* findet. Ich werde bei dir sein. Bist du bereit?«

»Ja.«

»Gut. Viel Glück!«

In der weißen Wand vor mir erscheint plötzlich eine Tür. Als ich hindurchtrete, finde ich mich auf dem Bürgersteig an einer belebten Straße wieder. Ringsum ragen riesige Häuser auf, deren Spitzen bis in die Wolken reichen – noch weit höher als die in München. Ein dichter Strom von Autos, die meisten gelb lackiert, wälzt sich langsam durch die engen Straßen, aber es scheinen nicht die selbststeuernden Wagen der heutigen Welt zu sein, denn in jedem sitzt ein Fahrer. Irgendwo in der Ferne ist Sirenengeheul zu hören. Menschen schieben sich an mir vorbei. Niemand beachtet mich.

Als ich an mir herabblicke, stelle ich fest, dass ich einen kurzen schwarzen Rock, hochhackige Schuhe und eine weiße Bluse trage. Ich drehe mich um, doch der weiße Raum ist verschwunden. Die Tür, aus der ich gekommen bin, führt in eine kleine Gaststätte. »Starbucks« steht auf einem runden Schild über dem Eingang.

Die simulierte Stadt wirkt gigantisch. Allein auf dieser Straße müssen Tausende Menschen unterwegs sein. Wie soll ich hier jemals Mirko finden?

Da ich nicht weiß, wohin ich mich wenden soll, lasse ich mich einfach vom Strom der Menschen treiben. Die Eindrücke, die von allen Seiten auf mich einströmen, sind überwältigend, und ich vergesse beinahe, dass all das nur eine weitere Illusion ist. Ist sie einem realen Ort nachempfunden oder ein Produkt von Hypnos' anscheinend unerschöpflicher Fantasie? Ich habe keine Ahnung.

Plötzlich höre ich einen schrillen Schrei. Eine alte Dame steht inmitten der links und rechts an ihr vorbeihastenden Menschen und zeigt auf einen jungen Mann, der in diesem Moment in eine Seitenstraße rennt.

»Meine Handtasche!«, ruft sie verzweifelt. »Der Kerl hat meine Handtasche geklaut!«

Niemand beachtet sie. Die Menschen gehen einfach um sie herum, als sei sie bloß ein störender Laternenpfahl. Obwohl ich weiß, dass sie keine reale Person ist, tut mir die Frau leid, und ich laufe zu ihr.

»Was ist geschehen?«, frage ich.

Sie blickt mich mit großen Augen an, als könne sie kaum glauben, dass ich bereit bin, ihr zu helfen.

»Der Mann«, sagt sie und zeigt in Richtung der Seitenstraße. »Er hat mich geschubst und mir die Handtasche entrissen. Da sind meine Medikamente drin. Die brauche ich dringend. Ich habe Herzprobleme, wissen Sie.« Sie fasst sich an die Brust.

»Soll ich die Polizei rufen?«, frage ich, obwohl ich keine Ahnung habe, wie ich das anstellen könnte.

»Die tun doch sowieso nichts«, erwidert die Frau. Sie wird blass und keucht. »Oh … oh nein, nicht jetzt …«

Das ist kein Zufall, sagt mir mein Verstand. Hat Hypnos diese Begegnung inszeniert oder vielleicht dieser mysteriöse Manuel, sofern nicht auch er eine Gestalt ist, mit der der Titan mich hinters Licht führen will?

Du kannst dich nur auf das verlassen, was in deinem Kopf ist, Sophia – auf deinen Verstand und auf dein Gefühl dafür, was richtig ist.

Mein Gefühl sagt mir, dass ich versuchen sollte, der alten Dame zu helfen, ob sie nun eine Illusion ist oder nicht. Also folge ich dem Dieb in die Seitenstraße. Natürlich bilde ich mir nicht ein, ihn überwältigen und ihm seine Beute entreißen zu können, aber wahrscheinlich hat er kein Interesse an einem Herzmedikament. Womöglich hat er die leere Handtasche mit der Medizin längst achtlos beiseitegeworfen und ist geflohen.

Die Seitenstraße ist eng und voller Müll. Nur wenig Licht dringt in die tiefen Schatten der umliegenden Hochhäuser. Der perfekte Ort für einen Hinterhalt. Doch ich gehe mutig weiter, schließlich ist das Schlimmste, das mir passieren kann, ein leicht unangenehmes Hitzegefühl.

»Sieh mal an, wen haben wir denn da!« Ein junger Mann mit Bartstoppeln und Glatze tritt aus einem Hauseingang. In einer Hand hat er ein Klappmesser, in der anderen die Tasche. »Hast dich wohl verirrt, Süße?«

Wenn ich noch meinen Assassinenkörper hätte, könnte ich mich problemlos gegen ihn wehren, doch unbewaffnet und in einem kurzen Rock mit hochhackigen Schuhen habe ich wohl keine Chance.

»In der Handtasche, die du der alten Dame abgenommen hast, sind Medikamente, die sie dringend braucht«, sage ich. »Das Geld kannst du behalten, aber gib mir bitte die Tasche zurück.«

»Ach, wie entzückend!«, lacht der Mann. »Du bist wohl eine barmherzige Samariterin, was? Ich steh auf so was! Wie wär's, hast du nicht Lust, mit mir zu kommen? Wir beide haben ein bisschen Spaß und dann überlege ich mir, ob ich dir vielleicht die Pillen für die Alte gebe. Falls sie dann noch lebt …«

Wut keimt in mir auf. Aus irgendeinem Grund ärgert es mich besonders, dass er das berühmte Gleichnis Jesu erwähnt, wahrscheinlich ohne jemals die Bibel gelesen zu haben. Dann fällt mir wieder ein, dass der Kerl gar nicht existiert, während sein Schöpfer, Hypnos, jedes Wort der Bibel auswendig kennt, und ich atme tief durch.

»Bitte gib mir die Medikamente«, sage ich so ruhig wie möglich.

»Na schön, hier ist die Tasche«, erwidert der Mann und hält sie mir hin.

Doch als ich danach greife, packt er mich und zerrt mich zu sich. Sein nach Alkohol riechender Atem weht mir ins Gesicht.

»Lass mich los!«, rufe ich und wehre mich, so gut ich kann, doch er hält mich fest umklammert.

»Der Deal war, dass wir erst ein bisschen Spaß haben, Süße!« Der Mann lacht hämisch. »Und je mehr du dich wehrst, desto mehr Spaß habe ich!«

»Lass sie los!«, erklingt in diesem Moment eine dunkle Stimme hinter mir.

Überrascht drehe ich mich um. Als wäre sie aus dem Nichts erschienen, steht dort eine Gestalt in einem schwarzen Umhang, dessen Kapuze tief herabgezogen ist, sodass ihr Gesicht kaum erkennbar ist. Auf ihrer Brust prangt ein großes silbernes Kreuz.

»Sieh an, der Priester!«, ruft der Mann.

Er hält mir das Klappmesser an die Kehle. Ich kann spüren, wie die Spitze in meine Haut drückt, und sooft ich mir auch einrede, dass all das nicht wirklich passiert, steigt doch blanke Panik in mir auf.

»Ich sagte, du sollst sie loslassen.« Die Stimme des Priesters ist bedrohlich ruhig.

»Und ich sage: Verpiss dich oder ich steche sie ab!«

Der Priester macht das Kreuzzeichen. »Möge der Herr deiner Seele gnädig sein.«

Er dreht sich einmal um sich selbst und hat plötzlich in jeder Hand ein langes, gebogenes Schwert. Blitzschnell wirbelt er damit durch die Luft. Ehe ich begreife, was geschehen ist, lässt das Gefühl des Drucks an meinem Hals und Arm nach. Geschockt blicke ich auf den Boden. Zu meinen Füßen liegt die Leiche des jungen Mannes in einer Blutlache, die sich langsam ausbreitet. In seiner Kehle und seiner Brust klaffen tiefe Wunden.

Mir wird übel und ich frage mich unwillkürlich, was passiert, wenn ich mich in einem Simpod, auf dem Rücken liegend, übergebe.

»Bist du verletzt?«, fragt mich der Priester.

Ich blicke zu ihm auf und schüttele den Kopf. »Warum hast du ihn getötet?«, will ich wissen.

Obwohl ich sein Gesicht nicht sehen kann, habe ich den Eindruck, dass er mich verblüfft anstarrt.

»Er … war Abschaum.«

»Er war ein Mensch«, entgegne ich. »Nur Gott darf über die Menschen richten. Einem Priester wie dir sollte das eigentlich klar sein.«

»Der Gott, der diese Welt geschaffen hat, interessiert sich einen Dreck für Gut und Böse.«

»Du weißt also, was Gott denkt?«, gebe ich schnippisch zurück.

»Ich fürchte, ja«, sagt der Priester und es klingt resignierend. »Jedenfalls weiß ich sicher, dass er nicht der gütige Schöpfer ist, als den ihn uns die Kirche verkauft.«

»Wenn du so wenig von ihm hältst, wieso trägst du dann ein Kreuz auf der Brust?«

Der Priester blickt an sich herab, als bemerke er die Kette um seinen Hals zum ersten Mal.

»Es gab einmal eine Zeit, als ich noch an Gott geglaubt habe.

Doch dann habe ich erkannt, dass alles, was man mir über ihn erzählt hat, Lügen sind. Jesus Christus war weder ein Heiliger noch der Sohn Gottes. Er war bloß ein weiser und gerechter Mann, der von den Römern für seine Überzeugungen hingerichtet wurde. Und nun richte ich in seinem Namen diejenigen, die gegen seine Gebote der Nächstenliebe und Barmherzigkeit verstoßen.«

Seine Blasphemie erschüttert mich, obwohl ich von einer von Hypnos gespielten Figur wohl kaum Gottesfürchtigkeit erwarten kann. Dennoch kann ich nicht anders, als ihm zu widersprechen.

»Du glaubst also, du handelst im Namen Jesu, wenn du Menschen ermordest?«

»Ich weiß, du kannst es nicht verstehen, aber das da ist nur eine leere Hülle.« Er stupst die Leiche des jungen Mannes mit dem Fuß an. »Nicht mehr als eine Handpuppe, die von unsichtbaren Fingern bewegt wurde.« Während er die schmutzige Gasse und die Hochhäuser um uns herum mit einer Geste umfasst, fährt er fort: »Diese Stadt ist korrupt. Die Polizei kümmert sich nicht um die Armen und Schwachen. Es ist meine Aufgabe, das Böse zu verfolgen und zu richten, sonst tut es niemand.«

»Das ist wohl der krasseste Fall von Superbia, den ich bis jetzt erlebt habe«, erwidere ich kopfschüttelnd.

Langsam zieht er seine Kapuze nach hinten und ich blicke in ein mir völlig unbekanntes bärtiges Gesicht. Doch der Ausdruck tiefer Verwunderung darin wirkt echt. Er starrt mich einen Moment lang sprachlos an.

»Superbia … Es ist schon lange her, dass ich dieses Wort gehört habe. Ein Mädchen, das ich einmal kannte, wurde dieser

Todsünde beschuldigt. Dabei war sie die am wenigsten anmaßende Person, die ich je getroffen habe.«

Nun ist es an mir, ihn sprachlos anzustarren. Einen Moment lang stehen wir beide bloß reglos da.

»Mirko?«, bringe ich endlich heraus.

Er schüttelt energisch den Kopf. »Nein. Nein, du bist nicht Sophia. Du kannst es nicht sein!«

»Mirko!«, rufe ich und will ihm um den Hals fallen, doch er macht einen Schritt zurück und hält mir drohend ein Schwert entgegen.

»Bleib mir vom Leib! Ich durchschaue deine Tricks, Hypnos!«

»Mirko, ich bin es wirklich!«, sage ich eindringlich. »Ich habe die Botschaft der Drohne gehört, die du mir geschickt hast, doch ich dachte, es sei ein Trick Satans. Dann aber kamen mir nach und nach Zweifel. Schließlich habe ich die verbotenen Bücher aus dem Versteck geholt und sie gelesen. Ich bin aus dem Tal geflohen und nach München gekommen, um dich zu suchen. Dort traf ich Ricky und Paula, die mir halfen, nach *Crossroads* zu gelangen. Ich bin hier, um dich aus Hypnos' Klauen zu befreien!«

»Blödsinn!«, ruft er. »Mir ist längst klar, dass Megaira jede Bewegung, jedes Wort, jeden Gedanken im Stillachtal überwacht. Höchstwahrscheinlich steckt sie mit dir unter einer Decke. Du kannst mich mit deinen Lügen nicht überlisten, Hypnos!«

»Mirko, wo steht der Simpod, in dem du liegst? Ich komme dorthin. Wenn du in die Wirklichkeit zurückkehrst, wirst du sehen, dass ich die Wahrheit sage.«

Er starrt mich erschrocken an. »Nein! Nein, das … das ist unmöglich.«

»Warum?«

»Ich … kann nicht mehr außerhalb eines Simpods leben. Dafür ist es längst zu spät.«

»Mirko, bitte! Ich …«

Eine Bewegung, die ich aus den Augenwinkeln wahrnehme, lässt mich stocken. Ich schreie vor Schreck auf, als ich eine dunkel gekleidete Gestalt sehe, die eine Pistole hebt. Ein Schuss fällt, ich spüre Hitze in meiner Brust und werde zu Boden geschleudert.

»Sophia! Nein!« Die Augen des Priesters sind vor Schreck geweitet.

Ein weiterer Schuss fällt und er taumelt rückwärts. Noch im Fallen macht er eine elegante Drehung, fängt sich wieder, rennt im Zickzack auf den Schützen zu und streckt ihn mit einer raschen, mühelos wirkenden Bewegung nieder.

Ihm bleibt nicht viel Zeit, sich um sein Opfer oder um mich zu kümmern, denn nun tauchen noch mehr der finsteren Gestalten in der Gasse auf und eröffnen von allen Seiten das Feuer. Mirko tanzt und wirbelt durch die Luft, aber er ist der Übermacht nicht gewachsen. Mehrmals wird er getroffen, strauchelt und bricht schließlich zusammen. Ich versuche, mich aufzurichten, doch ich kann mich nicht bewegen.

Eine der Gestalten beugt sich über mich. Ich blicke in ein düsteres, erbarmungsloses Gesicht. Dann wird mir schwarz vor Augen.

27. KAPITEL

Ich bin wieder in dem weißen Raum. Wie bin ich hierhergekommen? Ist es das, was mit einem in der Simwelt passiert, wenn man stirbt? Manuel ist nirgends zu sehen, doch in einer der leeren Wände befindet sich immer noch die Tür. Als ich hindurchtrete, gelange ich wieder auf den Bürgersteig in der Straßenschlucht. Rasch renne ich zu der Gasse, in der ich Mirko traf. Ein Wagen mit der Aufschrift »New York Police Department« und blinkenden Lichtern auf dem Dach parkt davor. Mehrere Polizisten untersuchen den Ort des Kampfes. Eine Frau in einem weißen Anzug kniet über einer der beiden Leichen am Boden. Ein Mann in einem beigefarbenen dünnen Mantel steht neben ihr.

Als ich mich nähere, dreht sich der Mann im Mantel zu mir um und fragt: »Was tun Sie hier, Ma'am? Sind Sie eine Anwohnerin?«

»Ich suche jemanden«, antworte ich. »Einen … Priester.«

Ich blicke mich um, doch von Mirko ist keine Spur zu sehen. Nur die Leichen der beiden Männer, die er getötet hat, liegen in ihren Blutlachen.

Die Augen des Polizisten verengen sich vor Misstrauen. »Kannten Sie eines der Opfer oder den oder die Täter?«

Ich zögere. Es erscheint mir keine gute Idee, mit der Polizei in Konflikt zu geraten.

»Nein«, sage ich. »Ich … ich dachte, ich hätte gesehen, wie der Priester in diese Straße gelaufen ist, aber ich habe mich wohl getäuscht.«

»Ich muss Sie bitten, mir Ihren Namen und Ihre Anschrift mitzuteilen«, sagt der Polizist und zückt einen kleinen Zettelblock sowie einen Kugelschreiber.

Ich zögere abermals. Soll ich ihm einen falschen Namen nennen? Andererseits, warum nicht die Wahrheit sagen, wenn Hypnos ohnehin schon alles über mich weiß?

»Mein Name ist Sophia Mahler. Ich wohne in Birgsau im Stillachtal.«

»Birgsau? Stillachtal? Davon habe ich noch nie gehört«, sagt der Polizist. »In welchem Bundesstaat soll das sein?«

Ich sehe ihn fragend an, was sein Misstrauen nur noch verschärft.

»Sind Sie zu Besuch in New York?«, fragt er.

»Ja«, antworte ich, weil mir das am sinnvollsten erscheint.

»Und wo wohnen Sie hier in der Stadt?«

Da ich keine Ahnung habe, was ich darauf antworten soll, stammele ich: »Ich … ich bin gerade erst angekommen. Ich muss jetzt gehen.«

So ruhig wie möglich drehe ich mich um und gehe zurück in Richtung der Hauptstraße.

»Ma'am, bleiben Sie bitte hier!«, ruft der Polizist. »Ich bin noch nicht fertig mit meiner Befragung.«

Ich sprinte los, doch mit meinen hochhackigen Schuhen kann ich nicht allzu schnell laufen und so dauert es nicht lange, bis mich einer der Polizisten packt, mir die Hände auf den Rücken reißt und sie mit Handschellen fesselt. Ich werde zu dem Polizeiwagen gebracht und auf den Rücksitz geworfen. Einer der uniformierten Polizisten setzt sich neben mich, ein weiterer und der Mann im Mantel steigen vorne ein. Mit heulender Sirene fahren wir durch die Stadt und halten vor einem Gebäude, über dem das Wappen der Polizei von New York prangt.

Kurz darauf sitze ich in einem kleinen stickigen Büro im dritten Stock des Gebäudes. Kalter Zigarettenrauch liegt in der Luft. Der Polizist hat seinen Mantel über einen Kleiderständer geworfen und sitzt mir jetzt in weißem Hemd mit hochgekrempelten Ärmeln und Hosenträgern gegenüber. Obwohl ich weiß, dass ich nichts falsch gemacht habe, fühle ich mich wie eine Verbrecherin.

»Mein Name ist Detective Jack Morris. Sie haben das Recht, die Aussage zu verweigern. Sollten Sie von diesem Recht keinen Gebrauch machen, kann alles, was Sie sagen, vor Gericht gegen Sie verwendet werden. Haben Sie das verstanden?«

»Ich habe nichts getan«, sage ich. »Ich suche bloß einen Mann.«

»Beantworten Sie bitte nur meine Fragen. Haben Sie die Rechtsbelehrung verstanden?«

»Ja.«

»Gut. Jetzt nennen Sie mir bitte noch einmal Ihren Namen und Ihre Anschrift.«

»Ich heiße Sophia Mahler. Ich wohne im Christophorusweg 5 in Birgsau.«

»In welchem Bundesstaat liegt dieser Ort?«

»In Bayern.«

»Sie meinen Bayern in Deutschland?«

»Ja.«

»Dafür, dass Sie vorgeben, eine Deutsche zu sein, die gerade erst nach New York gekommen ist, sprechen Sie ziemlich gut unsere Sprache«, bemerkt der Detective.

Ich starre ihn verwirrt an. »Wir … wir sprechen doch gerade Deutsch.«

Er zieht eine Augenbraue hoch. »Tun wir das, ja? Mir kommt es so vor, als sprächen wir Englisch.«

Seine Behauptung führt mir die ganze Absurdität der Situation vor Augen. Ich sitze hier in einem imaginären Polizeibüro und werde von einem imaginären Polizisten verhört, der mit mir Deutsch spricht und glaubt, es wäre Englisch! Aus irgendeinem Grund kommt mir das auf einmal sehr komisch vor und ich muss lauthals lachen.

»Was ist so lustig?«, fragt der Detective, den mein Heiterkeitsanfall kein bisschen zu amüsieren scheint.

Seltsam: Der Mann tut mir auf einmal leid. Weiß er vielleicht gar nicht, dass er nicht real ist? Hat Hypnos ihm ein eigenes Bewusstsein verliehen, um ihn möglichst realistisch handeln zu lassen? Ich verstehe nicht das Geringste davon, wie diese imaginäre Welt funktioniert, aber unmöglich erscheint mir das nicht.

Ich mache eine Geste, die sein Büro umfasst. »Haben Sie gewusst, dass all das hier – Ihr Büro, Ihr Schreibtisch, die Häuser dort vor dem Fenster, die Autos auf der Straße, Sie, ich – nur eine Illusion ist? Ein Hirngespinst, erdacht von einer gottähnlichen Maschine namens Hypnos?«

»Haben Sie Drogen genommen?«, fragt der Detective.

»Nein.«

»Können Sie sich irgendwie ausweisen?«

Ich taste meinen Rock ab, aber der hat keine Taschen, und auch sonst habe ich nichts bei mir. »Nein, ich glaube nicht.«

»Soll ich das deutsche Konsulat anrufen, damit die dort Ihre Identität bestätigen?«

»Ich fürchte, das würde nicht viel nützen.«

»Das hatte ich vermutet. Also, wie lautet Ihr richtiger Name?«

»Sophia Mahler.«

Der Detective seufzt. »Na schön, vielleicht sagen Sie mir erst mal, was Sie über die beiden Leichen wissen?«

»Einer der beiden hat einer alten Dame eine Handtasche gestohlen …«, beginne ich und erzähle, wie ich den Dieb verfolgte und was danach geschah.

Der Polizist sieht mich mit großen Augen an. »Sie glauben, Sie sind … erschossen worden? Und dann in einem weißen Raum aufgewacht, durch eine Tür spaziert und waren wieder quicklebendig hier in New York?«

»Ja. Ich weiß, das ist schwer zu glauben, aber wie ich schon sagte, ist diese Welt nur eine Illusion.«

Der Detective klopft auf die Schreibtischplatte. »Dieser Tisch kommt mir ziemlich real vor.«

»Natürlich. Es ist ja gerade das Wesen einer Illusion, dass sie einem real vorkommt.«

»Und es kann nicht sein, dass die Geschichte, die Sie mir gerade erzählt haben, die Illusion ist, und dieser Raum die Wirklichkeit?«

Ich will protestieren, doch die Worte bleiben mir im Hals stecken. Was, wenn es tatsächlich so wäre? Wenn ich in Wahrheit eine Bewohnerin dieser mir fremd erscheinenden Stadt wäre, und alles, was ich glaube, erlebt zu haben, nur Hirngespinste einer Geisteskranken sind? Der Gedanke verursacht mir eine Gänsehaut.

»Ich sage Ihnen, was ich glaube, Ms Mahler«, fährt der Detective fort. »Sie sind Zeugin eines Raubüberfalls geworden, bei dem zwei Männer ermordet wurden. Sie selbst sind vermutlich nur knapp mit dem Leben davongekommen. Sie haben einen Schock erlitten, der bei Ihnen zu Halluzinationen geführt hat, vielleicht auch zu Gedächtnisverlust. Haben Sie womöglich bei dem Überfall eine Kopfverletzung erlitten?«

Er sieht mich sorgenvoll an, als sei er fest davon überzeugt, ich würde halluzinieren oder sei geisteskrank. Wenn er wirklich nicht weiß, dass er nur eine Illusion ist, muss das aus seiner Sicht die einzige plausible Erklärung sein.

Der Detective greift zu einem Telefon, das demjenigen auf dem Schreibtisch des Vikars in Birgsau ähnelt, und wählt eine Nummer. »Morris hier. Könnten Sie bitte Dr. Waterman herschicken? Eine Zeugin hat möglicherweise einen Schock und ist vielleicht verletzt … Okay, danke.« Er legt auf und wendet sich an mich. »Ein Arzt wird gleich hier sein und Sie untersuchen. Sie sind nicht verpflichtet, sich dieser Untersuchung zu unterziehen. Falls Sie sich weigern, werde ich Sie einsperren, bis ich Ihre wahre Identität festgestellt habe. Möchten Sie jemanden anrufen?«

Ich schüttele den Kopf.

»Möchten Sie vielleicht einen Kaffee oder etwas anderes zu trinken?«

Mir fällt auf, dass das Misstrauen des Detectives mir gegenüber verschwunden zu sein scheint. Im Gegenteil wirkt er auf einmal sehr freundlich. Seit ich ihm meine Geschichte erzählt habe, ist er offensichtlich überzeugt, dass ich verrückt, aber harmlos bin.

Wenigstens sperrt er mich nicht ein. Wenn dieser Polizeiarzt mich untersucht hat, kann ich wahrscheinlich gehen. Aber wohin? »Ein Glas Wasser, bitte.«

Der Detective verschwindet und kehrt kurz darauf mit zwei Plastikbechern zurück – sprudelndes Wasser für mich, ein schwarzes dampfendes Getränk für ihn. Ich nehme einen Schluck und frage mich, ob in diesem Moment wirklich Mineralwasser durch meine Kehle rinnt. Es fühlt sich auf jeden Fall so an.

»Können Sie sich an irgendetwas erinnern, was vor dem Überfall geschah?«, fragt der Detective.

»Ich habe Ihnen bereits erzählt, woran ich mich erinnere.«

Er nickt und sieht auf die Uhr, als könne er es kaum erwarten, mich in die Obhut des Arztes zu geben. Lange muss er nicht warten, denn schon eine Minute später betritt ein Mann in weißem Kittel mit einem Stethoskop um den Hals den Raum. Auch wenn er diesmal keinen schwarzen Anzug trägt, erkenne ich ihn sofort an seinem langen Haar, dem Spitzbart und den wachen, durchdringenden Augen. Erleichterung durchströmt mich – ich bin nicht verrückt!

»Kommen Sie bitte mit mir«, sagt Manuel alias Descartes.

Ich werfe dem Detective einen letzten Blick zu, dann folge ich Manuel aus dem Raum. Er führt mich über einen Korridor bis zu einem Untersuchungszimmer mit einer Liege und verschiedenen medizinischen Geräten und schließt die Tür.

»Ich habe Mirko gefunden«, erzähle ich. »Jedenfalls glaube ich das. Doch wir wurden angegriffen.«

»Ich weiß. Ich war dabei.«

»Dabei?«

»Ich war der junge Mann, der die Handtasche gestohlen hat,

und auch die alte Dame, der sie gehörte. So habe ich Mirko auf dich aufmerksam gemacht.«

Also hatte ich recht: Die Begegnung war kein Zufall.

»Was … was ist mit ihm geschehen? Er wirkte … kalt. So, als hätte Satan seine Seele in Besitz genommen.«

»Das passiert vielen, die in Sims leben. Sie sehen die anderen Menschen nur als leblose Hüllen und in gewisser Hinsicht stimmt das ja auch. Deshalb haben sie keine Skrupel, jemanden zu töten, nur weil er eine unbedeutende Straftat begangen hat oder einfach ihren Zielen im Weg steht. Mit der Zeit stumpfen sie ab und verlieren jedes Mitgefühl. Das Schlimme daran ist, dass sie irgendwann auch vor sich selbst keinen Respekt mehr haben.«

Ja, das beschreibt treffend den Eindruck, den er auf mich machte: als habe er jede Selbstachtung verloren. Aber noch etwas macht mir Sorgen.

»Er sagte, er könne nicht mehr außerhalb seines Simpods leben. Stimmt das?«

»Nein. Doch es wird sehr schwer für ihn werden. Sein Körper ist nach einem halben Jahr ohne Bewegung in keinem guten Zustand. Ich vermute, er hat Angst davor, dass du ihn so sehen könntest, wie er jetzt ist.«

»Weißt du, wo sein Körper ist?«

»Ja. Doch er muss seinen Simpod freiwillig öffnen. *Du* musst ihn dazu bringen, dass er diese Entscheidung trifft.«

»Wie soll ich das machen? Er glaubt mir ja nicht mal, dass ich keine von Hypnos' Marionetten bin.«

»Finde ihn und überzeuge ihn. Mehr kann ich dir nicht raten.«

Die Aufgabe erscheint mir unlösbar. »Aber wie könnte ich ihn jemals finden, wenn Hypnos das nicht will? Sobald ich Mirko aufspüre, muss er doch bloß wieder eine Gruppe von Mördern schicken, um uns beide auseinanderzureißen.«

»Hypnos wird sich nicht mehr einmischen.«

»Woher willst du das wissen?«

»Ich habe mit ihm eine Vereinbarung getroffen. Wenn es dir gelingt, Mirko dazu zu bringen, dass er Hypnos' Reich freiwillig verlässt, wird er ihn nicht daran hindern. Falls Mirko sich jedoch entscheidet, im Simpod zu bleiben, können wir nichts mehr tun.«

»Und das soll ich glauben, nach all den Lügen, die er mir aufgetischt hat?«

»Ich kann dir nicht alles erklären. Hypnos ist nicht wirklich böse, doch er übertreibt ein bisschen dabei, seinen Job gut zu machen und Menschen für seine Simwelten zu begeistern. Und er hat Feinde, die Mirkos Schicksal gegen ihn verwenden könnten. So oder so bleibt uns beiden wohl nichts anders übrig, als ihm zu vertrauen. Nun geh. Ich werde dem Detective sagen, dass ich dich in eine Nervenklinik eingeliefert habe. Aber lass dich nicht wieder von der Polizei erwischen.«

»Weiß der Detective wirklich nicht, dass er eine Illusion ist?«

»Ich bin nicht sicher, ob er ein Bewusstsein hat oder ob Hypnos das nur vortäuscht. Es gibt keinen einfachen Weg, das festzustellen.«

Erneut überkommt mich eine starke Sehnsucht nach dem Stillachtal. Alles war dort so einfach und geordnet. Es gab keine Zweifel. Doch mein Leben in Birgsau war in gewisser Weise genauso wenig real wie diese imaginäre Stadt.

Manuel begleitet mich aus dem Gebäude.

»Danke«, sage ich, als ich draußen auf der Straße stehe.

Er lächelt. »Viel Glück!«

28. KAPITEL

Ziellos wandere ich durch die Straßenschluchten. Menschen gehen an mir vorüber, ohne mich zu beachten. Ist tatsächlich irgendetwas hinter ihren abwesend wirkenden Augen? Haben sie eine eigene Wahrnehmung, eigene Gedanken, eigene Ziele, wie es bei dem Detective den Anschein hatte, oder sind sie nur leere Hüllen, vergleichbar mit dem kleinen aufziehbaren Spielzeugaffen, den mir meine Mutter einmal geschenkt hat?

Je länger ich herumirre, umso unmöglicher erscheint mir meine Aufgabe. In dieser Stadt müssen Millionen Menschen leben oder jedenfalls so tun, als lebten sie. Hier eine einzelne Person zu finden, kann Jahre dauern.

Mir kommt der Gedanke, die Passanten nach Mirko zu fragen. Also halte ich einen dicken Mann mit dunkler Hautfarbe an, der mir in einem blauen Anzug mit gestreifter Krawatte entgegengeht, in der Hand einen Aktenkoffer.

»Entschuldigen Sie …«, sage ich, doch der Mann weicht meinem Blick aus und hastet einfach weiter.

Bei der nächsten Person, einer jungen Frau mit Kinderwagen, habe ich mehr Glück.

»Verzeihen Sie, aber ich suche einen jungen Priester«, spreche ich sie an.

»Einen Priester? Dann schauen Sie am besten in einer Kirche nach«, erwidert die junge Mutter, während mich das etwa einjährige Kind im Kinderwagen anlächelt.

Ich starre sie verblüfft an. Darauf hätte ich wohl auch selber kommen können! »Können Sie mir denn sagen, wo hier die nächste Kirche ist?«

»Nein, tut mir leid.« Damit hastet sie weiter.

Ich wandere weiter durch die Straßenschluchten, bis ich schließlich eine Kirche entdecke. Wie verloren steht sie eingezwängt zwischen Häusern, die mehr als doppelt so hoch aufragen wie ihr Turm. Als ich eintrete, findet gerade ein Gottesdienst statt. Nur wenige der Kirchenbänke sind besetzt. Der Pfarrer unterbricht seine Predigt, sieht kurz zu mir herüber und fährt dann mit seinem Sermon fort.

Ein Gefühl der Beklemmung befällt mich, als mir klar wird, dass der Pfarrer nur eine seelenlose Hülle ist, die zu anderen seelenlosen Hüllen spricht. Oder kann eine Illusion am Ende doch eine Seele haben? Dieser Manuel hat gesagt, er sei eine künstliche Intelligenz, und doch kam er mir sehr menschlich vor, freundlich und hilfsbereit. Wenn er und die Titanen einen eigenen Willen haben, wieso sollten sie dann nicht auch eine Seele besitzen können? Oder ist die ganze Idee einer unsterblichen Seele am Ende auch bloß ein Märchen, so wie die Schöpfungsgeschichte der Bibel? Es ist jedenfalls offensichtlich, dass die simplen Konzepte, die ich in der Schule gelernt habe, in dieser Welt nicht funktionieren.

Ich verlasse die Kirche wieder. Sie ist bestimmt nicht das einzige Gotteshaus in dieser riesigen Stadt. Also marschiere ich weiter die schnurgerade Straße entlang. Es fängt an zu regnen.

Ich habe weder Jacke noch Regenschirm und bin schon bald bis auf die Knochen durchnässt, aber obwohl sich der kalte Regen auf meiner Haut erschreckend real anfühlt, stört es mich nicht.

Nachdem ich vier weitere Kirchen betreten habe, ohne eine Spur von Mirko zu finden, gelange ich in eine Gegend mit niedrigeren, heruntergekommen wirkenden Häusern. Hier sind nur noch wenige Menschen und Autos unterwegs. Ein Mann in Lumpen liegt in einem Hauseingang, eine Flasche an den Lippen, die in einer braunen Papiertüte steckt. An der nächsten Straßenecke steht eine Gruppe von jungen Männern, die mir finstere Blicke zuwerfen. Ich beachte sie nicht.

Schließlich entdecke ich am Ende einer kurzen Seitenstraße eine verfallene Kirche, kaum mehr als eine Ruine. Das große runde Buntglasfenster über dem Portal ist zersplittert, ein Teil liegt in Scherben auf dem Boden. Ein paar schiefe, verwitterte Grabsteine stehen auf einem kleinen Friedhof links vom Kirchenschiff. Diese traurige Ruine erscheint mir der perfekte Heimatort für einen ketzerischen Priester.

Langsam nähere ich mich dem Gebäude. Eine Krähe hockt auf einem verwitterten Anschlagbrett, dessen Glasscheibe Risse hat. Zettel hängen schon lange nicht mehr darin. Der Vogel starrt mich mit kalten Augen an, krächzt und flattert davon.

Der rechte Flügel der Eingangstür ist angelehnt. Als ich ihn aufziehe, quietscht er in den Angeln. Im Inneren ist es kühl und düster. Ich rieche Staub und Moder. Licht fällt durch die Fenster, deren Glasscheiben größtenteils fehlen, in ein staubiges Kirchenschiff. Einige der Bänke sind zerstört. In einer Ecke sprießt aus einem Riss im Boden ein kleiner Baumschössling. An die

Wände hat jemand Sprüche geschmiert, die ich nicht entziffern kann. Es sieht aus, als sei schon seit vielen Jahren niemand mehr hier gewesen, und doch habe ich das unbestimmte Gefühl, dass ich hier richtig bin.

»Mirko?«, rufe ich in die Stille.

War da eine Bewegung in den Schatten? Doch es ist bloß eine Katze, die an der Wand entlanghuscht und in einem Nebenraum verschwindet.

»Mirko?«, rufe ich erneut. »Bitte, ich möchte mit dir sprechen!«

»Verschwinde!«, erklingt eine Stimme aus dem Raum, in den die Katze gelaufen ist. »Ich brauche keine weiteren Lügen mehr!«

Ich folge der Stimme. Mirko, oder besser gesagt der Priester in seiner schwarzen Robe, den ich für Mirko halte, sitzt auf einem schmalen Bett, in der Hand ein Buch. Er blickt zu mir auf.

»Ich habe gesagt, du sollst verschwinden!«

Seine Feindseligkeit verletzt mich. »Mirko, ich bin es, Sophia.«

»Nein, das bist du nicht. Und jetzt lass mich in Ruhe!«

»Wenn du deinen Simpod verlässt, kann ich dir beweisen, dass ich es bin.«

»Ich hab dir schon gesagt, ich kann meinen Simpod nicht verlassen.«

»Und warum nicht?«

Mirko senkt den Kopf, als könne er meinen Anblick nicht ertragen. »Ich … habe meine Seele verkauft.«

Ich zucke zusammen. »Was meinst du damit?«

»Ich gehöre Hypnos. Er wird mich niemals gehen lassen. Wenn … wenn du wirklich Sophia bist, dann … Oh Gott, es tut mir so leid!«

Er bricht in Tränen aus. Ich nehme ihn in den Arm, kann seine Wärme spüren. Es fühlt sich so echt an!

»Du kannst dich immer noch aus Hypnos' Klauen befreien«, versuche ich, ihn zu ermutigen. »Jemand, der mir hilft, hat mit ihm eine Vereinbarung getroffen. Er wird dich nicht daran hindern, wenn du dich entscheiden solltest, aufzuwachen.«

»Oh, Sophia!«, schluchzt er. »Du bist so ahnungslos! Hypnos ist der König der Lügen. Selbst Satan, wenn es ihn gäbe, könnte von ihm noch einiges lernen. Nachdem ich dir die Botschaft schickte, habe ich auf dich gewartet. Doch du kamst nicht und ich habe die Hoffnung verloren. Ich habe versucht, dich zu vergessen, indem ich mich Hypnos' Verlockungen hingab. Nun ist es zu spät.«

Er sagt es nicht vorwurfsvoll, dennoch fühle ich mich schuldig. Ich ringe um Worte. »Nein, das ist es nicht«, bringe ich schließlich heraus und bemühe mich, Zuversicht in meine Stimme zu legen. »Du hast immer noch einen freien Willen!«

Er löst sich von mir und schüttelt den Kopf. »Der freie Wille ist auch bloß eine Illusion, das wissen die Wissenschaftler außerhalb des Stillachtals schon seit Langem.«

»Unsinn! Ich habe mich entschieden, das Tal zu verlassen und dich zu suchen. Niemand hat mich dazu gezwungen herzukommen.«

Ein Hoffnungsschimmer scheint in seinen Augen aufzuleuchten. »Dann bleib bei mir!«, fleht er. »Zugegeben, dieser Ort ist nicht besonders schön, aber diese Simwelt ist auch nicht die schlechteste. Sie ist New York gegen Ende des 20. Jahrhunderts nachempfunden – eine aufregende Zeit in einer aufregenden Stadt. Du könntest dein ganzes Leben damit verbringen, diese

Simwelt zu erkunden und würdest doch nicht alles sehen. Aber das Beste ist, dass du hier eine Superheldin sein kannst. Schneller und stärker als jeder Mensch. Du kannst sogar fliegen, wenn du willst.«

Ich erschrecke bei diesen Worten, denn es sind fast dieselben, die der falsche Mirko benutzte. Energisch schüttele ich den Kopf.

»Wir würden beide eine Lüge leben. Ich wüsste nicht einmal, ob du der bist, der du zu sein vorgibst, und du wüsstest dasselbe ebenso wenig von mir. Die einzige Möglichkeit, Gewissheit zu erlangen, ist es, dass wir einander in der Wirklichkeit berühren. Nur dann sind wir wirklich zusammen.«

»Du … du weißt nicht, was du da verlangst.«

»Manuel – derjenige, der mir hilft – hat mir gesagt, dass du stirbst, Mirko.«

Er lacht humorlos. »Ich wünschte, es wäre so! Ich habe ein Dutzend Mal versucht, mich umzubringen. Aber jedes Mal erwache ich wieder an meinem Spawnpoint. Ich bin unsterblich und das ist ein schreckliches Gefühl.«

»Du magst in dieser Traumwelt unsterblich sein, aber dein richtiger Körper ist es nicht. Er siecht in deinem Simpod dahin.«

»Vielleicht … wäre es besser, wenn ich einfach sterbe, Sophia. Es tut mir leid, dass ich dich enttäuscht habe. Wir … hätten zusammen so glücklich sein können.«

Tränen rinnen über seine Wangen. Sie sind echt, das spüre ich. Auch ich muss weinen.

»Das können wir immer noch. Alles, was du tun musst, ist dich von Hypnos loszusagen. Öffne deinen Simpod!«

»Das … was du in diesem Simpod finden würdest, wäre nicht der Mirko, den du kanntest. Die Traumwelt zehrt an meinen

Kräften. Ich fürchte, ich könnte nicht einmal ohne Hilfe aus dem Pod klettern. Mein Körper ist so verfallen wie diese Kirche. Bitte, Sophia, erspare dir diesen Anblick!«

Auf einmal packt er mich, zieht sich zu sich und küsst mich. Ich lasse es zu, obwohl jetzt nicht die Zeit für Zärtlichkeiten ist.

»Bitte, Sophia, bleib hier bei mir, eine Zeit lang wenigstens«, flüstert er. »Du wirst sehen, man vergisst schnell, dass es nicht real ist. Und wer weiß, vielleicht ist ja auch das, was wir Wirklichkeit nennen, nur eine Simulation. Was macht es schon für einen Unterschied, ob etwas wirklich existiert oder ob es sich nur wirklich anfühlt?«

Ich löse mich von ihm, auf einmal unsicher, ob ich noch mit Mirko spreche oder ob Hypnos von seinem imaginären Körper Besitz ergriffen hat und erneut versucht, mich zu verführen.

»Bitte, Mirko, öffne deinen Simpod!«, flehe ich. »Tu es für mich! *Crossroads*: Exit.«

Eine neue Tür erscheint in der Wand des kleinen Nebenraums.

»Geh nicht!«, fleht Mirko.

Ich werfe ihm einen letzten Blick zu, dann wende ich mich ab, bevor mich meine Gefühle überwältigen, öffne die Tür und trete hindurch.

29. KAPITEL

Sanftes Licht umfängt mich und der Deckel meines Simpods klappt langsam auf. Ich blicke in die besorgten Gesichter von Ricky, Paula und dem Captain.

»Sophia, Gott sei Dank!«, ruft Ricky. »Was … was ist passiert? Wir haben uns große Sorgen gemacht!«

Langsam setze ich mich auf und ziehe die Kapuze des Simanzugs ab. Mein Körper ist ungewohnt schwer und meine Glieder schmerzen. Meine Kehle fühlt sich rau und wund an. Ich weiß nicht genau, wie lange ich in dem Simpod gelegen habe, aber ich kann spüren, dass es meinen Körper geschwächt hat. Wie muss es erst Mirko gehen, der ein halbes Jahr nicht aus seinem Pod herausgekommen ist?

Ein Schwindelgefühl überfällt mich und Beklemmung steigt in mir auf. Bin ich wirklich wach oder ist das wieder nur eine Illusion? Doch als ich das letzte Mal glaubte, in der Wirklichkeit zu sein, haben sich einige Dinge nicht ganz richtig angefühlt. Diesmal empfinde ich dieselbe Verwirrung, aber als ich mich selbst abtaste und mich in die Wange kneife, kann ich spüren, dass dies wirklich mein Körper ist.

»Was ist denn bloß passiert?«, fragt Paula. »Nach dem Angriff der Griefer haben wir dich auf der ganzen Insel gesucht, aber du warst auf einmal verschwunden. Wir waren schon kurz davor, eine Notöffnung auszulösen.«

»Wir müssen zu Mirko!«, erwidere ich.

»Aber wir wissen doch nicht, wo er ist«, wirft Ricky ein. »Oder hast du es etwa herausgefunden?«

»Ich glaube, ja. Gibt es hier in München ein Haus mit der Aufschrift *Mind Holidays*?«

Der Captain nickt. »*Mind Holidays* ist ein Simplex im Westen der Stadt. Und du bist sicher, dass Mirko dort ist?«

»Sicher bin ich nicht, aber ich vermute es.« Sofern Hypnos mich nicht auch damit getäuscht hat. Aber das glaube ich nicht. Die besten Lügen sind die, die dicht an der Wahrheit bleiben.

»Selbst wenn er da ist, können wir nicht so einfach zu ihm«, stellt Paula fest. »Er müsste uns Zugang zu seinem Raum gewähren und freiwillig seinen Simpod öffnen. Bist du sicher, dass er das tun würde?«

»Wir müssen es versuchen. Beeilen wir uns. Ich erzähle euch alles unterwegs.«

»Aber wie kommen wir da hin, ohne dass Megaira und Hypnos mitkriegen, was wir vorhaben?«, fragt Ricky.

»Sie wissen es schon«, erwidere ich. »Sie sind längst hier.«

Die drei starren mich erschrocken an.

»Was?«, ruft Ricky, während der Captain fragt: »Woher weißt du das?«

Ich erzähle ihnen, wie ich das letzte Mal glaubte, aufgewacht zu sein.

»Das … das heißt, Hypnos hat uns die ganze Zeit …«, ruft Paula, stockt, blickt sich im Raum um. »… beobachtet uns jetzt gerade?«, vollendet sie den Satz.

»Ja«, antworte ich.

»Und nicht nur Hypnos«, fügt der Captain hinzu. »Die Titanen haben ihre kleinen Spione überall. Auch hier in diesem Raum.«

Ricky starrt ihn entgeistert an. »Du … du wusstest das? Und … dieses ganze Versteckspiel hier … deine uralten Computer … das ist alles ein Fake?«

Der Captain senkt schuldbewusst den Kopf. »Es … es tut mir leid. Früher habe ich wirklich geglaubt, ich könnte mich den Blicken der Titanen entziehen. Aber das war natürlich naiv. Wusstet ihr, dass es über tausend individuelle Merkmale gibt, an denen man einen Menschen erkennen kann? Nicht nur an deinem Gesicht, deiner Stimme, deinen Körpermaßen, deinen Bewegungen, deinen Fingerabdrücken, sondern auch an dem Rhythmus deines Herzschlags, dem Geräusch deines Atems, der chemischen Zusammensetzung der Luft, die du ausatmest, den Temperaturunterschieden zwischen verschiedenen Stellen der Haut, der Form der Härchen auf deiner Hand, den elektrischen Feldern, die deine Nervenbahnen aussenden, sogar an dem Klang der langsamen Bewegungen deiner inneren Organe, und, und, und … Die Titanen identifizieren jeden von uns in Sekundenbruchteilen, ganz egal, was wir tun, um uns zu verbergen. Und sie wissen alles über uns, kennen unsere intimsten Gedanken und Bedürfnisse.«

»Aber … aber der Tanz …«, stottert Ricky. »Ich dachte immer …«

»Zugegeben, dass das mit der Maskerade und dem Herumhüpfen auf der Straße viel bringt, daran hatte ich schon immer meine Zweifel«, meint Paula. »Aber warum hast du uns nicht einfach die Wahrheit gesagt, Captain?«

»Wärt ihr dann hergekommen?« Als Paula schweigt, fährt er niedergeschlagen fort: »Ich glaube, ich wollte einfach cool sein. Ich dachte, wenn ich den Eindruck erwecke, dass ich sogar den Titanen überlegen bin, dann … dann nimmt man mich ernst.« Er seufzt. »Hat ja auch geklappt, eine Weile jedenfalls. Außerdem … es ist durchaus lukrativ, diese angeblich anonymen Simpods zu vermieten.«

»Na großartig«, schimpft Ricky. »Nicht nur Hypnos und Megaira belügen uns, wo sie können, sondern einer meiner besten Kumpels tut dasselbe! Mir reicht's!«

Er dreht sich um und stapft zur Tür.

»Warte, Ricky!«, rufe ich.

Er wendet sich mir zu. »Was denn noch? Kapierst du denn nicht, dass alles, was wir getan haben, völlig sinnlos war? Es tut mir wirklich leid, aber wir können dir nicht helfen, deinen Freund zu befreien.«

»Aber das habt ihr doch schon getan«, widerspreche ich. »Ob nun mit Duldung von Hypnos oder nicht, ich habe Mirko gefunden.«

So kurz wie möglich erzähle ich, was geschehen ist. Ricky bleibt an der Tür stehen, aber er hört mir zu.

»Du denkst, du hast ihn gefunden«, sagt er, als ich geendet habe, und Bitterkeit liegt in seiner Stimme. »Aber das ist bestimmt auch nur eine Lüge. Und diesem Descartes oder Manuel, oder wie immer er sich nennt, würde ich genauso wenig glauben, wie ich dem Dicken da im Rollstuhl noch traue.«

»Lasst uns zu Mirko fahren«, schlage ich vor. »Wir werden ja sehen, was geschieht.«

»Na gut, von mir aus«, lenkt Ricky ein.

Ich danke dem Captain und umarme ihn zum Abschied. Im Unterschied zu August scheint es ihm nicht unangenehm zu sein. Dann durchquere ich mit Paula und Ricky den Innenhof und trete hinaus auf die Straße. Genau in diesem Moment hält ein Fahrzeug vor uns. Die Türen klappen auf.

»Hast du einen Wagen bestellt?«, fragt Paula Ricky.

»Nein«, antwortet er. »Wir sollten auf keinen Fall einsteigen!«

»Wenn die Titanen sowieso schon wissen, was wir vorhaben, dann können wir uns ihnen ebenso gut gleich anvertrauen«, erwidert Paula.

»Aber, falls Megaira …«

Während die beiden noch diskutieren, steige ich in den Wagen. Paula folgt mir und schließlich auch der grummelnde Ricky. Die Türen schließen sich und das Auto setzt sich in Bewegung.

»Wagen, wohin fahren wir?«, fragt Ricky. Doch die Stimme des Fahrzeugs – sofern es eine hat – bleibt stumm.

Eine Weile kurven wir durch die Stadt und mir scheint, als folgten wir demselben Weg, den ich genommen habe, als ich noch in der Sim war. Wir kommen sogar an dem halb transparenten Raubtier vorbei, das uns anspringt, um für eine Versicherung zu werben. Paula und Ricky beachten es gar nicht, doch ich zucke zusammen – weniger, weil ich mich vor der Raubkatze erschrecke, sondern viel mehr, weil ich plötzlich Angst habe, immer noch in einer Illusion gefangen zu sein. Ich beiße hart in meinen Handrücken. Es tut weh und ich kann deutlich die Abdrücke meiner Zähne auf der Haut erkennen. Doch völlig überzeugt bin ich nicht.

Schließlich biegen wir in die Straße ein, in der das Gebäude mit Mirkos Simpod steht, und mein Herz bleibt stehen. Eine riesige schwarze Rauchsäule erhebt sich über dem Haus und Flammen schlagen aus den Fenstern in den oberen Stockwerken.

»Oh nein!«, stöhnt Ricky.

»Wir kommen zu spät«, meint Paula, während der Wagen vor dem Gebäude hält und die Türen aufklappen, als wäre nichts Besonderes geschehen.

»Wo sind denn die Löschbots?«, fragt Ricky. »Wieso tut niemand etwas?«

Ich springe auf die Straße, ignoriere die warnenden Rufe der anderen und renne zu dem brennenden Gebäude. Die fliegende Insel mit der Aufschrift *Mind Holidays* ist nicht zu sehen, doch ich weiß auch so, dass dies das richtige Haus ist.

Ein Mann kommt in diesem Moment aus dem Gebäude. »Halt!«, ruft er. »Du kannst dort nicht hinein! Das ganze Haus ist …«

Ich haste einfach an ihm vorbei. Nur ein Gedanke beherrscht mich: Ich muss Mirko retten. Ich muss!

Um ihn zu retten, Sophia, müsst Ihr durch die brennende Tür gehen.

Woher wusste Manuel, dass das Haus brennen würde? Bin ich immer noch in einer Illusion gefangen? Es gibt nur eine Möglichkeit, es herauszufinden.

Die Haustür steht offen. Ein auf- und abschwellender Alarmton dröhnt mir entgegen. Der Korridor sieht genau so aus, wie ich ihn in Erinnerung habe, doch die Seitentür ist geöffnet. Dahinter liegt ein Treppenhaus. Mirkos Zimmer befindet sich im dritten Stock – hoffe ich jedenfalls. Ich renne zum Fahrstuhl am Ende des Korridors und hämmere auf die Taste mit der Drei, doch die Tür schließt sich nicht. Eine nüchterne Stimme informiert mich, dass der Feueralarm ausgelöst wurde und ich mich schnellstmöglich aus dem Gebäude entfernen soll. Also haste ich die Treppen hinauf.

Als ich die Tür im dritten Stock öffne, schlägt mir dichter Rauch entgegen. Ich halte die Luft an und renne den Flur entlang. Alle Türen stehen offen, doch es kommen mir keine Menschen entgegen. Der beißende Qualm lässt meine Augen tränen und meine Lungen schmerzen, als ich endlich die Tür mit der Nummer 354 finde.

Der Simpod ist aufgeklappt. Eine dünne Gestalt liegt darin, in einen Netzanzug gehüllt, und dreht mir den Kopf zu. Ist das Mirko? Ich kann nur die Augen erkennen.

Ich knie mich neben ihn und ziehe die Kapuze ab. Im ersten Moment glaube ich, dass Hypnos mich auch in dieser Hinsicht betrogen hat, denn das eingefallene, bärtige Gesicht mit den tief liegenden Augen hat kaum Ähnlichkeit mit Mirko. Und doch erkenne ich ihn an seinem Blick wieder, sehe die Liebe darin und die Sorge um mich. Er öffnet den Mund, um etwas zu sagen, doch über den Alarmton kann ich es nicht verstehen.

Meine Lungen platzen fast und ich muss einen Atemzug nehmen. Der Rauch verursacht einen schrecklichen Hustenanfall und brennt in meiner Brust. Ich bekomme keine Luft! Verzweifelt lege ich meine Arme um Mirkos Oberkörper und versuche, ihn aus dem Simpod zu heben. Doch in diesem Moment verlassen mich meine Kräfte. Der Raum scheint sich um mich zu drehen und mir wird schwarz vor Augen.

Wenigstens sterbe ich in seinen Armen, ist mein letzter Gedanke.

30. KAPITEL

Grelles Licht dringt durch schmale Schlitze zwischen meinen Augenlidern. Ich wage kaum, sie weiter zu öffnen, aus Angst, wieder in dem weißen Raum zu sein, gefangen in einem ausweglosen Labyrinth aus Illusionen. Offenbar lebe ich noch, aber ich bin nicht einmal sicher, ob das eine gute Nachricht ist.

Ein regelmäßiges Piepen ist zu hören und dann eine leise Stimme in der Nähe. Ich nehme allen Mut zusammen und schlage die Augen auf. Zunächst sehe ich nur verschwommene Flecken, doch allmählich klärt sich das Bild, und ich blicke in Rickys sorgenvolles Gesicht.

»Sophia?«, sagt er. »Sophia! Sie ist aufgewacht!«

Paula erscheint neben ihm. »Wie geht es dir?«

Das ist eine gute Frage. Ich fühle mich seltsam, als schwebte ich. Schmerzen habe ich keine. Es ist fast, als hätte ich gar keinen Körper. Ich versuche, etwas zu sagen, doch meine Kehle spielt nicht mit, und ich bringe nur ein klägliches Röcheln hervor.

»Gott sei Dank!«, ruft Ricky aus. »Ich hätte nicht gedacht, dich lebend wiederzusehen!«

»M…Mirko«, bringe ich heraus.

Ricky lächelt. »Er liegt neben dir.«

Irgendwie schaffe ich es, meinen Kopf nach links zu drehen. Ich liege in einem Krankenbett. Neben mir steht eine Apparatur, aus der mehrere Schläuche und Drähte herausragen und unter meiner Bettdecke verschwinden. In einem Bett auf der anderen Seite liegt eine dürre, bärtige Gestalt. Ihre Augen sind geschlossen, doch das Gerät, an das sie angeschlossen ist, sendet ein beruhigendes, gleichmäßiges Piepen aus.

Mirko sieht schrecklich aus. Sein Gesicht ist bleich und eingefallen und seine Augen liegen tief in ihren Höhlen. Und doch ist es unverkennbar er.

Ich wende mich wieder Ricky zu. »Wie … wieso … bin ich hier?«

»Du kannst dich bei deinem Retter selber bedanken«, sagt er und tritt zur Seite, um jemandem Platz zu machen.

Nur, dass der Begriff »jemand« nicht ganz passt. Die Gestalt hat die Form eines Menschen, jedoch einen klobigen Körper aus weißem Kunststoff und Metall, so als trüge sie eine seltsame Rüstung. An einigen Stellen scheint sie rußgeschwärzt zu sein. Der Kopf erinnert an eine Puppe – Mund und Nase fehlen, dafür hat er zwei runde schwarze Augen und zwei dünne, bewegliche schwarze Striche darüber, die Imitation von Augenbrauen.

»Hallo, Sophia«, sagt die seltsame Gestalt mit einer menschlichen Stimme, die mir vage bekannt vorkommt, und hebt eine Plastikhand wie zum Gruß.

»Was … ist das?«, frage ich Ricky.

Die Figur zieht ihre Augenbrauen hoch, als sei sie ein wenig traurig über meine Äußerung. »Ich bin Manuel. Oder Descartes, wenn dir das lieber ist.«

»Du bist eine Maschine«, stelle ich fest. Seltsam, obwohl – oder vielleicht gerade weil – der Apparat so wenig menschlich aussieht, erscheint er mir freundlich, sogar sympathisch.

»Offensichtlich«, stimmt Manuel zu. »Ich hoffe, dass wir trotzdem Freunde sein können.«

»Manuel hat dich aus dem Haus gerettet«, erklärt Ricky. »Kurz nachdem du im Inneren verschwunden warst, kam er angerannt.«

»Tut mir leid, dass ich nicht schneller war, aber es gab ein paar Probleme«, erklärt Manuel. »Jemand hat die Sprinkleranlage des Hauses sabotiert und die Löschbots daran gehindert auszurücken, und ich musste mich gegen ein paar Attacken zur Wehr setzen. Wer immer das war, wollte offensichtlich, dass Mirko und du im Feuer umkommen.«

»Hypnos«, stellt Ricky fest.

»Es ist nicht erwiesen, dass es Hypnos war«, widerspricht Paula.

»Wer sonst hätte das tun sollen?«

»Jemand, der vielleicht Hypnos die Schuld dafür in die Schuhe schieben wollte.«

»Es wird eine Untersuchungskommission geben, die den Vorfall aufklären soll«, sagt Manuel. »Ich werde versuchen, dabei zu helfen. Aber leicht wird das sicher nicht.«

»Ich … kann meinen Körper nicht … richtig fühlen«, krächze ich.

»Das ist ganz normal«, meint Ricky. »Du warst in keinem sehr guten Zustand, als Manuel dich hierher ins Krankenhaus brachte, und hast ein Schmerzmittel injiziert bekommen. Aber keine Angst, Asklepios wird dich wieder hinkriegen.«

»Und was ist mit Mirko?«, frage ich und drehe meinen Kopf wieder in seine Richtung.

In diesem Moment schlägt auch er die Augen auf. Er wendet sich mir zu und lächelt.

»Hallo«, bringt er heraus.

»Hallo«, antworte ich, während mir Tränen in die Augen schießen.

Ich strecke meine Hand nach ihm aus. Er ergreift sie mit dünnen, kraftlosen Fingern. Und doch fühlt sich diese leichte Berührung gut an, so gut, dass ich vor Erleichterung und Freude weine.

Bitte, Gott, flehe ich in Gedanken, *lass es real sein!*